La méthode MOLOTOV

Les 2 Freds

La méthode Molotov

ROMAN

Michel Lafon

118, avenue Achille-Peretti – CS 70024
92521 Neuilly-sur-Seine Cedex
www.michel-lafon.com

À toutes les Marie-Carmen
À tous les Bassem

– 1 –

Dans sa longue robe de satin doré, menton fièrement levé, sa coupe courte de cheveux blancs soulignant son regard perçant, épaules rejetées en arrière, Brigitte s'avance avec majesté au milieu des manifestants. Elle prend appui sur une canne fixée à une ombrelle chinoise écarlate. Marre de se faire défoncer le parapluie dans les bousculades et les charges de CRS ! Et puis, lorsqu'elle déploie son attirail, le dragon crachant du feu est du plus bel effet. Car même dans le combat, il faut rester distinguée, c'est son credo.

Autour d'elle, la tension monte. Depuis que la manif est partie de la gare Montparnasse, les échauffourées se sont multipliées, précédées de tirs de lacrymogènes et suivies, parfois, d'une chasse brutale durant laquelle un groupe de flics course un manifestant choisi au hasard pour le matraquer avec violence. Il s'agit de frapper les corps et les esprits, avertissent-ils aux infos. Brigitte était debout sur les barricades en mai 1968 et au front pour toutes les luttes qui se sont trouvées sur son chemin, depuis. Alors, on va pas la lui raconter.

Mai Mai Mai, Paris Mai,
Mai Mai Mai, Pariiiiiiiiiiiiis

– C'est pas un petit pedzouille à casque qui va m'empêcher de manifester, a-t-elle dit à Jeanne qui s'inquiétait, lorsqu'elle l'a eue au téléphone.

– T'as dépassé les quatre-vingts balais, ma vieille, tu ferais mieux de rester chez toi et de t'occuper de ton Kiki.

– Laisse mon Kiki tranquille, il saurait me défendre. Mais je préfère pas l'exposer, le pauvret.

– Si jamais ça tourne mal…

– Bien sûr que ça va mal tourner, on connaît la chanson.

– Planque tes miches, c'est mon conseil. C'est pas tes poils blancs et ta vieille tronche qui te préserveront d'un mauvais coup.

– Ou d'un bon, si ça se trouve !

Des tirs de LBD éclatent sur sa droite, provoquant un mouvement de panique. Plusieurs bombes lacrymogènes roulent dans un bruit de ferraille et dégagent une épaisse fumée en créant un nuage irrespirable dans lequel on se retrouve vite désorienté. Brigitte remonte son foulard sur son nez et chausse ses lunettes de plongée. Dans son petit sac à dos, elle a de quoi se nettoyer les yeux, une solution que les *Street medics* lui ont refilée à Montparnasse, quand ils ont compris qu'elle refuserait de rester à la marge.

– C'est plus efficace que le sérum physiologique, lui a marmonné le jeune infirmier derrière son masque à gaz, mais si tu te fais gauler, *Birgit*, ils vont te piquer ton matos, tu le sais !

– T'inquiète, ma buse, j'en ai vu d'autres que t'étais encore un spermato.

Le gars a ri et lui a serré l'épaule avec affection.

– Fais gaffe, on peut pas toujours t'avoir à l'œil. Alors va pas t'exposer. D'accord ? Et surtout, donne pas ton nom de code !

– On lâche rien, sauf les chiens !

Devant le mouvement de foule, Brigitte recule et longe le mur d'un immeuble haussmannien, à la recherche d'une rue de traverse. Quand elle sort du nuage de gaz, elle est au niveau du parc à motos, presque à l'angle de la rue de l'Essai où se trouve un barrage de CRS pris d'assaut par un groupe de manifestants et de Black Blocs déchaînés.

On est plus chauds, plus chauds, plus chauds que les lacrymos ! scande la foule sur le boulevard au milieu d'un concert de hurlements où la terreur valse avec la douleur. Brigitte s'adosse à une grande porte double rouge lupanar, entre deux magnifiques barres dorées. Un véritable tableau de Klimt ! Elle ne manque rien de l'action en cours. Ils sont en train de nous foutre dans la nasse, ces connards, rage-t-elle, consciente de son impuissance et de ses limites physiques. Sur le trottoir d'en face, le restaurant *Les Seychelles* lui fait de l'œil avec sa devanture bleue.

Les CRS ont reculé au fond de la rue de l'Essai, repoussés par les attaquants qui se servent maintenant d'un énorme récup' verre renversé comme d'un bouclier pour mener un caillassage en règle. La presse filme la scène et Brigitte se demande si elle aura la chance de se voir aux infos, tout à l'heure. Tirs de LBD et de lacrymos en réponse, suivis d'une charge écumante de CRS qui déboulonnent les assaillants, les dispersent à coups de matraque avant de reprendre la position.

Medic ! Medic ! Un jet d'eau démolit la foule sur le boulevard, en éteignant par la même occasion un début de feu de poubelles et de palettes. Brigitte a le souffle court, elle transpire à grosses gouttes sous le satin jaune.

Recule, recule ! Les coups de matraque pleuvent sur deux filles qui galopent en tentant de remonter vers Montparnasse – surtout ne pas tomber ! leur crie Brigitte. Mais les deux filles n'entendent rien, toussant et pleurant sous cette grêle continue. Finalement, s'interroge-t-elle, était-ce une si bonne idée de me rendre plus visible qu'un gyrophare dans la nuit ? Et cette foutue porte qui ne s'ouvre pas, même en appuyant sur tous les boutons de sonnette. C'est la grosse *mierda,* conclut-elle.

Brigitte est obligée de quitter son maigre refuge. Elle sait, avec l'instinct de la vieille habituée, qu'il ne faut pas se diriger vers la place d'Italie, qu'ils y sont attendus et qu'ils y seront bientôt ensachés comme dans la crypte du diable.

Jeanne a raison, pense à nouveau Brigitte, ces conneries ne sont plus de mon âge, bordel ! Elle avance à tâtons, longeant le mur contre lequel elle se guide d'une main, en aveugle. Elle tient sa canne ombrelle devant elle, bien serrée dans sa main gauche, prête à foutre un bon coup au premier qui s'approche. Dans son dos, le sac la réconforte étrangement. Dedans, il y a ses papiers, de quoi se soigner en urgence, son portable, les coordonnées d'un avocat, des barres de céréales, une petite bouteille d'eau et un peu d'argent.

Elle entend un groupe de gens tenter de raisonner les forces de l'ordre. *Mais arrêtez, arrêtez, pourquoi vous faites ça ? On n'a pas d'arme, on est pacifistes ! Laissez-le ! Mais aidez-le, vous voyez bien qu'il…* Trois explosions se succèdent, la panique est maintenant totale. Depuis combien de temps est-elle là ? Il lui semble qu'elle est prise dans cette furie depuis des heures. Un tas de vélos est entortillé autour d'un tronc, le sol est jonché de douilles, de papiers et d'objets divers dont une barre de métal qui a roulé dans le caniveau. Brigitte est tentée de s'en saisir, mais elle sera trop lourde pour elle.

Venez les gars, hurle-t-elle. Entraînement au vif : tire une vieille et prends du galon !

Elle s'en fout, tout le monde crie, ça défoule et ça l'aide à évacuer l'adrénaline. Elle avance péniblement, on la bouscule, elle tousse à s'en arracher les poumons. Elle lève les yeux pour tenter de se repérer et croise le regard sous la visière. Bam ! Repérée par une tortue. Mais tu peux pas fermer ta grande gueule, se dit-elle avec colère, t'as donc rien appris dans ta foutue vie ?! T'as pourtant pris de sacrés gnons, Brigitte !

La tortue se dirige vers elle. Brigitte opère une éblouissante volte-face, sa robe virevoltant dans une gerbe d'or avant de s'enrouler autour de ses chevilles. Elle est saucissonnée sur place, se sent partir en avant et lance sa main gauche pour tenter d'amortir la chute. La canne ombrelle roule sur le sol et s'ouvre d'elle-même en déployant son dragon cracheur de feu. Brigitte perçoit un horrible craquement tandis qu'une douleur fulgurante la traverse, lui coupant la respiration. Pendant une poignée de secondes, il n'y a plus aucun bruit, plus aucune odeur, rien d'autre que cette souffrance irradiant son bras droit.

Les bottes de la tortue sont désormais au niveau de son visage. Elle ne peut même pas se protéger, encore moins supplier, clouée au sol. Un spasme la secoue tout entière. Encore un effort, ma poule, tu peux y arriver ! s'encourage-t-elle. Dans un geste d'ultime révolte, Brigitte réussit à relever la tête et décharge son déjeuner sur les bottes noires.

Mission accomplie ! a-t-elle le temps de se réjouir avant de s'évanouir sous l'aimable attention du dragon et la vigilance d'un drone qui filme la scène, imperturbable.

– 2 –

– Maman, sérieux, elle part juste en colo ! Arrête de stresser !

Pétronille retient un soupir d'exaspération en essuyant ses mains sur son jean. Ce matin, son fils l'agace tout particulièrement. Oscar s'est levé d'une humeur de dogue parce que sa sœur l'a réveillé. Mais Marion est excitée à la perspective de ses prochaines vacances. Trois semaines d'équitation en Bretagne entre copines, à dix ans, c'est une formidable aventure.

– Je ne stresse pas, je vérifie que l'antimoustique est bien dans sa valise, réplique Pétronille, presque calmement.

Elle aurait dû enfiler un caraco au lieu de cette chemise de coton, il fait déjà une de ces chaleurs !

– Comme si elle allait en mettre, une fois là-bas, commente-t-il en levant les yeux au ciel.

Oscar, en bon adolescent, affiche la morgue de ses quinze ans. Ses interventions se résument à de la moquerie, de l'ironie ou de vives protestations. Voilà déjà deux ans que ça dure et personne ne peut dire quand cette situation s'achèvera. *Avant que sa sœur ne prenne le relais, par pitié !*

– Maman ! Il me faut mon maillot de piscine, non ? crie Marion depuis sa chambre.

– Inutile, en Bretagne, tu iras à la plage ! répond Pétronille sur le même ton. Puis si on ajoute quoi que ce soit dans cette valise, les coutures vont exploser.

– Comme celles de ton jean, Marion, si tu continues à te bourrer de bonbons com...

– Oscar !

– Qu'est-ce qui se passe ?

Bruno vient de faire son entrée, les cheveux encore humides de la douche, une tasse de café fumant à la main.

– Maman ! Tu as mis mon pull bleu dans la valise ?

Pétronille pince les lèvres. Elle s'est réveillée à six heures pour boire un thé tranquillement, se doutant bien que la matinée allait être agitée. Dommage, Marion est tombée du lit en même temps qu'elle. Son mari, quant à lui, a programmé un tennis avec un collègue à dix heures. Adossé au chambranle, il se tient prudemment à l'écart de la zone de turbulences.

– Marion, tout ce dont tu as besoin est dans cette valise, je n'y ajoute plus rien ! décrète Pétronille fermement.

– Mais il me faut mon pull bleu ! insiste Marion d'un ton suppliant.

– Pétro, il n'y a presque plus de capsules espresso, lance Bruno avec désinvolture, tout en consultant l'écran de son smartphone.

– Je sais, je vais en acheter après avoir déposé notre fille à la gare. Tu seras rentré pour quelle heure ?

– Vers treize heures.

– OK. Je passerai chez le Libanais.

– Ah non, pas encore des salades avec une tonne d'herbes dedans ! proteste Oscar, sa longue mèche rousse barrant ses yeux.

– Je prendrai des falafels et du houmous, déclare Pétronille, d'un ton sec.

– Et des brochettes aussi, ça serait bien, ajoute Bruno en se dirigeant vers la cuisine.

Elle soulève la Samsonite, esquisse une grimace.

– Marion, viens essayer de porter ta valise, ma puce.

– Mais maman, ça ne sert à rien, il y a des roulettes !

Pétronille hésite un instant, ouvre la bouche, puis renonce. Chacun ses problèmes, se dit-elle, les accompagnateurs se débrouilleront.

Elle jette un regard à la pendule de l'entrée. Déjà huit heures cinq ! Le rendez-vous est fixé à huit heures trente à la gare, mais Pétronille prend tout de même cinq minutes pour se maquiller. Ses cheveux roux, coiffés en carré flou, auraient aussi besoin d'un brushing, mais tant pis. Un peu de Rimmel pour souligner ses yeux verts, un soupçon de crème teintée sur sa peau claire – elle n'aime pas masquer ses taches de rousseur –, une touche de gloss et le tour est joué. De toute façon, elle n'a pas vraiment le temps de sortir le grand jeu.

Il est plus de midi quand Pétronille rentre enfin chez elle, les bras chargés de provisions, un énorme sac estampillé Nespresso sur l'épaule.

La gare était bondée et le parking impraticable. Il a fallu trouver une place à dix minutes de marche et galoper pour être à l'heure. Heureusement, le train, lui, avait du retard. Pétronille en a profité pour rencontrer les moniteurs – à peine plus âgés qu'Oscar. Elle a attendu que Marion soit assise dans son compartiment pour s'autoriser à quitter les lieux. Ensuite, elle a repris sa voiture, puis elle a tourné en ville afin de stationner à nouveau, faire ses achats, avant de subir un impressionnant embouteillage pour regagner leur appartement étrangement silencieux.

– Houhou ! appelle-t-elle, tout en déchargeant son butin dans la cuisine.

Vague frémissement en provenance de la chambre de son fils. Oscar débarque, morose comme un charcutier dans un restau végétarien.

– Tu mets la table, mon grand ? Je réchauffe les plats et on déjeune, propose Pétronille, tout en empilant les capsules de café sur le présentoir métallique.

Oscar souffle avec ostentation, avant de se diriger en traînant des pieds vers le vaisselier. Pétronille ferme les yeux et s'applique à respirer calmement. Il n'y a pas si longtemps, cet être maussade et dégingandé était un gamin qui lui sautait au cou dès le réveil. Il lui avait semblé qu'ils s'aimaient chaque matin davantage. Elle se demande parfois si ce n'est pas précisément en prévision de cette épouvantable période – l'adolescence ! – que l'amour maternel ne cesse de croître dans les premières années : on fait des réserves afin de ne pas se débarrasser de sa progéniture au matin de ses treize ans.

– Je peux manger dans ma chambre ? J'ai une partie en cours… balance Oscar, une assiette à la main, le geste en suspens.

– Ben, on peut quand même déjeuner ensemble, non ?!

– Mais pourquoi ? Papa n'est même pas là, lui !

Pétronille hausse les épaules. Si elle insiste, Oscar va bâfrer en silence, avant de s'éclipser. Manger dans cette ambiance est au-dessus de ses forces. Son fils entasse des falafels, des brochettes et disparaît.

Elle en profite pour s'accorder un moment de détente et un verre de vin blanc en attendant Bruno. Mais quand elle relève le nez de son magazine, le verre de vin est terminé et son mari n'arrive toujours pas. Il est plus de treize heures trente. Elle rend les armes et craque pour un samoussa. À peine a-t-elle mordu dans le délice croustillant à souhait qu'Oscar réapparaît, son casque de vélo à la main, sac sur le dos.

– Tu sors ?

– Oui, je vais chez Léo, annonce-t-il sans lui accorder un regard. Son père nous prête ses bureaux pour une *LAN-party* avec Matthis et Louis.

– Une quoi ?

– Une *LAN-party* ! On va jouer en réseau, quoi !

– Mais son père sera là ?

– Je te l'avais dit ! prétend Oscar, exaspéré.

Pétronille n'en a aucun souvenir ! Pourtant, elle cède. La perspective d'accompagner son rejeton pour s'assurer de la véracité de ses dires la décourage. Après tout, Oscar est à l'âge où elle doit apprendre à lui accorder sa confiance.

Pétronille se sert une assiette de taboulé libanais, généreusement chargé en persil, un deuxième verre de blanc à portée de main. Elle prend son smartphone et fait défiler les publications Instagram du jour, cherchant désespérément quelque chose qui capterait son intérêt, lui donnerait l'impression fugace de ne pas perdre son temps à attendre… Attendre que son mari rentre, attendre que ses enfants se rappellent qu'ils l'aiment, attendre de trouver sa vocation ou l'arrivée de la collection automne-hiver.

Vers quatorze heures, la porte s'ouvre sur un Bruno exténué et ravi de sa partie de tennis.

– Je l'ai achevé, mais j'en ai bavé ! Du coup, on s'est offert un sauna, juste après, lui explique-t-il depuis la cuisine. J'ai les crocs !

Il revient dans le salon, une assiette à la main, dévorant en quelques bouchées les derniers falafels et les brochettes qu'elle n'a même pas goûtées.

– Et j'ai invité Vince et sa femme à dîner ce soir, l'informe-t-il, la bouche pleine, avant de chausser ses lunettes.

– Tu plaisantes ?! Le frigo est vide et je n'ai programmé le drive que pour lundi matin ! s'exclame-t-elle, horripilée. Et ils seront avec leurs enfants, bien sûr ?!

Bruno hausse les épaules et les sourcils, en signe d'ignorance, ce qui donne à Pétronille l'envie soudaine de lui faire avaler les bâtonnets en bois des brochettes.

– Écoute, ma Pétro, je sais que j'ai lancé mon invitation un peu à la volée, mais c'est l'effet tennis, plaisante-t-il. Je t'aiderai. Puis franchement, ils sont du genre bonne franquette, ne te prends pas la tête.

Ne te prends pas la tête ! Évidemment, pour Bruno, tout est simple. Il va se contenter de choisir la bonne bouteille de vin qui accompagnera les plats qu'elle aura décidé de servir. L'intendance, il ne connaît pas. Vince et lui ont beau jouer au tennis de temps en temps, ils sont collègues et se disputent les mêmes avancements, donc ils ne sont pas proches au point de dégainer les pizzas à emporter. Elle n'a rien à proposer à l'apéritif, rien, non plus, pour préparer un dessert digne de ce nom. Quant au reste… Elle pense à Oscar l'espace d'un instant, envisage de téléphoner pour lui demander s'il ne pourrait pas rester dormir chez son copain. Ce serait déjà une bouche de moins.

– Bon, je vais faire livrer un truc, décide-t-elle en ouvrant son sac. Ça nous coûtera un bras, mais tant pis.

– Super !

– Franchement, la prochaine fois, demande-moi mon avis ou alors propose un restaurant !

Bruno termine la salade, toujours planté à l'entrée du salon.

– C'est quand même plus sympa à domicile, non ? lui dit-il avec son sourire charmeur.

Elle lève les yeux au ciel, en posant sa carte bancaire sur la table, assez peu sensible à l'argument.

– Si tu commandes le dîner, ça te laisse le temps de passer chez l'esthéticienne. En plus, ça te détendra, ajoute-t-il, un sourire dans la voix. On devrait aussi inventer des drives pour les soins de beauté, si tu veux mon avis.

Content de sa petite blague, Bruno rigole tout seul.

Pétronille, elle, ne rit pas du tout, glacée. Elle ignore ce qui lui semble le plus insultant : qu'il sous-entende qu'elle se néglige ou qu'il imagine l'épilation – parce que c'est bien de ça qu'il parle – comme une partie de plaisir.

– Mais je plaisante, tu es superbe ! précise-t-il, en prenant soudain conscience du visage rageur de Pétronille.

Celle-ci ne répond rien. Elle se lève et prend son sac.

– Oh, allez, Pétro, je plai-san-te ! répète-t-il.

Toujours sans un mot, elle attrape ses clés et sort de l'appartement, dont elle claque la porte à en faire trembler les murs. Elle ignore l'ascenseur et dévale l'escalier, mâchoires serrées. Elle fonce, tête baissée, sans saluer la voisine du deuxième qu'elle croise dans le parking privé de leur immeuble chic. De toute façon, elle ne pourrait émettre autre chose qu'un hurlement de rage. Une colère trop longtemps retenue bouillonne en elle. Elle ouvre la portière de sa Mini bleu pétrole d'un grand geste brusque, y jette son Birkin fauve et s'engouffre dans l'habitacle.

Elle ne lève pas les yeux pour vérifier si Bruno la regarde sortir de sa place attitrée en projetant une gerbe de graviers. Ses doigts sont tellement crispés sur le volant que ses articulations blanchissent.

Elle s'est levée à l'aube, s'est tapé toutes les corvées et tout ça pour quoi ? C'est à peine si sa fille lui a dit au revoir, si son fils lui adresse la parole et, en prime, son mari insinue qu'elle se néglige ! *Qui néglige qui, dans cette baraque ? Qui ?*

Elle enfonce le bouton MP3 de l'autoradio et profite d'un feu rouge pour chercher frénétiquement LE morceau qu'elle veut. Dont elle a besoin MAINTENANT ! Elle pousse le volume à fond. Les riffs de guitare retentissent plein pot dans la Mini. Les basses pesantes enchaînent, suivies du métronome nerveux de la batterie.

Killing in the Name of

Pétronille oublie les capsules Nespresso, sa progéniture et la vacherie de Bruno…

Elle est furieuse, secoue la tête en cadence, menton en avant, regarde droit devant elle et se contrefout qu'on ricane aux carrefours parce qu'elle gesticule au son de Rage Against the Machine.

Now you do what they told ya

Pétronille évite les petites rues, enfile sa voiture sur la rocade et appuie sur l'accélérateur. Elle double les camions et roule carrément trop vite.

Flashée par un radar, elle ralentit à peine. Elle a envie de vitesse, de hurlements et de… et de…

– *Fuck you, I won't do what you tell me! Fuck you, I won't do what you tell me! Fuck you, I won't do what you tell me!*

Elle braille par-dessus la voix du chanteur, même si le morceau est dépassé, même si ça n'est plus de son âge, même si son accent est pourri. Elle rate la sortie qui lui aurait permis de rentrer chez elle, mais elle commence à peine à se sentir plus légère. Les imposants bâtiments classiques ont été remplacés par de hautes tours aux couleurs délavées. Elle ne connaît pas ces quartiers, autant continuer sur sa lancée. Elle sélectionne la lecture aléatoire de sa playlist et poursuit sa route.

Zigouiller, buter, estourbir

Trucider, saigner, refroidir

Juliette Noureddine, parfait ! Pétronille se racle la gorge et se met, elle aussi, au meurtre de masse !

Descendre, occire, ratatiner

Comme l'auraient fait les chères aînées

Les violons mordent le silence, la voix de Juliette enfle, rageuse et jouissive. Celle de Pétronille s'accorde au tempo. Les immeubles percés de mille fenêtres cèdent la place aux centres commerciaux et les centres commerciaux, aux entrepôts.

Sans ralentir, elle prend la bretelle qui mène à l'autoroute. Ça suffit de tourner en rond ! Elle va mettre un peu de distance, laisser tout ça derrière elle, rouler droit devant.

Mais s'endormir devant la tâche
L'âme en fureur et la main lâche
Comme n'importe lequel d'entre vous

La fin du morceau, abrupte, coïncide avec le passage au péage. Pétronille actionne sa vitre électrique pour saisir le ticket. Le moteur de la Mini rugit devant la barrière qui tarde à se lever. La voix puissante de Céline Dion envahit tout l'espace. Pétronille sourirait presque, le cœur battant, sans savoir pourquoi. La musique, sans doute. Son téléphone sonne, à peine si elle l'entend. C'est sûrement son mari. Elle ne peut pas regarder le nom qui s'affiche puisque, pour une fois, elle a laissé le portable au fond de son sac.

J'ai compris tous les mots, j'ai bien compris, merci

Cette fois, Pétronille reprend son souffle et son élan. Elle doit même se retenir pour ne pas coller le pied au plancher. Une prune suffira pour aujourd'hui.

Je te jetterai des sorts pour que tu m'aimes encore
Pour que tu m'aimes encore

Pétronille hurle. Elle connaît chaque mot, chaque pause, chaque émotion. Elle connaît même les mimiques et la gestuelle de Céline, et se frappe le plexus avec force.

Je ne suis pas les autres
Je ne suis pas les autres, noooooooon

Pétronille termine avec un trémolo célinien à souhait. Elle ouvre sa boîte à gants d'une main experte, en sort un paquet de bonbons qui date de Noël dernier, quand elle a emmené sa fille au cinéma pour… Pétronille augmente le volume – Queen ! Un classique.

Don't stop me now
I'm having such a good time

Il y a plus de mille morceaux sur la petite clé USB enfoncée dans l'autoradio. Il y en a tant qu'elle ne sait plus où elle se trouve au moment d'allumer ses phares. Bruno doit se demander ce qu'elle fabrique. En plus, après avoir chanté sans discontinuer pendant des heures, Pétronille meurt de soif. Le cœur battant, elle prend la première sortie qui se présente, mais se heurte à des travaux qui l'obligent à s'enfoncer un peu plus en terre inconnue. Le paysage lui paraîtrait sûrement bucolique si elle s'y rendait pour des vacances. En l'occurrence, elle le trouve plutôt effrayant, dans cette pénombre qui s'installe peu à peu. Elle allumerait bien le GPS de la Mini, mais Bruno n'a pas *eu le temps* de le faire réparer, contrairement à ce qu'il lui avait pourtant promis. Cette pensée réactive sa colère. Après avoir passé un panneau indiquant Le Moulin-des-Nonnes, elle se gare sur le bas-côté, histoire de regarder sur le GPS de son téléphone. Heureusement que la batterie est à moitié pleine, parce que son chargeur est resté branché dans la cuisine. Quatre appels en absence… Inutile de les consulter. Elle a aussi reçu plusieurs SMS… qu'elle n'ouvre pas davantage, une boule dans la gorge. Que répondre, alors qu'elle ne comprend pas elle-même ce qui lui a pris et que sa flambée de rage n'est toujours pas éteinte ?

Le temps de chargement du GPS est inexplicablement long. Ou très logique : pas de réseau.

– Oh non, merde… Non…

La voix de Pétronille n'a plus rien à voir avec celle de Céline ou Freddie. C'est un couinement d'angoisse. Elle est perdue au milieu de nulle part, sans GPS et sans réseau. Sans rien ni personne. Haletante, Pétronille a enfin la présence d'esprit de consulter la jauge de son réservoir.

– Non, mais non…

Les oreilles pleines de sa propre voix, elle n'a pas entendu le bip caractéristique annonçant qu'elle se trouve sur la réserve. Depuis combien de temps roule-t-elle ainsi ? Aucune idée. Avalant le peu de salive qui lui reste, elle range son téléphone désormais inutile. Elle n'a pas d'autre choix que de poursuivre sa route, jusqu'à tomber sur une habitation quelconque. Elle s'arrêtera, demandera à passer un appel ou qu'on lui indique une station-service. Voire un hôtel, parce qu'au moment même où elle redémarre, une immense fatigue s'empare d'elle.

Clignant des paupières, la vitre ouverte pour que l'air frais la maintienne éveillée, Pétronille conduit. Cette fois, elle a éteint son autoradio. Du dehors, lui parviennent des bruits étranges. Sifflements suspects, cricritements inquiétants et hululements lugubres. Bientôt, la voiture ne progresse plus que par à-coups. Pétronille prend sur elle et continue d'avancer, s'accrochant à l'espoir infime de trouver une maison en haut de la côte. La Mini consent à rouler encore un peu. Aucune habitation, pas la moindre lueur. Les à-coups se font plus réguliers. La route en lacet n'offre qu'un bas-côté étroit, longé par un fossé dont elle est incapable d'évaluer la profondeur. De part et d'autre, des bois obscurs se dressent, ensevelissant le paysage dans un tunnel d'anxiété. Quand la Mini déclare forfait, Pétronille est sûre d'une seule chose : elle est en pleine cambrousse.

Le grondement rassurant du moteur s'est tu. On n'entend plus que quelques cris stridents entre les feuillages et le friselis d'un vent faible. Pétronille remonte sa vitre en jetant des regards effarés autour d'elle. Comment a-t-elle pu se mettre dans une situation pareille ? Elle réessaie d'utiliser son téléphone, toujours sans succès. La radio elle-même ne capte pas grand-chose à part une émission religieuse, croit-elle deviner sous la couche épaisse des grésillements – les voies du Seigneur sont impénétrables. Pétronille frissonne, autant de fatigue que de peur. Elle remettrait bien de la musique, si elle n'avait pas tant besoin de ses warnings. Quelqu'un finira bien par passer, mais quand ? Une pensée effrayante la traverse : elle devra attendre le petit matin pour aller chercher de l'aide. En plus, elle est gelée et elle n'a rien d'autre que sa chemise sur le dos. Est-ce que le chauffage va épuiser la batterie ? Oui, sûrement. Elle se frotte les mains en soufflant. Elle a aussi envie de faire pipi, mais bien trop peur pour se risquer dehors. Et si elle tombait sur un maniaque ? Un dégénéré sadique, perverti par des lignées de consanguinité ? Un ermite fou de solitude ? Ou peut-être même un sanglier !

Bam ! Babam ! Bam !

Des chocs violents secouent sa petite voiture.

Pétronille hurle.

– 3 –

Un cri perçant déchire les feuillages qui s'obscurcissent avec la fin de cette longue et étouffante journée d'été. Un lapereau file à toute allure se réfugier sous un massif d'épineux. Au loin, l'appel bref d'un klaxon se répète en boucle depuis des heures, donnant des envies de meurtre à tous ceux qui sont dans les environs.

Tacatacatacatacatacatacata !

Remontant le long du tronc à l'aide de ses deux paires de doigts inversés, dans un éclair rouge sanglant, le pic épeiche réitère son avertissement. Il est rare qu'il se laisse aller au tambourinage en été. Mais depuis quelque temps, son univers sonore s'est empli de bruits inquiétants. Des prédateurs ? Des concurrents ? Pire, se dit Jeanne en l'observant, des gens ! Même si elle sait le pic épeiche sans scrupule, capable de se nourrir des œufs – voire des nouveau-nés ! – de mésange ou de passereau, Jeanne lui trouve des excuses que ses propres congénères n'ont pas à ses yeux. La première étant que les oiseaux n'exterminent pas les autres espèces pour vivre à leur aise. Non, ils s'accommodent du peuple des bois et font avec.

Tacatacatacatacatacatacata !

Tut... Tut... tut...

Jeanne sait d'où proviennent ces coups de klaxon monotones et répétitifs, même si elle en ignore la raison. Ce sont ses nouveaux voisins, qui se sont installés dans l'ancienne ferme proche de la sienne, trois ans auparavant. Et par ici, comme dans toutes les régions à faible population, est voisin celui qui habite à quelques kilomètres à la ronde. Ils resteront *les nouveaux voisins*, jusqu'à ce que les habitants du village estiment qu'ils ont gagné le droit d'être du coin.

Jeanne porte machinalement la main à son pendentif, un arbre de vie coloré gravé dans du verre de Murano bleu et serti d'or. C'est le seul bijou qu'elle s'autorise et le seul lien tangible qui lui reste de Marie-Carmen. Puisque tout, aujourd'hui, la ramène à elle, à ce 6 juillet de l'année précédente, où Jeanne lui a tenu la main, tandis qu'elle lâchait son dernier souffle avec l'aide de Pierre, comme une pauvre bête qu'on achève par pitié.

Jeanne respire de manière saccadée, les larmes cherchant à se frayer un chemin comme elle-même à travers la forêt. Ses pieds la font souffrir, ses articulations aussi, mais que sont les douleurs de l'âge en regard de la perte, de ce désert hostile qu'est devenue sa vie en un an ?

Elle poursuit sa progression vers la petite cascade nichée en haut de la sente pentue. La chaleur qui règne depuis plusieurs jours laisse présager un été caniculaire. Déjà des crevasses se forment dans les sols dénudés qu'aucun arbre ne protège ni n'ensemence. Les trilles d'un pinson se transforment en cris d'alarme alors qu'il s'élance dans la canopée.

Quand elle débouche enfin sur la cascade, Jeanne est essoufflée. Bientôt soixante-dix-huit ans, ça commence à tirer. Pourtant, sa silhouette est restée relativement svelte et ses jambes ont l'habitude de la porter à travers bois et champs, à vive allure. Sur ses pantalons informes, souvent tachés de terre et de traces d'herbe, Jeanne porte des tee-shirts avachis ou des pulls camionneur pratiques et chauds, au gré des saisons. Une paire de boots confortables, des sabots ou des bottes en caoutchouc, suivant l'état du sol et... Hardi petit, comme aurait dit sa mère. Se plaindre n'est pas dans ses habitudes. La plainte affaiblit, répétait son père et Jeanne a repris cet adage à son compte. À force d'accueillir des réfugiés, des malheureux, des femmes battues et toutes sortes d'éclopés au Refuge, comme on appelle sa ferme dans le pays, les parents de Jeanne avaient fini par ne plus montrer beaucoup d'indulgence pour les bobos et les états d'âme de leur propre fille. Ils lui ont transmis, outre ce lieu d'accueil qui était l'œuvre de leur vie, la conscience d'être privilégiée dans un monde fondé sur l'injustice et l'enfermement, alliée à une inclination pour l'autodiscipline.

La cascade aux Fées déverse son eau froide dans un petit bassin naturel, avant de se perdre à travers les éboulis qui jalonnent la course du ruisseau. Un merle noir se lance dans un répertoire puissant pour faire valoir son territoire. Sa femelle doit nicher dans le coin, sans doute pour sa deuxième ponte, estime Jeanne.

Elle s'assied au bord de l'eau, y laisse traîner ses doigts.

Elle se souvient de la dernière fois où Marie-Carmen a eu assez de forces pour monter jusque-là, un de leurs endroits favoris. Sa peau était déjà cireuse et son corps, décharné. Mais elle avait tenu à revoir la cascade, sa mousse scintillante et les alevins fuyant entre les pierres. Elles étaient restées l'une près de l'autre, sans rien dire, pendant un long moment. Marie-Carmen avait fini par prendre la main de Jeanne entre les siennes.

– Promets-moi que tu ne viendras pas me voir au cimetière.

Jeanne avait voulu protester, mais Marie-Carmen l'en avait empêchée.

– Je n'y serai pas, mais je t'attendrai ici chaque fois que tu voudras venir.

– On ne va pas se mettre à pleurnicher, avait répondu Jeanne.

Et aujourd'hui encore, elle s'en veut d'avoir été si brusque, même si Marie-Carmen avait ri. Elle la connaissait si bien.

– ON, je ne sais pas, mais moi, c'est bien possible que je me laisse aller. Tu vas me faire un procès ?

– Ne sois pas bête. On est encore là, c'est ça qui compte.

Mais elles avaient bel et bien pleuré tout leur soûl, dans les bras l'une de l'autre, et c'était un moment si déchirant que Jeanne ne peut y penser sans éprouver une violente douleur. Marie-Carmen rôde dans toutes les ombres de la maison et de la bergerie. Chaque fois que Jeanne entre dans la salle de bains, elle la revoit debout devant le lavabo, prenant appui pour que l'infirmière l'aide dans sa toilette. Sa chambre est restée intacte, seul le lit a été défait et encore, il a fallu que Pierre insiste, le jour où il est venu pour trier avec elle les vêtements et les effets personnels de Marie-Carmen, afin d'en redistribuer certains. Elle a gardé quelques affaires dans une grande malle, celles qui lui rappelaient trop sa compagne pour les donner à quelqu'un. C'est la seule pièce inoccupée de la maison depuis que Bassem et La Molotov l'ont rejointe. Jeanne éprouve de la culpabilité en pensant à toutes celles et ceux qui dorment dehors, mais elle n'aurait pu céder la chambre à quelqu'un d'autre durant cette première année où le deuil est si vif qu'on croit ne pas pouvoir en sortir.

– On va pas se cacher, ma vieille, on n'est pas au mieux de sa forme, commence-t-elle d'une voix éraillée. On supporte plus grand-chose et à quoi ça servirait, au fond ? Depuis que la ferme des Martel a été rachetée par ce couple, tu sais que rien n'est plus pareil. Ils ont la cinquantaine suffisante, ils croient tout savoir sur la vie alors qu'ils sont pas foutus de trouver le chemin de leur cul sans un guide assermenté ! Et ça piaille, ça gueule, ça jacasse, ça brise des arbres, ça fait fuir les animaux. Si tu voyais le bazar ! Quand je pense qu'ils vont vouloir se reproduire, en plus ! Une fois sur deux, on a envie de les buter et l'autre, de les crever.

Jeanne s'interrompt. De l'endroit où elle est, le bruit du klaxon ne s'entend plus. Elle pousse un grand soupir et laisse ses oreilles se reposer aux sons familiers de la forêt. Elle est bien ici, elle pourrait y rester. Mais la mort de Marie-Carmen ne signifie pas pour autant que sa mission à elle est achevée. Elle a encore des responsabilités, des personnes à recueillir. C'est la force qui lui fait défaut et, surtout, elle a un aveu à cracher, un aveu qui lui coûte mais qu'elle ne peut plus garder pour elle.

– *Maria, mi Carmencita, se necesito decirte una cosa muy dificil.* Je vais vendre le Refuge à ces *gilipollas.* On supporte plus les gens, c'est comme ça. On peut plus… je peux plus. C'est tout. Désolée.

Un coup de vent agite les branches, secouant une sittelle trop curieuse et quelques feuilles sèches avant de caresser le dos courbé de Jeanne et ses mains en coupe qui dissimulent son visage.

La nuit est tombée depuis un bon moment quand elle déplie sa carcasse et se relève. Des odeurs d'humus parviennent jusqu'à elle, mêlées au parfum sucré d'un chèvrefeuille sauvage. Jeanne distingue encore ses inflorescences blanches, et la lune qui atteint presque son premier quartier l'éclaire suffisamment pour qu'elle se passe de la torche suspendue à sa ceinture. Elle connaît ce bois de manière intime. Elle n'oublie pas qu'il faut rester vigilante, qu'une chute pourrait avoir de graves conséquences et que personne n'irait la chercher avant le lendemain, puisque personne ne sait où elle se trouve. Pour ce premier anniversaire, La Molotov lui a foutu la paix, ce qui est loin d'être le cas le reste du temps. Bassem est resté silencieux, autant parce qu'il a suffisamment fréquenté le deuil pour en reconnaître les signes que par défaut de langage. Il parle un peu anglais, un peu français et beaucoup arabe. Ils ont exploré leur lexique commun à base de matelas, de banane, de bled et de café. Épinards, abricots, aubergines et artichauts y côtoient bourrache et jasmin. Il lui a appris à dire *Nadin bébék*, au cas où elle devrait répondre à des petits morveux. En retour, elle l'initie aux *Putain de merde* et *Mort aux vaches* qu'elle aime toujours autant.

La descente se fait sans encombre, Jeanne avance d'un pas mesuré, prise dans ses souvenirs et dans l'hébétude que provoque encore l'absence de Marie-Carmen. À mesure qu'elle s'éloigne de la cascade, elle réfléchit à ce qu'elle doit mettre en route au jardin. Il faudra semer de la chicorée et des laitues d'automne avant la fin de la quinzaine. Tailler les gourmands et soutenir les branches du prunier qui sont trop lourdement chargées. Elle a confectionné un piquet fourchu à cet effet. Sa confiture de reine-claude est une réussite, aussi demandée que la pêche de vigne et l'abricot. Et puis il faut amender les buttes avec l'herbe de la tonte avant de les recouvrir d'une couche supplémentaire de paille et de foin. L'été sera chaud. Malgré la présence des arbres, elle doit protéger et nourrir le sol pour avoir des récoltes sans trop arroser son grand potager.

Elle en est là de ses prévisions quand elle entre en collision, en déboulant du bois sur le chemin forestier, avec une saloperie de voiture plantée au milieu du chemin. Bam ! Elle grimace en portant la main à sa hanche et file aussitôt deux grands coups de pied dans la portière, en retour. Babam !

Et Bam ! pour faire bonne mesure.

– Mais qui c'est qui m'a foutu un con pareil au milieu du chemin ? Sors de là, tu es sur mon terrain. Tu bouches le passage en plus.

Elle aperçoit une silhouette dans l'habitacle, côté conducteur. Des jeunes en train de s'envoyer en l'air ? Les voisins peut-être ? Elle ne connaît pas cette voiture et d'ailleurs elle est immatriculée en Gironde. Un abruti de Bordelais ! N'obtenant pas de réponse, Jeanne contourne le véhicule et se poste du côté du conducteur avec sa torche pointée sur le fauteur de troubles. Un rouquin ?! Non, une rouquine ! Deux yeux verts terrifiés sont tournés vers elle. Jeanne essaie d'actionner la poignée, mais la femme s'est enfermée à l'intérieur.

– Ah mais, je vais pas te bouffer ma jolie. Ouvre cette portière, nom d'un chien.

La vitre s'abaisse à peine.

– Désolée, dit une petite voix à l'intérieur, je suis tombée en panne.

– Et tu es tombée d'où pour te retrouver sur ce chemin ? Du pont de Chaban ? Ah ah ah, sont toujours aussi emplâtrés les Girondins, à ce que je vois.

La vitre ne bouge pas d'un centimètre et la femme se recroqueville.

– Moi, c'est Jeanne. Et toi ?

– Pétronille, dit Pétronille.

– Oh putain de merde, c'est pas possible ! Tes parents étaient fans des Charlots ou quoi ? *Pétronille tu sens la menthe*, se met à chanter Jeanne en riant, j'ai pas entendu ce truc depuis que je barbotais dans une bassine à l'heure du bain.

– Je ne connais pas cette chanson, répond Pétronille en se redressant sur son siège.

– Tu m'étonnes ! Personne voudrait la connaître. Bon, c'est pas tout ça, tu fais quoi là, t'attends la dépanneuse ?

– Non, avoue Pétronille les larmes aux yeux. Il n'y a pas de réseau, je n'ai pas pu appeler et…

– Et ?

– … je ne sais pas du tout où je suis, termine Pétronille en éclatant en sanglots.

Mais pourquoi ça tombe sur moi ? se demande Jeanne en écarquillant les yeux. C'est une malédiction ou quoi ? Faut toujours que je me récupère des bras cassés.

– Bon, si tu acceptes de sortir de là, je t'emmène chez moi. C'est pas loin, tu pourras y passer la nuit et on avisera demain.

Pétronille se demande qui est cette femme effrayante, sale et dépeignée. Ses longs cheveux blancs sont entortillés dans un chignon informe qui s'écroule à moitié en laissant échapper des mèches folles. Folles ? La vieille est-elle folle ? Ça y ressemble, non ? Et puis qu'est-ce qu'elle fabrique au milieu des bois à cette heure ?

– Mais, commence-t-elle d'une voix faible, on est où, exactement ?

– Exactement ? On est à mi-chemin entre la cascade aux Fées et la ferme des Martel. Tu te situes mieux ?

Et devant la mine déconfite de son interlocutrice, Jeanne ajoute :

– Mais je plaisante Pétronille, je plai-san-te.

Ce qui a le don d'arrêter net les larmes de Pétronille qui jaillit de sa voiture.

– J'en ai marre qu'on se foute de moi. J'ai eu ma dose, c'est bon. Vous n'allez pas vous y mettre, en plus !

Elle est bien mignonne cette rouquine, se dit Jeanne en considérant la silhouette de Pétronille, son jean ajusté et sa petite chemise de coton. Au moins elle porte des chaussures convenables pour marcher, il aurait plus manqué qu'elle soit en escarpins. Elle aurait plu à Marie-Carmen.

Pétronille voit le visage de Jeanne s'assombrir. Aurait-elle dû rester enfermée, a-t-elle été inconsciente en sortant de sa Mini, simplement parce que la vieille femme a utilisé la même expression moqueuse que Bruno, tout à l'heure ? C'est trop tard pour faire marche arrière – surtout quand on est en panne.

– Tu prends ta valise ? demande Jeanne.

– J'ai juste mon sac à main, répond Pétronille.

– Tu voyages léger, remarque Jeanne sans plus poser de questions.

Pétronille se remémore la grosse valise de Marion, bouclée le matin même. Ce qui la conduit à penser à Bruno et Oscar, à son appartement douillet, aux invités qui doivent être arrivés et à tout ce qu'elle a laissé derrière elle. Elle attrape son Birkin, vérifie que le portable est bien dedans, verrouille sa portière et court pour rattraper Jeanne qui a déjà pris une bonne avance.

Jeanne entend les petits pas de souris derrière elle et réprime un sourire. Qu'est-ce qui a bien pu arriver à cette fille ? Elle a du fric, on le voit à sa voiture et à sa besace qui doit coûter une fortune. Ah ça, elle a pas dû défiler souvent pour les droits de l'homme ou la semaine des trente-cinq heures, la Pétronille ! Est-ce qu'elle a des ennuis, est-ce qu'elle fuit quelqu'un ? Elle n'a pas la tête des mauvais coups, même si Jeanne sait d'expérience qu'on ne peut pas se fier aux apparences. Elle, par exemple, a l'allure d'une vieille sorcière ce soir. C'est bien simple, si elle se croisait sur un chemin en pleine nuit, elle ne se ferait pas du tout confiance.

– 4 –

Pétronille, essoufflée, tente de récupérer, seule dans une vaste cuisine ouverte. Jeanne, la femme qu'elle a eu tant de mal à suivre sur les sentiers et les friches alentour, l'a plantée là, devant une énorme table de bois massif cernée de chaises rustiques. Bouge pas d'ici ! lui a-t-elle jeté, avant de grimper l'escalier face à l'entrée.

Pétronille essaie aussi de se remettre de ses émotions. Elle est encore sous le choc de la rencontre avec cette vieille échevelée, attifée comme une vagabonde, qui propose de l'héberger tout en affichant une mauvaise humeur qui semble congénitale. Mais, elle l'admet, elle se sent soulagée de dormir à l'abri. En plus, la grande maison de pierre est d'allure beaucoup plus agréable que sa propriétaire – sans vouloir être désobligeante.

C'est même surprenant, cette bâtisse qui paraît plutôt bien entretenue malgré son isolement, dans la pénombre en tout cas. Pétronille n'a pas vraiment eu le loisir de visiter la propriété, mais elle en a foulé l'herbe taillée et apprécié les grandes portes-fenêtres aux volets peints en blanc. Elle s'attendait plutôt à une masure délabrée au milieu d'une cour jonchée de débris.

Elle se détend peu à peu, regarde autour d'elle en attendant que son étrange hôtesse réapparaisse. Son Birkin à l'épaule, calé sous son bras gauche, elle contourne la table située près des deux grandes portes-fenêtres qui donnent sur la terrasse. Dehors, la nuit est définitivement tombée, on ne distingue qu'un arbre immense au feuillage dense, dont la silhouette se découpe à la lueur de la lune.

Pétronille s'aventure vers le fond de la pièce, où se préparent les repas, curieux mélange entre modernité et rusticité. L'électroménager relativement neuf est encastré dans des meubles de bois grossiers, qui supportent des bocaux, des plats en terre, des carafes en verre épais. Un vase de grès héberge un bouquet de fleurs séchées et poussiéreuses. Au-dessus du plan de travail, on a fixé des barres de métal sous les étagères pour y suspendre un fouillis d'ustensiles, dont la plupart semblent faits main. Bois rude, métal usé, liège bruni par l'usage… Pétronille trouve à ce capharnaüm un curieux charme. Elle est même tentée de prendre une photo pour la mettre ensuite sur son *feed* Instagram. La faïence de l'évier est loin d'être neuve, mais elle est authentique. *#vintage*, pense-t-elle avant de remarquer un curieux petit cadre, accroché près de l'évier. Il s'agit en réalité d'un canevas, *#rétro*. Sur la toile, ont été brodés quelques mots entourés de roses pâles : *Merci de laver ta propre vaisselle, hors de prix est le petit personnel !*

Pétronille reste interloquée, *#bizarre*.

Au-dessus de sa tête, des pas lourds résonnent. Pétronille se fige. La vieille dame ne serait pas seule ? Des scénarios sordides peuplés de familles abâtardies par des siècles de solitude et d'existence fruste lui reviennent aussitôt à l'esprit. Mais en écoutant mieux, elle ne compte qu'une personne, là-haut. Elle lâche un rire nerveux. Elle se fait peur toute seule, sous prétexte qu'elle est à la campagne, n'importe quoi !

Elle se détourne et examine le reste de la pièce. Placardée sur la porte du frigo, une affiche manuscrite *#DIY* donne le ton en lettres travaillées : *Les stocks communs sont gérés en commun. Mange, bois et veille au ravitaillement de chacun.*

Les stocks communs ? De nouveau, Pétronille tend l'oreille. Sur le plancher, on piétine, désormais. Depuis combien de temps la vieille dame l'a-t-elle laissée seule ? Dix minutes ? Une demi-heure ? Il n'y a même pas de pendule dans cette cuisine ! Pétronille sort son portable de son sac, pour constater que la batterie a rendu l'âme. Bruno… elle ne veut pas y penser. Mais elle devrait au moins rassurer Oscar. Et si elle avait besoin d'appeler les secours ? Est-ce qu'on pourra lui prêter un chargeur ?

Elle poursuit son inspection, le cœur battant. Le mur de gauche se distingue des autres car sur la chaux d'un blanc poudreux, on a punaisé à la va-vite une multitude d'images formant une immense mosaïque disparate.

Elle plisse un peu les yeux. Les heures de conduite ont fatigué sa vision, rien à voir avec une éventuelle presbytie. Elle est trop jeune. D'ailleurs, elle distingue rapidement qu'il s'agit de cartes postales. D'Espagne, d'Angleterre, d'Allemagne, de France aussi. On y voit des monuments connus, des couchers de soleil sur les toits de

Londres, Madrid, Barcelone, Berlin, Hambourg… Des ciels étoilés à Rennes, Munich, Valence, Séville, Glasgow, Manchester… Pétronille se redresse, sourcils froncés. Il y a donc des voyageurs épris de grandes villes qui écrivent à cette adresse perdue au fond des bois ? Des enfants partis vivre leur vie ? Beaucoup d'enfants, alors, car la table de la cuisine est gigantesque et les cartes nombreuses. Ces réflexions lui serrent le cœur et elle s'empresse de poursuivre son exploration, en attendant le retour de la vieille dame.

Timidement, sur la pointe des pieds, Pétronille quitte la cuisine et s'aventure de l'autre côté de l'entrée. Elle pousse une porte déjà entrouverte, tâtonne le long du mur jusqu'à trouver un interrupteur. Un gros lustre imitant des bougies illumine un salon. Immense, lui aussi.

En revanche, ici, aucune envie de sortir son smartphone pour photographier quoi que ce soit. L'ensemble, de bric et de broc, n'a aucun style. Des chaises et des fauteuils probablement chinés dans une décharge sont abandonnés aux quatre coins de la pièce. Une niche creusée dans le mur de pierre accueille une antique télévision qui n'intéresse personne, vu la couche de poussière qui recouvre l'écran !

Sur une pile de VHS aux jaquettes effacées, elle trouve un petit bristol, recouvert de belles lettres cursives. Pétronille s'en empare.

Bonjour/*Marhaba*/*Mbote*/*Bună ziua*
Au revoir/*'ilā l-lā'*/*Tokomonana*/*La revedere*
Merci/*Shukran*/*De rien*/*Mersi*
Je suis malade/*Ana mrida*/*Azali na Bokoro*/*Sunt bolnavă*

Elle ne reconnaît que *Shukran*, en conclut que la première traduction est de l'arabe, mais les autres ? Et pourquoi vouloir dire *je suis malade* en trois langues différentes ? Si la maison sert de gîte pendant les vacances, il faudrait plutôt savoir parler italien, espagnol, anglais et allemand, non ?

Décidément, tout est improbable, ici.

Elle foule un tapis aux coloris passés. Les franges d'un blanc sale sont un peu roussies du côté de la cheminée dont l'âtre noirci témoigne d'un usage intensif. Sur le manteau, un chaos d'objets hétéroclites : des cadres, une casserole en cuivre, un bougeoir métallique, deux moulins à café manuels, et même… une carabine ? Pétronille s'approche, méfiante, et respire en constatant que l'arme est piquetée de rouille. On l'a probablement oubliée là, comme le reste. Cependant, une tache de couleur vive attire son regard. Entre une petite dame-jeanne et un caillou gris, un emballage de carton vert et blanc. Un médicament ? Curieuse – et craignant de comprendre que la vieille est une psychopathe échappée d'un asile après avoir cessé de prendre son traitement –, elle saisit la boîte déjà ouverte. Pétronille se retrouve avec deux seringues emballées entre les mains, un préservatif, des cotons, deux ampoules pleines d'un liquide translucide, une petite cuillère et un papier expliquant comment faire une intraveineuse… Paniquée, elle range précipitamment le kit d'injection de drogue. Elle remet la boîte sur la cheminée et retourne dans la cuisine, de peur qu'on ne la surprenne. Elle manque de se cogner à la table de salon, un simple plateau de cuivre posé sur une armature en bois.

La taille et le bon état de la demeure l'avaient rassurée, mais les panneaux, le bristol et le nécessaire pour toxico ravivent son inquiétude. Et puis d'abord, que fait une personne âgée dehors à la nuit tombée ? Est-ce qu'elle passe de la drogue ?! Est-ce qu'elle en consomme ? Est-ce qu'un réseau particulièrement rusé utiliserait la maison d'une vieille mafieuse comme plaque tournante ? Est-ce le quartier général d'un trafiquant à l'amour filial chevillé au corps ?

Glacée, Pétronille réalise que cette hypothèse expliquerait les cartes postales. D'ailleurs, quand elle a essayé de savoir près de quelle ville elle se trouvait, la vieille, qui prétend s'appeler Jeanne, s'est moquée d'elle sans lui répondre. Tout ce que Pétronille a réussi à savoir, c'est qu'elle était plus près de la frontière espagnole que de chez elle.

La frontière espagnole.

Elle a vu, à la télévision, ces images de jantes de voiture dissimulant des paquets de cocaïne ou des pains de résine de cannabis. En désespoir de cause, elle essaie une nouvelle fois d'allumer son portable. En vain. Comme par hasard, les pas retentissent maintenant dans l'escalier.

Pétronille souffle, ferme les yeux, se compose comme elle peut un visage tranquille et avenant. Innocent. Elle doit se montrer naïve en apparence et rester sur ses gardes. Elle ne dormira pas, cette nuit, elle conservera les yeux ouverts, les sens en alerte. On ne sait jamais.

– Bon, ton lit est prêt, aboie la mère de Pablo Escobar.

– Merci, il ne fallait pas vous déranger, balbutie Pétronille.

– Ah oui ? Tu préfères dormir par terre, peut-être ?

Cette allusion aux réalités carcérales terrorise davantage Pétronille. Le regard perçant sous les paupières tombantes ne la lâche pas. Pétronille n'ose pas imaginer la nuit qu'elle va passer dans ce repaire isolé, à l'écart de tout secours potentiel.

– Tu veux manger, boire ?

– Euh… non, ça va, merci, je…

– Bon, alors tu dors sur une chaise ou tu me suis ? la relance Jeanne, qui commence à s'agacer.

– Je… J'aimerais aller aux toilettes, si c'est possible, ose Pétronille.

– Ah oui, je te confirme que j'aime autant, parce que je ne t'ai pas mis d'alèse !

Sur ce commentaire prononcé d'un ton brusque, les lèvres retroussées en demi-sourire, Jeanne lui tourne le dos et s'avance dans le corridor. Là, d'un index pointé fermement, elle lui désigne l'escalier menant à l'étage.

– Tu vois l'escalier ?

– Oui.

– Tu passes dessous et c'est au fond, la porte sur ta gauche, indique Jeanne. Je t'attends.

Pétronille suit les indications, sentant toujours les yeux de lézard sur elle. C'est du soulagement qu'elle éprouve en poussant la porte des toilettes, parce qu'elle peut se soustraire à cette observation minutieuse. Mais lorsqu'une ampoule nue éclaire enfin les lieux, Pétronille découvre un interminable couloir aux murs chaulés, au fond duquel, juché sur petite estrade carrelée, se trouve le trône ! *#lecouloirdesenvies*.

– L'angoisse, souffle-t-elle, abasourdie par l'incongruité des lieux.

Il n'y a rien de commode dans ces commodités, trop étroites, trop longues et tellement… vides. Évitant soigneusement tout contact avec la lunette, elle contemple la porte à quatre mètres d'elle. Heureusement qu'on peut la fermer à clé !

Lorsqu'elle rejoint son hôtesse, celle-ci adopte de nouveau un sourire ironique.

– Alors, on se sent mieux ?

– Oui, merci, ment Pétronille.

De toute façon, Jeanne n'a pas attendu sa réponse, elle est déjà dans l'escalier. Elle monte d'un bon pas, s'accrochant à la rampe pour diminuer l'effort. Pétronille la suit jusqu'à l'étage, dans un long couloir qui dessert plusieurs portes. Jeanne ouvre la première à sa gauche.

– Ça, c'est la chambre où tu vas dormir, dit-elle. Au fond, là-bas, tu as une salle de bains, mais elle est mitoyenne de mon lit, alors tu seras gentille de la mettre en veilleuse si tu dois t'y rendre.

Rien qu'à l'idée de se risquer seule et en pleine nuit dans cette maison, Pétronille a envie de pleurer. Elle hoche docilement la tête et pénètre dans la chambre qu'on lui attribue. La première chose qu'elle remarque, c'est qu'il n'y a pas de verrou.

– Bonne nuit à vous et merci beaucoup pour votre généreuse hospitalité, prononce-t-elle très vite, d'une voix qu'elle espère assurée.

– Bonne nuit, Milady, lui jette Jeanne, en se retirant dans sa propre chambre.

Pétronille soupire. Elle ne voudrait pas paraître ingrate, mais tout de même, la vieille est agaçante ! Elle jette un dernier coup d'œil au couloir, presque aussi long et sinistre que les toilettes du rez-de-chaussée. Le mur est percé de cinq portes. Deux chambres et une salle de bains, qu'y a-t-il derrière les deux dernières ? Mystère… Elle referme doucement la sienne. Dans cette chambre, le temps s'est arrêté plusieurs décennies auparavant. Meuble de toilette en merisier et marbre, fauteuils crapauds dans des teintes automnales, avec des franges qui balaient le sol. Pétronille pose son précieux sac à main sur l'un d'eux et avise une chaise assez légère pour être portée. Elle la saisit et, malgré la fatigue qui l'écrase, réussit à la caler contre la porte, de façon à en bloquer la poignée.

Ensuite, elle s'allonge prudemment sur le dessus-de-lit à fleurs. Elle s'attend à un matelas défoncé sur un sommier expirant, mais non. Accueil souple, soutien ferme. Et les oreillers sentent bon la lavande.

Quelques secondes plus tard, Pétronille ferme les yeux. Juste un instant, pour me reposer un peu, se dit-elle.

Puis plus rien.

Dans la chambre d'à côté, seulement séparée de Pétronille par un profond placard, Jeanne écoute. Le bruit de la chaise qu'on place sous la poignée lui arrache une grimace. Elle se demande ce qui effraie cette femme à ce point, cette Pétronille avec ses habits bien coupés et ses manières de citadine qui tripote sans arrêt son portable. Ces foutus portables, pour lesquels on exploite de pauvres gosses dans les mines du Congo, tout ça pour que des abrutis puissent jouer à des jeux débiles et se photographier l'ego !

Jeanne retire ses vêtements et les plie nerveusement avant de les poser sur le dossier d'une chaise. Elle plonge les mains sous son oreiller, calé contre la grande fenêtre dont elle ne ferme jamais les volets, afin d'être réveillée par le soleil. Elle en sort sa chemise de nuit en coton, qu'elle enfile en soupirant. Ses épaules la font souffrir autant que ses hanches, ce soir. Elle a beaucoup marché et préparer l'ancien lit de Marie-Carmen lui a été difficile. Mais elle ne voulait pas que la jeune femme s'en occupe. C'est sa décision d'y accueillir quelqu'un, c'était à elle de s'en charger. L'arrivée d'une inconnue en détresse, précisément aujourd'hui, à l'occasion de ce triste anniversaire, c'est comme si Marie-Carmen lui envoyait un message. Ou un coup de pied aux fesses pour lui enjoindre de tourner la page. Mais de quel livre ?

Le grincement du sommier sous le corps qui se couche à côté lui met les larmes aux yeux. Un an qu'elle n'a pas entendu ces bruits-là. Un an. Elle connaît sa maison par cœur. Elle sait déjà que Bassem, le plus jeune de la maisonnée, est encore debout. Prudent comme toujours, il ne s'est pas montré. Elle aurait pu ressortir pour le prévenir, mais les derniers préparatifs ont eu raison des forces qui lui restaient.

On verra demain ce qu'on fait de cette fille. Pourvu qu'elle ne ronfle pas, ce sera déjà ça de gagné !

– 5 –

Pétronille se dresse sur le lit. Le jour entre par la fenêtre fermée, les volets sont restés ouverts la veille au soir, et elle s'est endormie si vite qu'elle ne s'en est pas aperçue. Quel est cet horrible cri ?

– *Kiiiiiiiiiiiiiiikiiiiiiiiiiii !!!!*

La voix est puissante, on dirait qu'elle jure. En russe, peut-être ? Pétronille déglutit en repensant au kit de drogue dans le salon, aux allusions de Jeanne, à l'atmosphère de la maison où elle vient de passer la nuit. Mais comment a-t-elle pu s'endormir ? se demande-t-elle en se dirigeant vers la fenêtre qu'elle ouvre pour inspecter dehors.

Rien. À part une vue éblouissante sur des collines couvertes de forêts, un ciel d'un bleu déjà intense et ce qui semble bien être l'arrière de la maison. Rien, à part le caquètement d'une poule, qui pourrait tout aussi bien être un coq, les gallinacées ne relevant pas davantage de son domaine de compétences que la mafia russe.

Soudain, une silhouette s'avance dans son champ de vision. Cheveux blancs coupés court, une femme de petite taille s'appuie de son bras gauche sur une canne, le droit étant pris dans un plâtre décoré de plusieurs lettres que Pétronille ne parvient pas à déchiffrer. La femme porte une longue robe en panne de velours mauve, plutôt chic mais démodée, et totalement incongrue au vu de la chaleur qui commence à régner. L'option russe se préciserait-elle ?

Kékékékékéké ! De frayeur, Pétronille manque de tomber à la renverse. Un oiseau noir de taille imposante s'est posé sur le rebord de sa fenêtre et avance son énorme bec blanchâtre vers elle.

– Va-t'en, file ! crie-t-elle au comble de la panique.

Ils vont avoir ma peau, je ne m'en sortirai pas, se dit Pétronille en fixant les prunelles noires de l'horrible animal. Mais elle n'ose pas bouger.

– Ne lui crie pas dessus, il a horreur de ça. C'est un rebelle, il pourrait te curer le blaze. Kiki, viens ici mon garçon !

L'oiseau pousse un dernier son guttural intraduisible et quitte le rebord pour voler en direction de la voix. Pétronille avance prudemment la tête. La femme est tournée vers la fenêtre et la regarde, l'oiseau perché sur son épaule gauche. Elle est au moins centenaire !

– Alors c'est toi, la petite chose perdue au fond des bois ? Moi, c'est La Molotov, dit-elle en agitant son bras plâtré, et lui, c'est Kiki. Descends ma poule, viens donc boire un kawa.

– Bonjour madame... Molotov. Moi, c'est Pétronille.

– Oh ça, on est au jus ! T'as rempli notre quota rigolade de la journée. Sauf Bassem, mais lui, il a pas d'humour.

C'est un gars, en même temps, et les gars, on peut pas trop leur en demander. Allez, descends de ton perchoir, on est dans la cuisine.

– Je vais d'abord utiliser la salle de...

– Ramène ta fraise ! lance La Molotov qui a déjà disparu à l'intérieur de la maison.

Pétronille a la gorge sèche. En bas, l'attendent donc Jeanne la mafieuse, Mme Molotov et son oiseau de malheur ainsi qu'un certain Bassem. Ce sont des Russes, elle en est presque sûre ! Les Russes sont dangereux, tout le monde sait ça. Ils boivent, ils aiment Poutine, ils passent de la drogue... beaucoup de drogue, même. Et ils alimentent aussi les réseaux de prostitution... *Kékékéké !*

Calme-toi, tu as trop d'imagination, se répète une Pétronille en sueur, tout en descendant l'escalier. Cela ne peut pas être aussi grave que ça en a l'air. *Ding Ding Ding*, une horloge sonne la demie quelque part dans l'entrée. Mais cela n'indique pas à Pétronille l'heure qu'il est pour autant.

– Ah, la voilà ! Viens par ici qu'on puisse voir ta bobine, s'exclame La Molotov en repoussant son bol sur la table. Elle est choucarde, Bassem, tu trouves pas ?

Et elle fourre un coup de coude dans les côtes de l'homme, installé près d'elle, pour appuyer ses paroles.

– *Salam*, dit l'homme en s'adressant à Pétronille.

Ce n'est pas un Russe et il est jeune, constate-t-elle, ce qui ne la rassure pas pour autant. Il faut être souriante et simple. Surtout simple, limite niaise, se rappelle-t-elle. Pour ne pas éveiller de soupçons.

– Bonjour, monsieur, répond-elle poliment.

Bassem est assis devant un bol de café. Petite trentaine, l'homme est assez grand, pour autant qu'elle puisse en juger, de courts cheveux noirs, les joues rasées de frais. Il est vêtu d'un jean et d'une marinière. Son regard marron est doux comme un caramel, avec une pointe de tristesse salée. Un visage à peu près normal, sinon, et même assez plaisant. Ce sont les pires, ceux qui ressemblent à tout le monde ! C'est ce qu'elle a vu dans « Chroniques criminelles » et « Faites entrer l'accusé ». Le sang de Pétronille tourbillonne en repensant aux horribles histoires qu'elle a pu suivre de son canapé. Elle ne va pas se retrouver dans un fait divers !

– Elle a bien dormi ? demande une voix familière dans son dos.

Pétronille opère une brusque volte-face et croise le regard de Jeanne qui s'active en cuisine. Ses longs cheveux blancs sont torsadés en chignon bas sur la nuque. Elle porte un large pantalon de toile rouge et un tee-shirt gris, son médaillon bien en place sur le corsage. Un joli pendentif, d'ailleurs. Jeanne a l'air reposée et pimpante, ce qui rappelle à Pétronille qu'elle est toujours dans ses vêtements froissés de la veille et qu'elle n'a pas encore eu le temps de prendre une douche ! Cela sent bon le pain frais et le café chaud. Tout est tellement ordinaire que Pétronille ne peut s'empêcher de sentir sa vigilance se relâcher.

– Très bien, merci… Jeanne.

Et en le disant, elle s'aperçoit que c'est vrai. Elle a passé une nuit calme et a dormi comme une masse. Sur la table, des miettes de pain, une motte de beurre, deux bols sales et deux pots de confiture maison ouverts jouxtent un plat de pêches de vigne, un petit bol de fraises et des fromages de chèvre. *#authenticité*. Le ventre de Pétronille gargouille aussitôt.

– Qu'est-ce qu'elle prend au petit déjeuner ? la relance Jeanne.

– Du granola et un déca, répond Pétronille par automatisme.

– Du grano quoi ?

La voix de Jeanne a viré de bord. Pétronille enfonce la tête dans les épaules.

– Mais un thé, ce serait très bien aussi, se reprend-elle.

– Un thé ? Comme une Milady, alors ? Il y a du thym et du romarin dans le jardin, si ça te convient. Je fais chauffer de l'eau.

– Taratata, la vieille, s'exclame La Molotov, elle sait pas ce que c'est.

– Bien sûr que je connais le thym et le romarin, s'indigne Pétronille.

Bassem boit une gorgée de son café en la regardant. Doit-elle s'en inquiéter ? La Molotov ricane en filant des morceaux de pain trempé à son oiseau tandis que Jeanne met la bouilloire sur le gaz.

– Dehors, tout droit jusqu'au mur de pierre, tu as le jardin, dit-elle en frottant une allumette. Va chercher tes herbes et pour ton granotruc, j'ai bien peur qu'il n'y en ait pas. Mais le pain est frais, le beurre est du coin, et les confitures, c'est les miennes.

– Trèèèès bon, dit Bassem de sa voix grave, avec un accent qui n'a définitivement rien de russe.

C'est étrange, Pétronille se sent rassurée par la douceur qui émane de lui, même si elle sait que ça ne veut rien dire ! En sortant par l'une des portes-fenêtres de la cuisine, elle admire en un coup d'œil la vaste étendue herbeuse devant la terrasse, le chêne immense qui se dresse tout au bout, avec son fauteuil à bascule blanc et la clôture de pierres grises qui le jouxte, délimitant un jardin potager serti d'arbres fruitiers.

Dès qu'elle en franchit le portail, Pétronille est perdue au milieu des buttes où s'enchevêtrent les batavias, les fleurs de courges, les grappes de l'albizia, les premiers œillets d'Inde entre les pieds de tomates et toutes sortes de végétaux inconnus d'elle. Les chants d'oiseaux le disputent aux bourdonnements d'insectes, une poule noire caquette de plus belle depuis qu'elle a vu Pétronille s'avancer vers le poulailler, au fond du potager, où une autre volaille – rousse celle-ci – l'observe de ses yeux ronds. C'est une véritable salve de vie qu'elle prend en pleine tête ! Bruits, parfums et couleurs abondent de toute part et la grisent. Pétronille ferme les yeux sous la caresse du soleil et respire profondément. Le calme entre en elle et apaise les tensions qui ne cessent de l'agiter depuis qu'elle est arrivée dans cette maison. La liberté dans laquelle poussent les plantes, leur profusion, le soin porté aux fleurs et les arbres chargés de fruits lui parlent de l'amour que le jardinier ou la jardinière consacre à ce lieu. Un aussi beau jardin peut-il appartenir à une mauvaise personne ? *Décidément, un sourire, du soleil, trois brins d'herbe et je me crois au pays de Oui-Oui !*

Au milieu de toute cette verdure ébouriffante, Pétronille s'avise que le thym comme le romarin, elle les a utilisés en poudre et parfois séchés, mais jamais au grand jamais elle n'en a vu de frais. Il faudrait peut-être qu'elle s'y penche pour son projet de balcon végétalisé. Heureusement, elle reconnaît un tapis de menthe, à l'ombre d'un cerisier, et se penche pour en froisser une feuille afin de vérifier son odeur. *#rawfood.* C'est à peu près la seule herbe qu'elle connaisse, grâce au mojito. Il y a aussi le persil et la ciboulette, mais en infusion, elle n'y croit pas trop.

– Finalement, je préfère une infu de menthe, dit-elle en retournant auprès de ses hôtes.

– Un fût de quoi ? demande La Molotov.

– T'avais raison, dit Jeanne en s'adressant à son amie, elle sait pas reconnaître le thym et le romarin.

– Toute une éducation à refaire, si tu veux mon avis.

Pétronille rougit en s'asseyant à la grande table. Bientôt, Jeanne lui porte un bol fumant rempli de feuilles de menthe. Est-ce qu'elle les a rincées, au moins ? se demande Pétronille en fixant la surface, à la recherche de débris ou – pire ! – de bestioles. Bassem saisit deux sucres XXL et les glisse d'autorité dans son bol. Pétronille n'ose pas refuser alors qu'elle n'en consomme plus depuis longtemps – surtout s'il est raffiné !

– Trèèèèès bon, dit-il, une fois de plus.

– C'est vrai qu'elle est bien bonne, cette infu, opine Pétronille en se brûlant la langue.

Parlez-moi d'amour, redites-moi des choses tendres…, fredonne La Molotov en s'adressant à Kiki, lequel en profite pour battre des ailes en projetant des miettes un peu partout.

– C'est quoi, comme… oiseau ? demande Pétronille en soufflant sur son infusion.

– Le plus intelligent de tous les corvidés. C'est un freux.

Puis, devant l'air effaré de Pétronille, elle lève les yeux au ciel et lance à Jeanne :

– Elle sait pas non plus reconnaître les corbeaux ! On n'a pas le dargeot tiré des ronces !

Pétronille voit enfin ce qui est écrit sur le plâtre de cette étrange femme dont la tenue et l'animal de compagnie lui évoquent un bon vieux film de vampires :

I ♥ Molotov

Pétronille achève sa quatrième tartine. Elle a englouti le fromage de chèvre, achevé les fraises et torché le pot de confiture de reine-claude en lampant des litres d'infusion, quand Jeanne vient se planter devant elle.

– Bon, lui dit-elle, maintenant que tu as vidé les réserves, on va pouvoir aller chercher ton carrosse ?

– Oh oui, répond Pétronille, ce serait fantastique. Mais je n'ai plus d'essence, mon téléphone est déchargé et j'ai oublié ma carte de crédit.

Elle s'interrompt en mordillant sa lèvre inférieure. Ces quelques mots lui permettent de réaliser sa situation. Comment va-t-elle faire le plein ? Et où aller ? Chez les parents des amies de Marion, chez sa prof de yoga qu'elle n'a pas vue depuis huit mois, la voisine du deuxième ? Elle ne se voit pas débarquer chez Vincent, le collègue de son mari. Il y en a un qui le prendrait très mal. Et alors ? Ça lui ferait les pieds ! En attendant, elle est seule et cette certitude lui explose au visage. Elle est seule. Elle a tout misé sur la famille et voilà le résultat. Hors de question d'appeler Bruno, elle lui donnerait toutes les raisons de la prendre pour une incapable. Elle est partie, elle doit se débrouiller.

Elle pense aussi à Oscar, à leur inquiétude, et une culpabilité acide la mord comme un serpent. Mais elle l'évacue aussitôt, c'est ça ou capituler. Elle n'a même pas envie de dire à Bruno qu'elle va bien. On va voir comment ça se passe quand elle n'est pas là. *Qu'ils se débrouillent, tous !*

Pendant ce temps, Jeanne observe Pétronille. Ce genre de femme, perdue, à côté de ses pompes et légèrement hagarde, elle en a déjà vu. Qu'est-ce qu'elle fuit, celle-ci ? Les coups d'un mari ou d'un amant ? Elle n'a pas l'air d'avoir de marques. Il y a bien des manières de faire souffrir quelqu'un, les coups ne sont pas les seules options. Elle a vu toute la palette de la créativité humaine en la matière. Rien que Bassem…

– Bref, dit Jeanne, t'es un peu en galère, si j'ai tout compris.

Pétronille esquisse un sourire, mais ses yeux démentent l'effort qu'elle s'impose pour paraître à l'aise.

– J'ai un jerrican d'essence dans la remise. Va prendre tes clés et rejoins-moi dans la cour. On va aller chercher ton engin.

– Merci, dit Pétronille au dos de Jeanne qui disparaît dans l'entrée.

– Ramène ta fraise.

Mais ça suffit à la fin, je ne suis pas un chien !

– Quoi ? demande La Molotov.

Un instant, Pétronille se demande si elle a dit cette phrase à voix haute, alors qu'elle pensait l'avoir juste hurlée dans sa tête.

– Non, rien, dit Pétronille. J'y vais.

Bassem lui adresse un petit signe de la main, auquel elle se sent tenue de répondre avec un sourire de façade. Kiki suit chacun de ses mouvements comme s'il envisageait de se percher sur elle. *Votre beau discours, mon cœur n'est pas las de l'entendre*, susurre La Molotov en se curant les ongles d'un air entendu.

Munie de ses clés et de son Birkin, Pétronille se lance à la recherche de Jeanne qu'elle retrouve, un jerrican à ses pieds, sur le chemin de terre par lequel elles sont arrivées cette nuit.

– Il pèse un âne mort, l'informe Jeanne en lui désignant le bidon d'essence. On se relaiera.

– On n'y va pas... en voiture ? C'est loin, non ?

– Ici, on marche, Milady. C'est le secret de la longévité.

Pétronille vacille en soulevant le jerrican, se racle la gorge et bombe le torse pour indiquer que tout va bien, alors qu'elle est en train de se démonter la clavicule. Sans échanger un mot de plus, elles se mettent en route. Tous les dix pas, Pétronille s'arrête, pose le jerrican et change de main. Son sac ne cesse de glisser de son épaule. Elle sent le regard de Jeanne et ne peut s'empêcher de se demander si on ne la soumettrait pas à un test dont le but ne lui apparaît pas clairement.

– Est-ce qu'il y a un guichet BNP-Paribas, dans le coin ? Parce que sans ma carte bancaire...

– T'es à trente bornes de la ville la plus proche et à six kilomètres de Troulou. La BNP, on connaît pas. Ici, on est plutôt Crédit Agricole. Tu te fais entuber pareil, mais par des locaux. C'est plus écolo, c'est en circuit court.

Pétronille éclate de rire, malgré la douleur qui lui crispe les deux trapèzes et menace de lui arracher une migraine de force huit.

– Trouloulou, lance-t-elle en posant le jerrican pour rire plus à son aise. Pardon, c'est nerveux.

– Troulou, 239 habitants et demi, précise une Jeanne furibonde. Un seul commerce, tenu par Mylène.

Épicerie, bar, wifi, salon de coiffure et conseils en tout genre jusqu'au retour de l'être aimé ! Si tu veux te servir de ton téléphone ou d'internet, c'est chez elle que ça passe. Ailleurs, c'est zone blanche.

– Et qui c'est, le demi-habitant ?

– Un couple qui nous vient tout droit de la capitale. À eux deux, ils sont pas foutus d'en faire un tout entier. Ça connaît rien à la terre, mais ça te donne des leçons d'agriculture. Ça court au cul des vaches en poussant des cris d'extase et ça découvre les bienfaits du travail au grand air. Il paraît qu'ils ont toute une série de vidéos pour raconter la vie simple du rat des champs. Ils se prennent pour des spécialistes.

Elle esquisse une moue dégoûtée.

– Vous ne les aimez pas beaucoup, on dirait ?

– C'est des bruyants. Je suis habituée au calme.

– Et pourquoi ils sont venus ici ?

– Pour soutirer du fric aux gogos. Ils les emmènent crapahuter toute la journée, une tisane, trois chansons au coin du feu et au lit !

Pétronille réfléchit un moment avant de hasarder :

– Un centre de jeûne ? C'est mieux qu'un élevage industriel, non ?

– On voit pas trop la différence, ça n'arrête pas de cancaner. Allez, assez discuté mon petit, on a encore de la route.

Jeanne attrape le jerrican d'une poigne solide et poursuit sur sa lancée. Pétronille admire la force de son hôtesse, la détermination de sa silhouette. Elle remue ses épaules pour les décontracter, il lui semble que ses bras vont se détacher pour se planter tout droit dans l'herbe.

Elles finissent par arriver jusqu'à la Mini que Pétronille retrouve avec une joie démesurée. Sa voiture, ses sièges en cuir et son GPS en carton. *La civilisation, la vraie !* Pendant que Jeanne verse l'essence dans le réservoir, Pétronille vérifie que tout va bien en se glissant à la place conducteur. Quand Jeanne s'assied à son tour et referme la portière, les deux femmes restent silencieuses un moment.

– Encore merci.

– Y a pas de quoi, répond Jeanne avec un mince sourire.

Pétronille démarre et suit les indications de Jeanne pour retrouver la route. Conduire la rassure et la détend, comme si elle reprenait le contrôle d'une situation qui n'a cessé de lui échapper depuis qu'elle a quitté son appartement sur un coup de tête.

– Mme Molotov, c'est votre sœur ?

– Manquerait plus que ça ! s'exclame Jeanne en riant. La Molotov, c'est une vieille amie de lutte.

Une lutte ? De quoi, de clan ? C'est plutôt les Italiens qui ont ce genre de comportements, non ? se demande Pétronille, en essayant de rassembler ses souvenirs à ce sujet.

– Elle pouvait plus rester seule, continue Jeanne, à cause de son bras cassé. Et elle ne veut pas aller en maison de convalescence, on n'y voudrait pas son corbeau. Ces deux-là, c'est à la vie à la mort. Alors elle vient ici, pour se retaper. Le temps qu'il faudra.

Pétronille n'en a jamais entendu autant de la bouche de Jeanne depuis qu'elle l'a rencontrée. Elle en profite pour pousser plus loin.

– Et Bassem ?

Jeanne lui lance un regard aigu, mi-interrogation, mi-avertissement.

– Bassem ? Je ne vois pas de qui tu parles. Je connais pas de Bassem. Et si jamais j'en avais connu un, il aurait tellement souffert que je lui foutrais la paix. *Capisce ?*

Pétronille sent de nouveau l'ombre de la mafia planer au-dessus d'elle. Ce sont des Russes qui parlent comme des Italiens et qui se droguent, conclut-elle intérieurement. Mais elle se contente de hocher la tête en arborant un sourire lisse.

– Et toi, Pétronille, t'as pas une histoire à raconter ? D'où tu débarques, en pleine nuit, le réservoir à sec, sans bagages et sans un rond ? Tu fuis quelqu'un, t'as les condés aux trousses ?

– Mais pas du tout ! se récrie Pétronille, scandalisée.

– Note que ça me dérange pas, j'en ai vu d'autres. Des que tu t'imagines même pas.

Ces quelques mots sont loin de rassurer Pétronille !

– Si c'est ton gars qui te file sur la tronche... poursuit Jeanne imperturbable.

– Bruno ? Il n'a jamais levé la main sur moi. Non, c'est rien de tout ça. Je... j'ai...

– Besoin de te poser un moment quelque part, peut-être ?

Pétronille acquiesce en silence.

– Je comprends ça.

Jeanne soupire. *Moi-même, j'irais bien prendre ma retraite dans la bergerie.* Elle en a tellement marre de tout et de tout le monde. Mais elle ne peut rien dire. Si La Molotov apprenait quels sont ses projets, il y aurait du rififi au Refuge.

– Du rififi au Refuge, dit-elle à mi-voix, pour mieux en savourer la sonorité. Depuis combien de temps tu n'as pas fait un truc rien que pour toi, petite Pétronille ? ajoute-t-elle avec une douceur inattendue.

Pétronille ne répond pas, les yeux fixés sur la route, s'appliquant à ne pas se laisser déborder par l'émotion en contrôlant sa respiration. *Everything is under control!* se répète-t-elle mentalement.

– C'est bien ce que je pensais, remarque Jeanne. Il était temps, tu ne crois pas ? C'est là, tourne à gauche et on y est.

Pétronille se retrouve devant le Refuge, alors qu'elle se croyait sur la route de Troulou pour y faire le plein. Que doit-elle comprendre, il faut qu'elle s'en aille ? Cette perspective la sidère.

– Alors voilà, commence-t-elle. C'est euh… C'est maintenant, donc…

– Si tu veux rester quelque temps, la coupe Jeanne, il n'y a pas de problème. Va garer ta voiture dans le hangar, c'est pas la peine qu'on la voie traîner, durant ton séjour.

Pétronille éprouve un soulagement inattendu. C'est bourru, mais ça reste une invitation. Elle peut partir, personne n'essaie de la retenir de force. Bien sûr, elle ne sait pas trop où elle met les pieds, mais… si elle acceptait, jusqu'au lendemain ? Le temps d'imaginer la suite ? Ça s'est plutôt bien passé, dans l'ensemble, jusque-là. Et elle a tellement besoin de se poser pour réfléchir.

Je suis vraiment larguée, se dit-elle, la gorge serrée.

– Si ça ne vous dérange pas trop… Et, euh… vous auriez un chargeur de téléphone, à tout hasard ?

– Non, m'occupe pas de ces saloperies.

Jeanne sort de la voiture, mais avant de refermer la portière, elle se penche dans l'habitacle et ajoute :

– Règle de vie n°1 : Mets la main à la pâte mais ne traîne pas dans les pattes.

VLAM !

– 6 –

Hagard, Bruno essuie les verres de ses lunettes pour la septième fois de la matinée. Il a vidé trois boîtes de lingettes nettoyantes depuis hier. Depuis qu'il a réalisé que Pétronille mettait énormément de temps à revenir des courses en prévision du dîner avec Vincent. Et sa consommation a encore augmenté lorsqu'il s'est mis à paniquer.

Parce que c'est bien de ça qu'il s'agit. Cette tension au creux du ventre, ces mains moites, cette nervosité qui l'empêche de rester assis plus de quelques minutes.

Il a d'abord été sidéré par la réaction de sa femme, qui ne manifeste jamais sa mauvaise humeur aussi ouvertement. Pétronille soupire, boude, râle un peu, mais ça s'arrête là. Elle est comme ça, Pétronille : facile à vivre. Alors au début, il ne s'est pas inquiété. OK, il a été un peu maladroit, mais c'était drôle, quand même. Non ?

Bruno remet ses lunettes. Il se lève, va jeter sa lingette avec les autres, dans le bac de recyclage, sans être trop sûr que ce soit le bon endroit. Mais trois poubelles dans la cuisine, selon lui, c'est deux de trop.

Pour la millième fois, il regarde par la fenêtre qui donne sur le parking fermé de l'immeuble. Toujours pas de Mini.

Il était persuadé qu'elle rentrerait, hier soir. Vers dix-sept heures, il a commencé à s'impatienter et a envoyé un premier SMS à sa femme. Pas de réponse. À dix-huit heures, il était franchement agacé. À dix-neuf heures, il a essayé de la joindre plusieurs fois sans succès et s'est résolu à annuler le dîner.

– Vince, je suis désolé de t'appeler aussi tard, mais on va devoir remettre le dîner, Pétro ne se sent pas très bien, a-t-il prétendu au téléphone.

– Ah mince ! Rien de grave, au moins ? a demandé son collègue.

– Un petit virus, rien de méchant, mais il faut qu'elle se repose.

Bruno n'était pas encore inquiet. Il ne comprenait pas pourquoi sa femme se mettait dans un tel état pour une simple plaisanterie et n'avait aucune idée de ce qu'elle pouvait bien fabriquer ni d'où elle se trouvait. Il a consulté régulièrement son compte Instagram, avec l'espoir absurde qu'elle mettrait en ligne une photo d'elle attablée en terrasse, pour le faire rager. Ce matin, il donnerait n'importe quoi pour que ce soit le cas.

Lorsque le soleil a commencé à décliner, Bruno s'est alarmé de l'absence d'Oscar. Heureusement, leur fils a son téléphone greffé dans la main, lui. Il a décroché dès la première sonnerie expliquant à son père qu'il était chez un ami et n'avait pas vu le temps passer. Il a été ravi quand Bruno lui a suggéré d'y rester pour la nuit, si c'était possible. Pétronille ayant autorisé la sortie, on pouvait donc être sûr qu'elle avait vérifié les antécédents judiciaires et les méthodes éducatives des géniteurs de Lucio, Enzo ou Léo, quel que soit le nom de cet ami.

La nuit a été terrible. C'est une chose de dormir à l'hôtel, dans une ville d'Europe, lors d'un déplacement professionnel, mais rester seul, chez eux, l'a bouleversé. Bruno n'a pas fermé l'œil. Il a envisagé de parcourir toutes les rues, en bagnole, à la recherche de la Mini, mais où aller ? Et si Pétronille revenait entre-temps, qu'elle ait besoin de lui ? Ou alors qu'elle en profite pour boucler sa valise ? Il a fini par contacter tous les hôpitaux de Bordeaux : pas de Pétronille. Il a chargé son portable chaque fois que la batterie passait sous les cinquante pour cent, anxieux à l'idée de rater un appel.

Il est maintenant dix heures du matin. Bruno tourne en rond, essayant de joindre Pétronille toutes les demi-heures. Il ne sait plus combien de messages il lui a laissés. Il a d'abord joué le mari détaché, avant de prendre un ton sec, puis de carrément s'énerver. Quand le soleil s'est levé, il lui a présenté des excuses et, à partir de huit heures, il l'a suppliée de rappeler.

Le vide de l'appartement le rend dingue ! Il fait des choses stupides, comme vérifier que la valise de sa femme est toujours là, alors qu'il a vu Pétronille claquer la porte, en emportant seulement le sac à main qu'il lui a offert pour ses trente-cinq ans. Un an qu'elle en rêvait, de ce fichu Birkin.

– Putain, Pétro, où tu es ? murmure Bruno, d'une voix blanche.

Depuis quelques minutes, ses doigts hésitent. Bruno se rassoit sur le canapé, ôte encore ses lunettes aux verres étincelants. Il les pose sur la table du salon, se frotte le visage, les chausse à nouveau. Il fixe son téléphone, les traits tirés, mâchoires contractées. Une dernière fois, il tente de joindre sa femme. Pas de réponse. Depuis vingt-deux heures hier, il est redirigé vers la messagerie, comme si elle avait coupé son téléphone. Ça ne lui ressemble pas. Rien de ce qui se passe ne lui ressemble.

Maintenant, il est consumé par la trouille.

Il manipule son portable sans réussir à se décider. S'il compose ce numéro, la situation basculera. Il ne sera plus en train d'attendre Pétro. Il ne sera plus en train de se demander s'il va d'abord exploser de colère, à cause de l'angoisse qui le torture sans relâche, ou s'il la prendra dans ses bras. S'il passe cet appel, il admet que sa femme a disparu.

Les mots tournent dans sa tête. *Ma femme a disparu. MA FEMME A DISPARU.* Un frisson de terreur le parcourt. Pétronille. Seule, dehors, son portable brisé sur le sol, quelque part. Le sac qu'elle avait tant désiré, arraché. Sa femme, disparue. Il a peut-être trop attendu, il est peut-être déjà trop tard. Bordel de merde ! Son pouce s'active, rapide, en trois temps.

– Vous êtes en relation avec le 17, police secours.

Pétronille retourne dans la chambre où elle a passé la nuit. Elle pose son sac sur le lit, y glisse la clé USB contenant sa playlist, qu'elle a prise par réflexe tout à l'heure. Avec sa voiture, les cinq euros dans son porte-monnaie et les vêtements qu'elle a sur le dos, c'est tout ce qui lui reste. Il va d'ailleurs falloir qu'elle trouve une solution parce qu'elle ne peut pas porter indéfiniment la même chemise ni les mêmes sous-vêtements.

Ce que ça implique lui donne le vertige. Elle a accepté de rester le temps de se reposer avant de repartir, c'est tout. Enfin, accepté… *Ce n'est pas non plus comme si Jeanne m'avait suppliée.* En revanche, sa question l'a bouleversée plus qu'elle n'aurait pu le prévoir. Depuis combien de temps n'a-t-elle pas fait quelque chose rien que pour elle ? Pétronille s'assoit à côté de son sac.

Sa dernière tentative d'activité professionnelle remonte à six mois. Ça, c'est quelque chose qu'elle avait initié pour elle. Pour se sentir exister. Elle venait de terminer un stage de massages shiatsu. Leur enseignante, Christelle, était compétente et bavarde. Elle leur avait confié qu'à ses débuts, des hommes lui demandaient au téléphone si elle faisait *les finitions.* Pétronille en avait eu des frissons de dégoût ! Du coup, elle ne l'avait pas raconté à Bruno, refusant de lire encore dans ses yeux qu'elle s'était engagée dans une impasse professionnelle. Elle avait alors imaginé proposer des massages pour chiens – il existe bien des vétérinaires ostéopathes. Quand elle avait commencé à en parler autour d'elle, les gens avaient ri. Sans se décourager, elle avait parié avec Jean-Luc et Marina, ses boulangers certifiés bio, qu'elle pouvait soulager Bretzel, leur teckel vieillissant. La pauvre bête souffrait de douleurs aux lombaires. Une seule séance avait suffi pour que le toutou puisse de nouveau dormir sur le dos ! Ses propriétaires avaient été bluffés, mais n'avaient pas poussé la reconnaissance jusqu'à demander d'autres séances pour autant.

Pétronille se sent de nouveau blessée en évoquant ce souvenir. Elle sait pourtant faire des tas de trucs ! Tiens, pas plus tard que le mois dernier, elle a aménagé le balcon de leur appartement. Elle a créé un joli jardin vertical, avec des plantes à feuilles tombantes, et des pieds de tomates cerises en pots. Elle a aussi ajouté une guirlande lumineuse, un minuscule salon d'extérieur agrémenté de photophores élégants. Les photos qu'elle a postées sur Instagram ont récolté un joli succès. *Je devrais peut-être creuser de ce côté-là.* Elle n'a pas osé demander à Bruno de la recommander auprès de ses collègues. Il a tendance à prendre ses initiatives professionnelles pour des lubies.

Pétronille se lève, s'approche de la fenêtre. Le soleil réchauffe déjà l'atmosphère. Elle entend La Molotov qui gazouille des mots d'amour à son oiseau noir. *Son quoi, déjà ? Ah oui, son freux.*

Perdue dans ses pensées, elle murmure les paroles d'une de ses chansons préférées.

When I was young
I never needed anyone
And making love was just for fun
Those days are gone

Il y a aussi eu cette fois où elle a tenté de devenir traiteur à domicile. Elle se débrouille plutôt bien en cuisine et voulait se spécialiser dans les anniversaires. Mais après un gâteau en forme de bateau pirate, un château fort et un stégosaure en pâte d'amandes, elle n'a plus eu de commandes.

De manière générale, elle échoue après deux ou trois expériences concluantes pour des connaissances. Elle les croit motivées par la pitié et ne peut se résoudre à leur facturer le prix fort, à cause de cela. Ensuite, elle ne parvient pas à trouver de véritables clients. Impossible de rédiger une accroche commerciale digne de ce nom, elle ne se trouve jamais à la hauteur des promesses qu'on y fait. Prendre son téléphone, et son courage à deux mains, pour prospecter la plonge dans une inertie colossale. Chaque refus est une souffrance qui mine son énergie. Si son interlocuteur la reçoit mal, elle se liquéfie. Comme si c'était elle qu'on récusait en lui signifiant qu'elle ne vaut rien.

Chaque fois, elle finit paralysée, accablée par un sentiment d'échec qui la renvoie à son quotidien soporifique, jusqu'à ce qu'elle étouffe à nouveau. Alors, elle se tourne vers une autre formation, en espérant que ça ira mieux. Mais cela n'a jamais été le cas, pas plus en tant que décoratrice d'intérieur, animatrice d'atelier *Cuisinez avec les algues*, qu'en pâtissière ou masseuse de chiens. Échec sur toute la ligne, comme avec son Capes.

Bruno ne parle plus des projets de sa femme à son entourage professionnel, malgré ce qu'il prétend. Et s'il s'est enthousiasmé, la première fois, il considère maintenant ses tentatives comme des passe-temps. D'ailleurs, elle ne lui a même pas dit qu'elle s'intéressait au marché de la végétalisation des balcons. Pas envie qu'il lève le nez de son portable en acquiesçant d'un sourire distrait : Hu, hu, pourquoi pas Pétro ? Si ça te fait plaisir.

Comme le lui avait dit son fils, quand il avait huit ans : Ton métier le mieux, c'est maman ! On dirait bien, oui.

Pétronille sent son menton trembler. Vraiment ? Même dans ce domaine, il semblerait qu'elle éprouve quelques difficultés. La preuve : elle est partie sans tenir compte de ses enfants. Comme si elle les avait abandonnés, c'est ce qu'on dira, d'ailleurs. Qu'elle est une mauvaise mère. Elle aurait dû mesurer les conséquences, sa fuite aura des incidences sur ses deux bébés, pour lesquels elle s'est levée la nuit chaque fois qu'ils en ont eu besoin. Ce serait une arnaque, cette histoire d'amour maternel ? Pourtant non ! Elle les aime, ses poussins, ses amours à qui elle donnerait, sans hésiter, ses poumons, son cœur et ses yeux ! Arrête maman, t'es dégueu, dirait Oscar s'il l'entendait. Marion se contenterait de l'embrasser. Pétronille sourit en y pensant. Oui, elle les aime, de ça, au moins, elle est certaine.

Heureusement, la petite est à sa colo, mais Oscar ? Pétronille soupire. *Si je me base sur ses réactions des derniers mois, il va afficher une solide indifférence, avant de lâcher une remarque acerbe.*

Elle se lève, fredonne quelques notes, espérant contrecarrer le marasme émotionnel qui menace de la submerger. Mais elle réalise que c'est le morceau à la mode que Marion et sa copine chantaient à tue-tête sur le quai de la gare lorsqu'elle les y a laissées. La dernière note meurt dans sa gorge serrée. Elle se détourne de la fenêtre et se met à pleurer pour de bon, la tête contre le mur.

Que doit penser Bruno, en ce moment ? se demande-t-elle. Il faudrait qu'elle l'appelle, ça se fait de prévenir quand on part. Tout comme ça se fait de prévenir sa femme quand on a du retard, quand on invite des gens à la dernière minute ou qu'on décommande une soirée d'anniversaire pour un dîner d'affaires ! Oui, ça se fait ! Mais elle n'en a aucune envie. Est-elle passée des *to do lists* à la *fuck-off list* des rancœurs ? Bon sang, depuis combien de temps empile-t-elle tous ces griefs ?

Elle n'appellera pas Bruno, pas encore. Elle suffoque à cette perspective. Elle a juste besoin d'un peu de temps, quelques jours, tout au plus. Il survivra bien sans elle.

Je vais prendre une douche, ça me fera du bien. J'aurai les idées plus claires après. Elle sort dans le couloir, direction la salle de bains. La porte juste après la sienne est ouverte, elle y risque un œil. Une tapisserie vieux rose, assez chargée, est illuminée par la lumière du soleil, que laisse généreusement entrer la grande fenêtre. Contre celle-ci, le lit de Jeanne, déjà refait. Partout sur les murs, des cadres abritant des photographies d'animaux ou de paysages, plus rarement de gens. Et des livres. Des planches de bois sombre courent le long des murs, à intervalles irréguliers, comme si on les avait fixées là par hasard, sans souci d'harmonie et encore moins de symétrie. Toutes sont couvertes d'ouvrages, dont les titres piquetés révèlent l'ancienneté.

Pétronille poursuit son chemin, songeuse. Elle aurait imaginé quelque chose de plus spartiate. Cet antre chaleureux la surprend.

La salle de bains l'étonne davantage. *Ah oui, c'est… dans son jus.* Tout est d'époque : du carrelage marron au miroir suspendu à un clou. Adossé au mur qui fait face à la porte, il y a un lavabo hors d'âge, un bidet blanc et une baignoire sans pare-douche. Sur la gauche, une fenêtre dont les vitres de verre granité laissent sûrement passer le froid en hiver. D'ailleurs, le radiateur en fonte situé au-dessous ne doit pas suffire, puisqu'on a installé un énorme poêle à bois sur une plaque de ciment.

Juste à côté, se trouve une antique et imposante balance de pharmacie. Pétronille remarque alors qu'on a posé sur le cadran rond une serviette de bain, un gant de toilette, une culotte de coton bleu ciel et un tee-shirt blanc soigneusement plié. *Pour moi ?* Elle tire sur le vêtement et découvre un logo floqué couleur vert criard, qui annonce fièrement que *Reno-Biovert fait votre réno verte ! #Fashionista.*

– Ho, la fille de la ville ! hurle La Molotov depuis le rez-de-chaussée, la faisant sursauter. Je t'ai mis des fringues dans la salle de bains, t'as trouvé ?

– Euh oui, oui, merci ! répond Pétronille en haussant la voix, elle aussi.

– Quand t'auras fini, descends ! Vu comme t'es dégourdie, le tour du propriétaire s'impose !

Elle se déshabille rapidement, puis monte sur le monstre métallique, après avoir transféré le linge de toilette sur le radiateur. L'aiguille part en claquant bruyamment vers les numéros à trois chiffres, avant de revenir dans une zone plus acceptable, encore qu'assez éloignée du poids fantasmé de Pétronille. Elle redescend, le visage chiffonné, évitant son reflet dans le miroir moucheté de dentifrice, au-dessus du lavabo.

Le rebord de la baignoire est nu. Ni flacon de shampoing ou de gel douche, rien qu'un énorme cube verdâtre à l'odeur fade. Pétronille reconnaît le véritable savon de Marseille, auquel elle préfère tout de même les jolis *Savons saponifiés à froid* de sa boutique artisanale de prédilection, ceux aux huiles essentielles avec les fleurs incrustées à la surface. *#Authentique.* À la guerre comme à la guerre. Elle enjambe le rebord de la baignoire, a une pensée fugace pour La Molotov et sa canne, puis ouvre le robinet d'eau chaude. La tuyauterie glougloute, tressaute et finalement obéit. Pétronille se brûle, ajoute de l'eau froide, frissonne, ajoute de l'eau chaude. Il lui faut plusieurs tentatives pour obtenir la température adéquate, mais finalement, l'eau sur son corps lui arrache un soupir de bien-être. Eau, savon, eau. Longtemps.

All by myself
Don't wanna be
All by myself
Anymore

Enfin, elle sort et manque de se flanquer par terre en glissant sur le carrelage humide. Elle se raccroche, *in extremis*, au rebord du lavabo. Une fois son équilibre rétabli, elle attrape la serviette et s'étrille, avant de s'en servir comme descente de bain. Toujours nue, elle en profite pour laver son shorty et sa chemise dans le lavabo, la vapeur la préservant de son reflet dans le miroir.

– 7 –

Les abeilles solitaires butinent les gauras rouges et blancs qui bordent le poulailler. Leur vrombissement permanent berce Jeanne. Ce son hypnotique la rassure, les pollinisatrices sont encore là pour veiller sur la fertilité du vivant. Il est à peine sept heures, mais Jeanne voulait profiter de la fraîcheur avant que le soleil ne dépasse la cime des arbres. Elle a préparé deux planches de semis en pleine terre, qu'elle vient d'arroser abondamment pour en faciliter la levée. Ses salades sont toujours spectaculaires grâce à la sélection des graines qu'elle opère chaque année. Batavia, chicorée, doucette, pain de sucre et laitue, elle traverse une année complète sans avoir besoin d'en acheter sur le marché. Merveille du jardin. Il n'est pas encore né, celui qui lui interdira de se nourrir par elle-même et de produire ses semences. Lutter, ne rien lâcher, pour préserver les libertés et les droits les plus essentiels. L'histoire de sa vie.

Jeanne se redresse et observe son domaine, sous le large chapeau de paille qui la protège. Les pêches de vigne abondent cette année encore. Si elle reste quelque temps, Pétronille l'aidera pour la confiture. Elle doit encore dormir, à cette heure. Il faut qu'elle se sente bien coincée pour rester au Refuge, alors que, manifestement, elle n'y est pas des plus à l'aise. Jeanne laisse échapper un soupir en apportant du foin sur les buttes. Les œillets d'Inde jettent des taches de lumière entre les pieds vigoureux des tomates, où deux variétés précoces commencent à rougir.

Pétronille les a sans doute un peu pris pour des fous, tous les trois. Il faut dire que ni Jeanne ni La Molotov n'ont cherché à la détromper, en bonnes vieilles bourriques militantes. Mais il est essentiel que la petite sache la fermer. À part Pierre, personne ne doit être informé de la présence de Bassem au Refuge. Jeanne n'a aucune confiance dans l'être humain, on dirait qu'il a été équipé d'une langue pour provoquer le malheur de ses congénères ! Avant que Bassem puisse transiter vers l'Espagne, il faut attendre le feu vert des passeurs. Et tenir bon.

Pierre doit d'ailleurs venir ce matin, avant d'entamer sa tournée. Ses matinées sont consacrées aux cas les plus graves et aux malades qui ne peuvent pas se déplacer. L'après-midi, sauf urgence vitale, on le trouve à son cabinet, au centre de Troulou. Il suit la convalescence de La Molotov et aura peut-être des nouvelles pour Bassem. Jeanne espère que tout va bien se passer pour lui. Elle frissonne en pensant à ce qu'il leur a raconté, quelques jours après son arrivée, un soir où ils ont abusé de la gnôle – Bassem ne boit pas souvent, mais ça lui arrive. Il a beaucoup pleuré en évoquant sa femme et leurs deux enfants, surtout la petite dernière qui est morte dans ses bras. Son impuissance devant la tragédie et la furie de la guerre ont failli le rendre fou. Jeanne et La Molotov ont pleuré, elles aussi, mais en dedans. Elles en ont tellement vu, l'une et l'autre... il a fallu s'endurcir. C'était ça ou crever.

Jeanne frotte ses mains contre son pantalon de toile. La sueur coule entre ses omoplates et sous ses aisselles. La chaleur s'installe, il va falloir quitter le jardin pour aujourd'hui. Ce soir, peut-être, si elle n'est pas trop fatiguée, elle reviendra pour les cueillettes du jour. Simone, la poule noire, ne cesse de vocaliser, réclamant des limaces et du chou kale dont elle est friande. Charlotte, la poule rousse, la suit en silence, comme à son habitude, et se laisse malmener par son acariâtre compagne. Les deux pondent, tous les matins, deux œufs frais qui ravissent Jeanne et la font se sentir riche quand ils dépassent la douzaine dans le panier où elle les range. Lorsqu'elles seront plus âgées, il faudra en introduire deux nouvelles pour laisser Simone et Charlotte prendre une retraite bien méritée. Pas question de les transformer en poules au pot !

En récupérant le sécateur, le petit sarcloir, ses gants et les bouts de ficelle qui traînent autour d'elle, Jeanne se rappelle le renard qu'elles avaient sauvé d'un collet, Marie-Carmen et elle. Le petit bougre aurait bien croqué leurs poules, si elles l'avaient laissé libre de se glisser sous la clôture. Mais elles l'avaient soigné avant de le relâcher loin du Refuge. Et quand elles l'avaient vu disparaître dans les bois, elles avaient été heureuses, malgré le pincement au cœur. Chaque existence est unique, aussi minuscule soit-elle. Il ne faut pas compter sur Jeanne pour arbitrer qui a le droit de vie et de mort et quelle foutue espèce aurait le dessus sur les autres. Pour elle, l'affaire est entendue, le seul véritable nuisible possède deux pattes et un cerveau trop puissant pour ses capacités limitées. On va pas lui tendre des collets pour autant, bien sûr, mais de toute façon il est en train de creuser sa tombe avec ses dents. Il suffit de patienter. Quel foutu merdier !

Depuis qu'elle a constaté la chute impressionnante du nombre d'insectes, la raréfaction de certains oiseaux et la disparition progressive des petits prédateurs, Jeanne éprouve une colère doublée de désespoir envers ses semblables. Je vous ai consacré ma vie et pour quel résultat ? se dit-elle parfois au cœur d'une insomnie. Maintenant que Marie-Carmen n'est plus là pour temporiser ses humeurs les plus noires, Jeanne tourne en roue libre, écrasée par la fuite de ses idéaux. Un monde plus juste pour toutes et tous ? Quelle immense connerie. Elle s'est fait avoir dans les grandes largeurs !

Le bruit de la voiture de Pierre, se garant devant la maison, la tire de ses pensées. Elle se dirige vers lui, son panier à la main, et quitte son chapeau de paille pour le saluer. Deux bises, puis Pierre tient Jeanne à bout de bras, un petit moment. Son crâne rasé surplombe une paire de lunettes à monture noire, il porte son éternelle barbe rousse, taillée de près, et une de ses chemises à carreaux qu'on verrait plutôt sur un bûcheron, en version manches courtes et cotonnade légère. C'est le Pierre qu'elle connaît depuis toujours, dont la seule présence est ferme et rassurante. Il laisse ses yeux gris courir sur elle :

– Comment vas-tu, Jeanne ? Tu as l'air préoccupée. Tu prends le complément alimentaire que je t'ai donné ?

– Oui, docteur, répond Jeanne d'un ton moqueur. La vieille fait tout comme il faut.

– Je n'ai pas pu passer, avant-hier, pour l'anniversaire de…

– C'est aussi bien, l'interrompt Jeanne, occupe-toi plutôt de tes malades. Marie-Carmen n'a plus besoin de rien. Tu as été là quand il le fallait.

Elle revoit Pierre entrer dans la chambre de Marie-Carmen alors que son souffle rauque luttait pour revenir après chaque apnée, plus longue que la précédente. « Il n'y a plus rien à faire ? » avait demandé Jeanne, que ce bruit épouvantait. « Il y a toujours quelque chose à faire », lui avait-il répondu en prenant une boîte et une seringue dans sa sacoche. Elle n'avait pas eu besoin d'explications supplémentaires.

Pierre lui adresse un sourire en guise de réconfort et tous deux entrent dans la cuisine. Pétronille est assise à la grande table, un vieux moulin à manivelle posé devant elle. En voyant le médecin, elle se lève.

– Pierre, Pétronille. Pétronille, Pierre, lance Jeanne en guise de présentation. Milady va rester quelque temps chez nous, elle est à sec, comme on dit.

Pétronille rougit et Pierre devine qu'elle est à la fois gênée et en colère. Il lui serre la main avec chaleur et Pétronille le trouve tout de suite sympathique, lui au moins !

– Jeanne, tu exagères, murmure-t-il en excusant son amie d'un petit sourire. Ne prêtez pas trop d'attention à ses manières de charretier, Pétronille, Jeanne, c'est d'abord un cœur exceptionnel.

– Taratata la vieille, comme dirait La Molotov, répond Jeanne en se saisissant du moulin. Que comptes-tu faire avec cet engin ?

– Du café, répond Pétronille.

– On n'est plus au temps des cavernes, Milady, ce moulin broie du poivre. Pour l'arabica, déjà moulu, il y a une boîte avec *café* marqué dessus. Tu sais lire, j'espère ? Cela devrait beaucoup t'aider pour te repérer dans la cuisine.

– Vous cherchez un peu de travail, Pétronille ? demande Pierre pour désamorcer la tension qui menace le bel équilibre de la matinée.

– Je n'ai pas eu le temps d'y penser vraiment, je ne vais pas m'installer ici.

Elle ne dit pas *heureusement*, mais elle le pense si fort que le mot semble clignoter autour d'elle.

– J'ai besoin de quelqu'un au cabinet médical, poursuit Pierre. Hélène, mon assistante habituelle, est en congé maternité. Un peu de ménage et de cuisine, prendre les messages téléphoniques, ce genre de choses.

La proposition plonge Pétronille dans un abîme de réflexion. Elle n'a plus du tout d'argent et ne peut décemment pas rester au Refuge, en vivant aux crochets de ses hôtes. Et un peu de ménage ou de secrétariat, ça ne doit pas être bien sorcier.

– Cela m'aiderait énormément, insiste Pierre.

Il adresse un regard entendu à Jeanne qui soupire en secouant la tête. Signe qui échappe à Pétronille.

– Si cela peut vous soulager, je suis partante. Mais ce sera juste pour quelques jours, je ne vais pas m'éterniser.

– On a compris, Milady, conclut Jeanne.

Pendant que Pierre et Pétronille conviennent d'un rendez-vous au domicile du médecin – où se trouve également son cabinet médical –, elle prépare une cafetière pleine, de l'eau chaude pour l'infusion de Pétronille et le plateau du petit déjeuner.

Les odeurs attirent le reste de la maisonnée. La Molotov fait une entrée fracassante dans une robe de dentelle blanche, Kiki sur son épaule. Ses yeux sont outrageusement fardés et elle porte l'équivalent d'un quintal de bijoux de pacotille autour du cou, de son poignet valide et de ses doigts déformés par l'arthrite.

– Pierre, mon sauveur ! minaude-t-elle en lui tendant la main.

– Brigitte, vous êtes resplendissante.

– Brigitte ? manque de s'étrangler Pétronille.

Vissée aux yeux gris de Pierre, La Molotov ne lui accorde pas un regard.

– Oublie, ma poule, seul ce cher Pierre a le droit de m'appeler ainsi.

Puis, tournant la tête vers elle avec une vivacité étonnante, elle crache :

– Ou-blie, ou j'en cause à Kiki.

Pierre entraîne La Molotov vers le salon pour une consultation privée, tandis que Bassem arrive par le chemin de la bergerie.

– C'est quoi, son parfum ? demande Pétronille en fronçant le nez.

– Antimite de Cacarel, rétorque Jeanne. *Salam*, Bassem. Bien dormi ?

– *Salam*. Bien, merrrci vous.

Puis il s'approche de Pétronille et lui claque deux bises qui la laissent interdite. *C'est quoi, ça ?! On a franchi un cap durant la nuit, ou quoi ?* Le sourire de Bassem ne masque pas pour autant un aspect plus sombre de son tempérament. Mais Pétronille n'a pas le cœur à enchaîner sur de nouvelles suppositions. Après tout, elle a choisi de rester au Refuge avec des gens dont elle ne sait rien ou pas grand-chose. Comme quoi, on s'habitue vite aux situations les plus étranges. Surtout quand elles nous arrangent bien, reconnaît-elle intérieurement.

La Molotov revient, pendue au bras de Pierre. Elle rit en rejetant la tête en arrière et Pétronille s'amuse, en silence, de l'attitude aguicheuse de la vieille sorcière.

Chacun prend place autour de la table pour le petit déjeuner, Pierre se contentant d'un café avant de repartir travailler. Pétronille écoute à peine la conversation, elle enfile les tartines, trop consciente du regard de Bassem qu'elle surprend sur elle à plusieurs reprises. Au point qu'elle se met à fixer son bol avec un enthousiasme que la faïence ternie n'a plus connu depuis qu'on l'avait achetée.

– Tu lis l'avenir dans l'infu de menthe ? lui demande La Molotov. Dis-moi quand j'aurai le plaisir de dîner avec Pierre.

– Justement, enchaîne Pierre, la semaine prochaine, il y a un aligot saucisse au village. Vous pourriez venir, qu'en dis-tu Jeanne ?

– Oh oui ! s'écrie La Molotov, comme si on lui avait appris qu'elle venait de gagner au loto.

– Tu t'appelles Jeanne ? demande Jeanne d'un ton rogue. On verra. J'ai pas envie de laisser Bassem tout seul ici. D'autant que la saucisse, c'est pas vraiment son truc.

– Justement, il pourrait venir, intervient Pierre. Les gens penseront qu'il est avec Pétronille.

– Pardon ? s'inquiète Pétronille qui se sent prise dans une monstrueuse machination.

– On verra, Pierre, dit Jeanne. Laisse-moi y réfléchir.

– Moi c'est tout réfléchi, je viendrai, dit La Molotov. Vous me ferez danser, cher Pierre ?

– Avec plaisir, Brigitte. Mais là, vous m'excuserez, il faut vraiment que j'y aille, répond Pierre en se levant.

– Je te raccompagne, dit Jeanne, en fusillant La Molotov du regard pour qu'elle reste assise.

Pétronille profite du mouvement pour sortir de la pièce.

– Je reviens, dit-elle.

Elle file dans l'entrée et, de là, au fond du couloir à gauche, quarante mètres de marche à pied : les toilettes ! Pétronille se demande ce qui lui arrive. Bassem la fixait de son air grave et doux et elle s'est sentie… toute drôle. C'est bizarre, non ? Mais que lui arrive-t-il ? Est-elle toujours cette femme, mariée et mère de deux enfants, qui partage son temps entre la maison, l'école et ses divers projets professionnels avortés, amenant sur les lèvres de Bruno un sourire condescendant qu'elle aurait bien envie de lui enfoncer au fond de la gorge ? Pétronille se dit qu'elle vient de résumer sa vie en une phrase. Mais, ce matin, sous le regard de Bassem, c'est un autre aspect de sa personnalité qui veut ressurgir et ça, Pétronille ne l'avait pas prévu. Du tout !

De peur que La Molotov ne lui balance une allusion gênante si elle s'attarde trop longtemps, Pétronille interrompt ses réflexions pour rejoindre la cuisine. En passant dans l'entrée, elle entend les voix de Jeanne et Pierre et ne peut s'empêcher de tendre l'oreille.

– … je crois, dit Jeanne dans un murmure. Sans Marie-Carmen, je n'ai plus envie, c'est trop lourd.

– Tu veux fermer le Refuge ? demande Pierre sur le même ton.

– J'ai donné, non ? J'ai bien le droit de m'arrêter, à mon âge.

– Bien sûr, Jeanne, ce n'est pas ce que je veux dire. Mais… on aurait pu chercher une solution de remplacement. Des endroits comme celui-ci, il n'y en a jamais trop. Tu as vu passer tant de gens, tu le sais bien.

– Justement, le problème, c'est les gens.

Pétronille imagine la tête de Pierre au silence qui succède à cette déclaration de Jeanne.

– J'ai bien peur de ne plus pouvoir les supporter, finit-elle par ajouter. Les gens me déçoivent, Pierre, le monde entier me dégoûte. Ou peut-être que je me déçois toute seule, c'est possible. En tout cas, j'en ai ma claque. Je voulais te le dire.

Pétronille se sent terriblement indiscrète et s'oblige à retourner dans la cuisine. La Molotov et Bassem sont en train de desservir la table. Bassem lui lance à nouveau un de ses regards insondables. Pour éviter le trouble dans lequel cela la jette, Pétronille feint de s'absorber dans la contemplation des cartes postales sur le mur. L'une d'entre elles attire son attention.

Championne du monde d'apnée mentale : 18 heures, 34 minutes et 63 secondes.

La carte représente une femme en costume Belle Époque avec une tête minuscule.

– Il y a comme un air de famille, non ? susurre La Molotov dans son dos.

Pétronille se tourne vers elle, reluque de bas en haut la robe en dentelle démodée et approuve dans un sourire.

– En effet. Votre maman, peut-être ?

On entend rire Bassem.

– 8 –

Jeanne jette de larges moellons dans la brouette métallique qui tressaute sous la violence des chocs. La bergerie est grande ouverte sur les travaux en cours. Une ancienne fenêtre a été agrandie pour laisser entrer plus de lumière. Dans le coin le plus reculé, il y a un lit défraîchi et un pot en faïence pour la nuit. Une cuvette en plastique jaune avec un broc rempli d'eau sont posés sur une minuscule table bancale. Une chaise et un clou supportant un bleu de travail complètent le décor. Le reste de la pièce est occupé, pour l'essentiel, de gravats, de bouts de planche arrachés, de débris en tout genre et de fil de fer rouillé. Par intermittence, une hirondelle tente de rejoindre son nid, maçonné en haut d'un mur à l'intérieur, mais le bruit la dérange et l'oblige à tournoyer comme une folle. Jeanne s'interrompt pour lui permettre d'entrer et poursuit son nettoyage avec un peu moins de vigueur. La conversation avec Pierre l'a chamboulée, elle a besoin d'exercice physique pour s'en remettre.

La bergerie, c'était leur refuge dans le Refuge. Elles y venaient, Marie-Carmen et elle, lorsque la maison était trop pleine de monde pour que l'intimité soit encore possible. Plus d'une fois, elles ont cédé leurs chambres respectives à des éclopés de passage, et ont ainsi passé des jours dans leur campement de fortune. Elles adoraient cette simplicité monacale et le sentiment de liberté que leur procurait la présence de la forêt, en lisière. Dans la bergerie, elles étaient chez elles. Elles avaient le projet d'aménager ce lieu à l'écart de la maison, afin d'y habiter seules. Jeanne poursuit les travaux. Elle compte s'y installer lorsqu'elle arrêtera de tenir le Refuge. Ce qui ne saurait tarder, se dit-elle, maintenant que Pierre est informé. Il faut encore que Bassem puisse franchir la frontière et que La Molotov soit rétablie pour rentrer chez elle. Et après, basta !

Tout à coup, Jeanne voit Pétronille débouler par le chemin de terre qui conduit de la maison à la bergerie, vêtue de ce tee-shirt publicitaire qu'elle lui a donné *via* La Molotov. Ses cheveux roux illuminent son visage pâle, constellé de taches de rousseur. Une bien jolie femme, se dit Jeanne, surtout quand elle ne cherche pas à plaire, qu'elle oublie son apparence. Bassem ne s'y est pas trompé. Et Jeanne se demande encore si c'est une bonne ou une mauvaise chose.

– Je peux vous aider ? propose Pétronille en s'arrêtant devant la brouette.

– C'est pas de refus, répond Jeanne en époussetant son pantalon. Il faut vider la pièce pour qu'on puisse chauler.

Devant l'air interdit de Pétronille, Jeanne lui explique qu'elle va passer de la chaux sur l'intégralité des murs intérieurs, dès que la bergerie sera nettoyée.

– Mais la chaux, demande Pétronille, c'est pas pour faire disparaître… les… cadavres ?

Elle a l'air si inquiète que Jeanne serait capable d'éclater de rire et pourtant, elle n'est pas d'humeur.

– Peut-être que je vais mettre deux ou trois emmerdeurs dans mes murs, alors ! Ce serait décoratif, tu ne crois pas ? D'autant que c'est pas ce qui manque dans les environs !

– Vous vous moquez encore de moi ! proteste Pétronille.

– Avoue que tu le cherches, Milady. On se demande de quelle planète tu débarques !

– La planète ville. Et si vous y veniez, moi aussi j'aurais des trucs à vous apprendre.

– Ah oui ? Vas-y, tu m'intéresses, dit Jeanne en attrapant une pelle. Mais prends ça, on va bosser en même temps. On n'est pas dans un salon de thé, comme tu peux le constater.

Soulevant la brouette qui menace de la déséquilibrer, Jeanne la pousse péniblement vers un monticule de pierres à l'extérieur, où elle déverse les moellons. Puis elle la ramène dans la bergerie, où Pétronille l'attend.

– Tu vois la combinaison bleue, au mur ? Je te conseille de la passer et de mettre les gants qui sont dans une des poches. Sinon, tu vas chialer en deux deux.

Jeanne observe Pétronille qui secoue vigoureusement le vêtement de travail de Marie-Carmen avant de l'enfiler, sans se douter des émotions que cela déchaîne chez son hôtesse. *Carmencita mia*. Quand elle est prête, elle se plante devant Jeanne, un sourire radieux aux lèvres et la pelle entre les mains, bien décidée à l'impressionner.

– Tu ramasses tout ce que tu peux et tu le charges dans la brouette. Moi je m'occupe des plus gros morceaux. C'est OK, Milady, tu vas y arriver ?

– Je ne suis pas une mauviette, si c'est ce que vous sous-entendez.

– On en reparle ce soir, quand tu auras plus de courbatures que de muscles. Alors, Milady, la ville, tout ça… je t'écoute. Tu fais quoi dans la vie ?

– Jeheu suihis entre deuheux prohojets, commence Pétronille en raclant le sol avec sa pelle.

Elle a l'impression que ses deux épaules, déjà malmenées par la balade de la veille avec le jerrican, vont lui être arrachées. Quand elle soulève son chargement, la moitié des gravats retombe au sol avant d'arriver jusqu'à la brouette. Pétronille ne regarde pas dans la direction de Jeanne et reprend sans se décourager. Racler, soulever, pivoter, déverser. Racler, soulever, pivoter, déverser. Racler…

– J'ai arrêté le shiatsu pour les chiens, dit-elle entre deux efforts. Je le regrette parce que je me débrouille plutôt pas mal. Mais c'est dur de trouver des clients.

– Tu m'étonnes ! se moque Jeanne. C'est un peu le problème récurrent du commerce, les clients.

– C'est vrai, affirme Pétronille sans relever l'ironie. Mais là, j'ai une super idée. Je vais proposer d'aménager les balcons en jardins miniatures. J'ai commencé chez moi et vraiment, ça change tout quand on a de la verdure.

Elle s'interrompt, pour reprendre son souffle et laisser le feu de ses muscles se calmer un peu.

– D'ailleurs, vous avez un jardin extraordinaire. À votre place, j'y mettrais une statue zen, un bouddha par exemple. Et peut-être quelques mobiles en métal, on en trouve de très jolis et tout à fait abordables sur…

– T'emballe pas Milady, c'est un potager, pas un musée bucolique. Et tu y mets quoi, sur tes balcons ?

– Ben, des plantes vertes. Des fougères et tout ça. Et aussi des tomates cerises. Je compte essayer les murs végétaux avec de la mousse comme substrat.

– Voyez-vous ça !

– Vous pourriez m'apprendre, vous vous y connaissez et ça m'aiderait vraiment à me démarquer ! s'enthousiasme Pétronille, entre deux pelletées.

– Je te rappelle que tu ne sais pas reconnaître le thym ou le romarin. La base, quoi ! Les cycles de la plante, ses besoins, ses interactions avec les autres végétaux, la proximité des arbres, le taux d'humidité, les maladies, le marcottage… C'est vivant, un jardin, Pétronille. Tu t'en rends compte ?

Jeanne écarte les bras, désignant le paysage qui les encercle au-delà des murs. Pétronille racle un grand coup, puis plante sa pelle dans le tas poussiéreux.

– Je ne suis pas idiote.

– Je n'ai pas dit ça, se radoucit Jeanne.

Le regard de Pétronille lui rappelle celui d'une gamine à qui on vient de dire qu'elle est moins douée qu'un manche.

– J'en ai marre qu'on me prenne pour une incapable.

Pétronille tient la pelle devant elle. Bruno non plus ne la prend pas au sérieux. Mais est-ce qu'elle peut le blâmer ? Après tout, si elle connaît les heures d'ouverture de la piscine, le nom de tous les professeurs de ses enfants et les meilleurs endroits en ville pour organiser une fête d'anniversaire avec trente gamins, elle n'a pas montré beaucoup de dispositions à être une *creative-mum*. Peut-être qu'elle est idiote, en effet, avec ses magazines de déco, ses vidéos de jardinage à la noix et ses projets un peu dingos.

– Oui, dit Pétronille, poursuivant ses réflexions à voix haute, je ne suis pas très douée, en comparaison de toutes ces super *Mumtrepreneuses*. Vous, par exemple, vous savez plein de trucs sur des tas de sujets. Quand je vous écoutais parler, hier pendant le dîner, j'avais l'impression d'être encore plus bête. Pourtant, je n'arrête pas de la journée. Ah ça, Pétronille elle est forte pour assurer le taxi des enfants, préparer un dîner de dernière minute et avoir sa maison bien en ordre. Elle sait les dates d'anniversaire de chacun, organiser les vacances, choisir les cadeaux de Noël pour les petits, les grands et la belle-famille … et en plus tenir son *bullet-journal* !

– Un *bullet-journal* ? C'est quoi ce machin ? demande Jeanne en levant les sourcils.

– C'est un agenda personnalisé, qu'on crée soi-même. On y inscrit ses projets, ses envies, ses obligations.

– Ses jours de lessive et son cycle menstruel, non ? se moque Jeanne.

– C'est possible, en effet, poursuit Pétronille, imperturbable. On choisit une présentation attractive, cela favorise la créativité tout en organisant son temps.

– Sinon, une montre, c'est pas mal non plus.

– Bref, conclut Pétronille un brin agacée, on peut aussi se laisser des messages positifs pour s'encourager : *Souriez à la vie et la vie vous sourit*, ce genre de trucs. Vous devriez essayer.

– Ah ah ah ah, fait Jeanne en arrêtant de larguer des moellons. Et si je lui fous un coup de boule à la vie, tu me trouveras plus aimable ? En tout cas, t'as pas intérêt à l'oublier quelque part, ton truc ! C'est bon pour perdre tous ses amis.

Pétronille s'agite de nouveau, muscles tendus sous l'effort. Elle racle, soulève, pivote et balance tout ce qu'elle peut dans la brouette qui déborde.

– Ça sert à optimiser son énergie, poursuit-elle, il y a des blogs entiers consacrés à ça. Des concours de *bullet-journal* ! C'est du boulot d'être efficace, de tout planifier entre un putain de cheesecake au four et ces saloperies de savonnettes *DIY* !

– À tes souhaits.

– Ça veut dire « fait main », *DIY* : *DO IT YOURSELF !* s'exaspère Pétronille. Tout ça pour s'apercevoir qu'on ne lit plus, on ne va plus au ciné, on ne réfléchit plus, en attendant que les gosses grandissent et que leur père se tire. Parce qu'il finira bien par se tirer, le gars, au prétexte qu'on est devenue chiante et qu'on a du poil aux pattes. C'est qu'il bosse, lui, il n'a pas que ça à foutre, de se taper les courses ou de lancer le lave-vaisselle ! Tandis que moi, je... je...

– Tu fais la boniche.

Pétronille est stoppée net dans son élan. La boniche ! Un mot entendu dans la bouche de sa grand-mère ! Et c'est tellement ça, elle vit encore au temps de sa grand-mère ! Elle en perd la parole.

– Sinon, tu laves ta lessive à la cendre et tu vas l'étendre dans la prairie ? demande Jeanne en se marrant ouvertement. Parce qu'on a progressé depuis le XVIIIe siècle, t'es au courant ? Il y a eu les suffragettes, le droit de vote, le cul de Brigitte Bardot, la pilule, Simone Veil, l'avortement et bientôt la PMA pour toutes ! Enfin, on espère. Tu as entendu dire que la femme était l'égale de l'homme ? Je t'accorde que c'est pas clair dans l'esprit de tout le monde, cette histoire, mais ça vaut le coup de se renseigner.

Pétronille reprend sa pelle et agresse le sol avec véhémence. Jeanne est-elle en train de lui signifier qu'elle est ridicule avec ses états d'âme de – bientôt – quarantenaire au foyer ?

– Ils s'appellent comment tes mômes ?

– Marion et Oscar, dit Pétronille en souriant largement. Marion a dix ans et Oscar, quinze. Mais j'aime autant ne pas en parler, vous allez encore vous foutre de moi.

Sa voix pourrait vite se mettre à trembler si elle reste sur le sujet. Cette femme qui l'écoute peut expliquer des choses aussi complexes que la situation géopolitique en Afrine – alors que Pétronille ne connaissait même pas le nom de cette région. Jeanne est capable de parler du dérèglement climatique en se référant aux notes qu'elle a prises sur l'évolution de son jardin. Elle connaît l'histoire de l'émancipation des femmes et bombarde des références historiques tout en préparant un clafoutis. Mais les enfants n'ont pas l'air de faire partie de son champ de compétences.

– Je me suis longtemps occupée des gosses de Pierre, figure-toi. Marine va sur ses trente-sept ans et Lucas vient d'en avoir trente-quatre. Ils m'envoient des cartes. Tout le monde m'envoie des cartes.

Pétronille n'a pas le temps de s'interroger sur les raisons de cette confidence, ni sur les circonstances qui ont pu conduire Jeanne à prendre soin de ces deux enfants.

– Aider vous ?

La voix de Bassem a retenti dans son dos, la faisant sursauter.

– Bassem, entre.

Jeanne adopte une voix bien plus douce quand elle s'adresse à lui. Elle lui pose la main sur l'épaule et, en quelques signes, ils se sont entendus pour qu'il prenne la suite. Bassem enlève son tee-shirt, dévoilant un torse mince et nerveux, un ventre plat parcouru par une ligne de poils sombres. C'est pas de la gonflette ! se dit Pétronille en observant ses biceps glisser sous la peau. Elle hoche la tête d'un air approbateur sans s'en rendre compte.

– Bon, Milady, quand tu auras fini de reluquer le beau gosse, voilà ce que je te propose.

– Mais je ne reluque pas ! proteste Pétronille d'une voix faible en s'empourprant.

– Heureusement alors, parce qu'il aurait pris feu, le pauvre.

– Mais arrêtez !

– Il ne comprend pas, ma jolie, en revanche il est possible qu'il sache lire dans les yeux des femmes. Mais si j'avais un conseil à te donner, Pétronille, ce serait celui-ci : la liberté commence quand on sait reconnaître son propre désir. *Capisce?* Tu pourras le mettre dans ton poulette-journal.

– *Bullet*.

– C'est pareil.

Bassem remplit la brouette pendant que Jeanne se débarrasse de ses gants. Pétronille ne sait plus où se mettre. Mais comment lui parle cette entremetteuse ? Pour qui se prend-elle et de quoi elle se mêle ?

– Je vous laisse, les petits. Ce soir après dîner, si t'es pas trop cuite, Milady, tu viendras au jardin avec moi et je t'apprendrai deux ou trois choses qui pourraient te servir pour ton projet de balcons. Enfin, si tu as toujours envie de te lancer là-dedans.

Et avant que Pétronille ait pu donner son avis ou la remercier, Jeanne est déjà partie.

Le silence s'abat sur la bergerie, ponctué par le bruit des pierres heurtant le métal.

Bassem se redresse, en sueur, et tourne son regard vers Pétronille. Elle est intensément consciente de la chaleur – on bout dans cette combinaison –, du bourdonnement laborieux des insectes, de la lumière qui semble éclairer le lit d'une manière indécente, de l'hirondelle qui *splee-plink splee-plink* son mécontentement.

– On a du boulot, dit Pétronille pour briser l'inconfort de la situation.

Bassem lui sourit, dévoilant de belles dents blanches pas tout à fait alignées. Il frotte ses mains l'une contre l'autre pour en décoller la poussière. Puis il s'approche de Pétronille qui recule d'un pas.

– Non, pas mal, dit Bassem avec un geste de dénégation.

Il tend sa main droite et l'interroge du regard pour savoir si Pétronille accepte qu'il s'approche. Elle sourit vaguement d'un air crispé et resserre résolument les doigts autour du manche de sa pelle. Bassem se tient près d'elle, maintenant, l'obligeant à lever la tête. Il y a toujours cette immense tristesse qui l'habite et qui bouleverse Pétronille. Il fixe sa bouche, soupire et lui enlève une trace de poussière sur la joue, avant de replacer une mèche rousse derrière son oreille. Il prononce, comme pour lui-même, quelques mots dans sa propre langue, puis recule d'un pas.

– Trrrés joli, finit-il par lâcher.

Pétronille ne sort de sa stupeur qu'en l'entendant pousser la brouette au-dehors.

– 9 –

Pétronille traverse Troulou les mains à 10 h 10 sur son volant recouvert de cuir fin. Elle reste concentrée pour se faufiler sans estropier sa Mini entre les jardinières aux floraisons ébouriffantes et les murs en pierres de taille. Alignées comme des dominos sous le soleil au zénith, les bâtisses anciennes sont d'une intense couleur ocre. Le village est joliment pavé, mais sacrément tape-cul.

Elle a mémorisé le nom des rues avant de partir, puisque son téléphone reste hors d'usage. Le plus difficile a été de trouver Troulou. *Tu prends la route nord-ouest, puis tu tournes à gauche après le pigeonnier. Après c'est tout droit, tu n'auras qu'à suivre les panneaux,* lui a aimablement indiqué Jeanne, avant son départ. *Nord-ouest !* Comme si elle avait une boussole intégrée dans le nombril !

Pétronille se gare à la va-comme-je-te-pousse près de la place du village. Elle s'engage sous les arcades qui longent un rectangle pavé, au cœur duquel se dresse un puits surmonté d'une poulie à manivelle, scellée dans la margelle.

Une enseigne au motif léopard attire son attention – *Adult'Hair. Les coiffeurs font souvent preuve d'une créativité audacieuse pour baptiser leurs échoppes, mais là, on touche au sublime.* Par réflexe, Pétronille plonge la main dans son sac avant d'interrompre son geste. *#occasionmanquée.*

La maison de Pierre – au numéro 4 – est presque aussi difficile à rater que la devanture léopard. C'est la plus haute bâtisse de la place, en pierres ocre elle aussi, mais sa façade est ornée d'un superbe balcon de fer forgé, bleu céruléen comme les volets. Entre les barreaux s'épanouit un lierre foisonnant, dont les feuilles brillantes ombrent la porte-fenêtre ouverte sur la place. Il y a une plaque de laiton au-dessus de la boîte à lettres azur : *Dr Pierre Vallaron, médecin généraliste.* L'ensemble dégage une impression d'authenticité qui donne envie d'entrer pour s'en remettre à celui qui exerce là.

Pétronille jette un œil dans la salle d'attente. Elle aperçoit son reflet dans la vitre et se jauge d'une moue critique. C'est sûr, la robe de coton que lui a passée Jeanne, avec une malle pleine de vêtements plus ou moins à sa taille, n'appartient pas à sa garde-robe habituelle. Cela dit, vu la chaleur et le contexte, cette petite chose à l'imprimé cerise est appropriée. Il suffit de faire abstraction des fruits rouges devenus roses au niveau des fesses. *Il ne me manque plus qu'une capeline en paille et un panier pour être totalement dans le ton ! #fripes.*

La salle d'attente est déserte. Pétronille entre, non sans avoir appuyé sur la sonnette, ainsi que le recommande un écriteau discret. Pierre déboule presque aussitôt, une serviette de table à la main.

– Bonjour, Pétronille ! Vous arrivez pile pour boire un café avec moi !

Son franc sourire et son accueil chaleureux la mettent tout de suite à l'aise.

– Avec plaisir !

– Vous préférez peut-être une tisane ? En sachet, ajoute-t-il avec un clin d'œil complice.

– Si je n'ai pas à identifier les plantes, je préfère, s'amuse Pétronille.

Ils traversent la salle d'attente, une pièce claire meublée de chaises sans doute tapissées dans les années 70 et d'une petite table pour les inévitables piles de magazines hors d'âge. Pétronille aperçoit un *Elle* défraîchi à côté d'un exemplaire de *La France agricole*. Un gros radiateur en fonte complète le tableau. Pierre s'excuse de passer devant elle.

– Suivez-moi, on sera mieux là-haut.

Ils empruntent un escalier que Pétronille craint déjà de devoir cirer, puis débouchent dans une grande pièce un peu sombre. Un ordinateur portable sur un secrétaire, près d'une tasse de café fumante, ne laisse aucun doute sur l'activité de son propriétaire, quelques minutes auparavant. Pierre lisait un article sur le taux de suicide chez les agriculteurs.

– Pas gai, hein ? lâche-t-il, en surprenant le regard de son invitée. Je me renseigne afin de mieux délier la parole d'un de mes patients. Bon, camomille ou mélisse ?

– Mélisse, répond-elle.

La camomille faisant dormir, le message envoyé à son potentiel employeur ne serait pas des plus heureux.

Pierre s'éclipse et Pétronille en profite pour observer la pièce scindée en deux parties. La salle à manger, dans laquelle elle se trouve, et une partie salon, où trône un énorme canapé beige. Une grande table de ferme en noyer disparaît sous un pêle-mêle de magazines et de livres médicaux. De même que le secrétaire. Et deux chaises. En revanche, le buffet semble dédié aux photographies. Curieuse, Pétronille se penche et reconnaît Jeanne, – beaucoup – plus jeune, encadrée par deux enfants d'une dizaine d'années, aux cheveux aussi roux que l'est la barbe de Pierre. Les enfants dont Jeanne lui a parlé ? *Comment s'appellent-ils déjà ? Marine et Thomas ?*

Le garçon et sa tignasse fauve lui rappellent Oscar. Oscar lui rappelle Marion. Marion lui rappelle… Avant d'être submergée, Pétronille ravale peine et salive pour se concentrer sur les autres clichés des enfants devenus grands : le fils devant l'opéra de Sydney, la fille sur le Golden Bridge de San Francisco. Sur une photo en noir et blanc, elle reconnaît le Refuge. Devant la grande bâtisse, les pieds dans l'herbe – la terrasse n'avait pas encore été construite –, se tiennent un petit garçon et une jeune fille. Il est collé à elle et la dévore des yeux, un grand sourire aux lèvres, tandis qu'elle le couve d'un regard tendre.

– Ah, vous avez découvert mes archives ! plaisante Pierre, de retour, un mug à la main.

– Oui, mais je ne voulais pas me montrer indiscrète, s'excuse Pétronille.

– Vous ne l'êtes pas, la rassure-t-il. Je vous présente mes enfants, Marine et Lucas.

Lucas, pas Thomas !

– Vous avez reconnu la maison, sur celle-ci ?

Du menton, il désigne la dernière photo. Pétronille boit une gorgée de mélisse.

– C'est le Refuge, non ?

Le visage de Pierre s'illumine, du même sourire que celui du petit garçon en noir et blanc. Pétronille s'y met à son tour, par contagion.

– C'est quasiment là que j'ai grandi.

– Mais, s'exclame Pétronille, surprise, Jeanne et vous êtes de la même famille ?

Pierre rit en secouant la tête.

– On se connaît depuis si longtemps que le doute est permis, mais non. Les parents de Jeanne ont recueilli mes grands-parents, alors qu'ils fuyaient l'Espagne franquiste. Ma mère était toute petite. Ils sont devenus amis et ma famille s'est installée ici. Plus tard, Jeanne m'a traité comme un petit frère. Elle m'a appris à réduire une fracture, à prendre soin des animaux et à cuisiner !

– Jeanne, c'est un couteau suisse, ironise Pétronille.

– Je sais qu'elle est parfois brusque, mais elle a perdu quelqu'un de cher, il y a un an tout juste.

Cette révélation fige Pétronille, qui s'en veut d'avoir jugé trop durement les manières de Jeanne. De qui porte-t-elle le deuil ? Un compagnon, une amie ou un parent ? Le chagrin, comme toutes les douleurs, fait mordre ou pleurer, et parfois les deux.

– Je suis désolée, je ne savais pas.

– J'imagine bien qu'elle ne s'est pas épanchée.

En effet, elle n'a rien dit de sa peine, elle a surtout écouté Pétronille. Certes, elle l'a gratifiée de plusieurs réflexions bien senties sur ses choix, mais elle lui a aussi ouvert sa porte sans hésitation ni condition.

– C'est une belle âme, lâche Pierre, songeur.

Pétronille contemple la photo où Jeanne et lui sont réunis. La jeune fille est belle, de longs cheveux attachés en tresse serrée, un front décidé, un sourire en coin, des yeux doux. Ceux de la Jeanne qu'elle connaît sont perçants et même inquisiteurs.

Qui sait ce qu'elle a traversé ?

– Ses parents ont recueilli plusieurs réfugiés espagnols. Ils ont aussi hébergé des personnes traquées par les nazis et les collabos, continue Pierre. C'est de là que vient le nom de la maison : le Refuge.

Il s'assied et désigne une chaise à Pétronille qui s'y installe, silencieuse. Elle pense à Bassem et à ses yeux dévorés par une tristesse qui n'est jamais loin.

– Ils ont été jusqu'à quatre familles hébergées en même temps, sans compter celle de Jeanne ! Ma mère m'a raconté que le salon était le dortoir des enfants, poursuit Pierre, très calme. Elle disait souvent : *le Refuge nous a évité les camps d'Argelès, Saint-Cyprien ou Barcarès. D'autres ont eu moins de chance.*

Pétronille se souvient d'un séjour à Toulouse, à la fin de son année de licence. Elle s'était rendue dans une librairie très connue dans le milieu des réfugiés espagnols, *La Renaissance*. Ce jour-là, elle furetait dans les rayons. Elle lisait beaucoup, à l'époque, et un peu de tout, avec une préférence pour les gros romans. Elle avait fini par tomber sur *Les Pianos mécaniques*, dont elle garde un souvenir ébloui.

Il y avait un débat dans la salle forum attenante à la librairie. Une centaine de personnes étaient réunies dans l'amphithéâtre, et cela l'avait surprise qu'autant de monde puisse venir en plein après-midi dans cet endroit éloigné du centre-ville. Tout à coup, le public s'était dressé d'un seul élan et, la main sur le cœur, avait entonné un chant révolutionnaire espagnol. Les larmes coulaient sur les visages de la plupart des participants, témoignage de la persistance des tragédies de la guerre civile et d'une poignante nostalgie pour le pays perdu avec la *Retirada*. Pétronille avait été impressionnée par l'énergie qui circulait entre les gens. Des années plus tard, elle lirait *Les Voix endormies*, de Dulce Chacón, en souvenir de ce moment bouleversant.

– Mes grands-parents, poursuit Pierre, ont quitté leurs maison, famille et amis, et ils ont perdu le peu qui leur restait en arrivant : les photos, les bijoux de valeur et même la petite valise que ma grand-mère avait préparée avant le départ. Mon grand-père a juste réussi à sauver l'argent liquide et sa montre en or. Au Refuge, ils ont trouvé un lieu où ils se sentaient en sécurité… Ils sont restés. C'est grâce à Jeanne et à ses parents si je suis médecin à Troulou.

Pierre a terminé son récit par un rire, comme si le résultat l'amusait. Mais Pétronille devine qu'il n'en est rien et se tait, consciente d'approcher un malheur qui la dépasse. Comme celui de Bassem, dont elle ne sait rien, mais qui lui apparaît maintenant universel. Elle lisse sa robe de ses paumes humides et pâlit en réalisant qu'elle aussi se trouve démunie, d'une autre façon. Cette cotonnade qui a traversé le temps en est le symbole et lui révèle qu'il n'y a rien de plus partagé au monde que le sentiment de perdition.

C'est du respect que Pétronille éprouve pour la famille de Jeanne et un début d'admiration pour cette étonnante personnalité. Sans bouger du Refuge, elle a été traversée par tant d'histoires, percutée par tant de drames qui ont façonné, l'un après l'autre, son tempérament bourru et généreux. Jeanne ne s'embarrasse plus de fioritures. La conversation que Pétronille a surprise l'autre jour, entre Pierre et elle, prend tout son sens. Oui, Jeanne peut légitimement se sentir fatiguée d'avoir autant œuvré, et ses parents avant elle.

– Elle recueille des gens depuis si longtemps, murmure-t-elle.

Pierre se lève, comme s'il n'avait pas entendu.

– Bon, je vous montre la maison, peut-être ? J'ouvre le cabinet dans vingt minutes et je suis le seul médecin à quarante kilomètres à la ronde ! Autant vous dire que j'ai rarement le temps de m'ennuyer.

– Bien sûr !

– J'ai surtout besoin que vous donniez un petit coup de frais, parce qu'avec mes horaires, depuis le congé maternité d'Hélène… Enfin, vous allez voir la cuisine. Si vous pouviez, de temps en temps, me préparer un repas, ce serait formidable. Les jours de tournée complète, je rentre tard et je suis affamé ! Je vous donnerai mon planning, si vous êtes toujours intéressée après la visite.

Pétronille s'attend au pire, mais la cuisine est propre, à part quelques miettes sur le plan de travail et l'évier en inox qui déborde d'assiettes sales.

– Je n'ai pas de lave-vaisselle, s'excuse Pierre.

– Je m'occupe de ça avant de partir, si vous voulez, propose Pétronille.

– Le plus urgent, ce serait la salle d'attente. Cette pièce-là doit rester impeccable.

– Pas de problème. Au fait, vous auriez un chargeur pour mon iPhone ?

– J'ai celui de mon vieux téléphone, mais c'est une autre marque, alors je ne sais pas.

Pétronille grimace. *Encore raté !*

Ils se rendent au deuxième étage. Dans la cage d'escalier, d'autres photographies sont accrochées aux murs.

– Il faudrait balayer les marches, mais ne vous embêtez pas à les cirer, elles sont vernies.

– Et un coup de chiffon sur la rampe et les cadres, ajoute Pétronille, soucieuse de montrer sa bonne volonté.

– Parfait ! À cet étage, il y a la salle de bains à nettoyer. Et là, ce sont les chambres de mes enfants, indique-t-il en désignant deux portes closes. Mais inutile de vous en occuper, on les prépare quand ils viennent, c'est tout.

– Ils habitent loin ?

– Lucas est au Japon, en ce moment, et Marine vit à San Francisco.

– Oh, deux globe-trotteurs !

– Eh oui ! Ils ne tiennent pas ça de moi, en tout cas !

L'absence de présence féminine interroge Pétronille. *Le gène de la bougeotte vient-il de leur mère ?*

– Vous n'avez jamais eu envie de partir de Troulou ?

– Jamais.

La réponse a fusé, immédiate. Ils montent encore, en silence cette fois. L'escalier débouche directement sous les combles aménagés en chambre. Parquet, murs et cheminée de pierre, poutres vernies et tapis de laine, l'ensemble est chaleureux, masculin et fort accueillant. *#cowboy.*

Pierre doit y passer une grande partie de son temps libre. L'âtre noirci de la cheminée ne trompe pas. Face à elle, on a installé une table basse et un canapé de tissu bleu nuit. Devant le lit, une commode massive supporte un grand écran plat et plusieurs photos encadrées.

– Bon, là, évidemment, aspirateur, poussière. Mais je fais mon lit comme un grand, ajoute-t-il, un sourire. Je m'occupe aussi de mes lessives, évidemment.

– Ça ne me dérange pas, répond Pétronille, qui songe à la panière familiale perpétuellement pleine.

– Moi si, tranche-t-il.

Tout en écoutant les dernières instructions, Pétronille remarque une grande photo qui montre Marine et Lucas, hilares, les cheveux trempés, visant de leurs pistolets à eau une femme aux cheveux dégoulinants. Son sourire irradie. Jeanne, la cinquantaine exubérante, les seins libres sous son tee-shirt noir, n'esquisse aucun geste pour fuir l'attaque synchronisée des enfants. Toute la scène respire la vie, jusqu'aux deux arcs-en-ciel qui se rejoignent au-dessus des jets d'eau.

– C'est une de mes photos préférées, déclare Pierre.

– Ils ont l'air de vraiment s'amuser, répond Pétronille.

– Oui. C'était la première fois que je les entendais rire de nouveau, après le départ de leur mère. Jeanne a toujours su comment les prendre.

Un ange s'attarde. Cet entretien ne ressemble en rien à ce que Pétronille s'était imaginé.

– On redescend ? demande Pierre après quelques secondes.

Pétronille jette un dernier coup d'œil aux cadres sur la commode. Il y a là un portrait de famille, sûrement l'œuvre d'un photographe professionnel. Les enfants sont petits, Pierre se tient de trois quarts, derrière eux. Près de lui, une femme blonde, permanentée comme Olivia Newton-John dans *Grease*, affiche un rictus crispé, les yeux dans le vague.

– Nathalie, mon ex-femme, indique Pierre sans se retourner. Elle est partie en 89.

La main de Pétronille se crispe sur la rampe.

– J'étais en pleine consultation quand la maîtresse des petits m'a téléphoné pour me prévenir que ma femme n'était pas venue les chercher. J'ai cru qu'elle avait eu un accident. On a passé des jours terribles avant de comprendre qu'elle était partie, tout simplement.

Pétronille ne répond rien. Elle le voudrait qu'elle en serait incapable. Après tout ce qu'elle vient d'entendre, c'est un uppercut.

– Je ne lui en veux plus. Enfin, plus trop. Elle allait mal depuis un moment et je n'ai rien vu. Toujours l'histoire du cordonnier qui est le plus mal chaussé, poursuit-il, comme s'il pensait à voix haute. Mais ça a été indescriptible pour les enfants. Sans Jeanne, je ne m'en serais sûrement pas sorti.

Ils descendent jusqu'au rez-de-chaussée. Pétronille suit Pierre, les oreilles bourdonnantes et la nausée au bord des lèvres.

– Quand Nathalie est réapparue, quatre ans plus tard, les enfants ont accepté de la revoir.

– Quatre ans après ?

Crochet du côté du cœur.

– Eh oui ! Elle voulait divorcer. À l'époque, on n'avait pas de portable, ni internet ! C'était facile de mettre les voiles sans se retourner. Aujourd'hui, ce serait plus compliqué, sans doute.

Pétronille sait qu'elle aurait dû appeler Bruno. Il faut qu'elle le fasse. Elle va le faire. Il n'y a pas si longtemps qu'elle est partie. Quatre ans, c'est une éternité.

Je n'infligerais jamais ça à Oscar et Marion.

– À l'époque, j'assurais une grosse tournée, poursuit Pierre. Je n'étais pas souvent au cabinet, elle se plaignait d'être seule. J'imagine que ce jour-là, elle en a eu assez.

– Oui, peut-être… souffle Pétronille.

Mais quand même, elle ne devait pas beaucoup aimer ses enfants.

– On ne peut pas remonter le temps ! conclut Pierre.

K.-O. debout.

Au même moment, le téléphone sonne dans la salle de consultation. Pierre grimace.

– Il faut que j'aille répondre. C'est bon pour vous, Pétronille ?

Elle acquiesce en silence.

– Vous me sauvez la vie, lui dit le médecin.

Puis il lui colle une bise sur la joue et va s'enfermer dans son cabinet. Pétronille reste un instant immobile, surprise. Mais qu'est-ce qu'ils ont tous à l'embrasser ?

Que la femme de Pierre soit partie sans se retourner ni prévenir personne la bouleverse. Nathalie, ça pourrait être elle. *Sauf que moi, je vais rentrer.* Cette simple pensée lui vrille l'estomac. *Bon, peut-être pas tout de suite, mais… bientôt.*

Après avoir nettoyé la salle d'attente, Pétronille remonte jusqu'à la cuisine, où elle trouve des gants à sa taille sous l'évier. Elle s'attelle à la vaisselle, les yeux rivés sur la devanture kitschissime d'*Adult'Hair*. Le salon de coiffure propose d'autres services, ce qu'elle n'avait pas remarqué jusqu'alors, hypnotisée par le pelage flamboyant de l'établissement. Jeanne lui en avait parlé. *Adult'Hair* fait certes office d'épicerie et de dépôt de pain, mais aussi de cybercafé. Pour cinq euros la demi-heure !

Cybercafé… Pétronille pense à Oscar, toujours très actif sur Facebook, Instagram, Snapchat et autres réseaux dont elle ignore l'existence. Cinq euros, c'est précisément la somme qu'elle a dans son porte-monnaie. Elle pourrait voir ce que son fils a posté. Pour autant, elle n'aura pas de nouvelles de Marion qui est en colonie de vacances, quant à Bruno… *Plus tard, Bruno.*

– 10 –

Pétronille pousse la porte vitrée du salon. Dans la pièce baignée de lumière, une grande blonde d'une cinquantaine d'années, pulpeuse et soigneusement maquillée, l'accueille avec un sourire de serial-coiffeuse.

– Bonjour ! Je suis Mylène, je peux vous aider ? demande-t-elle, dans une robe noire à fines rayures roses, la taille serrée par une ceinture-corset.

– Bonjour, vous faites bien cybercafé ? demande Pétronille, doutant soudainement d'être au bon endroit.

Il n'y a là que deux sièges blancs, surmontés de boules à facettes disco qui servent de plafonniers et, tout au fond, un bac à shampoing.

– Absolument ! répond Mylène, dont le carré dégradé ne bouge pas d'une mèche.

La démarche assurée sur ses talons de douze centimètres, la propriétaire des lieux invite Pétronille à franchir la porte d'une grande verrière qui remplace le mur gauche de la pièce. Derrière se trouve le reste du commerce.

– C'est magnifique ! s'exclame Pétronille en découvrant l'épicerie-salon-de-thé-dépôt-de-pain-cybercafé.

– Merci, répond Mylène qui ne cache pas sa fierté. C'est l'ancien café du village. J'ai conservé la plupart du mobilier, comme ces tables bistrot, les chaises, les étagères derrière le bar et le comptoir.

– Et ça, c'est…

– Le vieux poêle d'une ancienne école ! explique-t-elle, ravie. Je l'ai chiné dans un vide-greniers, ramené ici, décapé, repeint.

– Et tout ça ? s'émerveille Pétronille en désignant les étagères remplies de boîtes métalliques aux couleurs vives et aux dessins datés dont une magnifique collection de *Bouillon Kub*, *Phoscao* et *Lu*.

– Comme le reste !

Les deux femmes sont aux anges, heureuses d'échanger sur une passion commune : la décoration.

– Vous avez tout réalisé seule ?

– Absolument. Quand je suis arrivée, l'établissement était à l'abandon depuis plus de dix ans, je l'ai eu pour rien, mais il a fallu le remettre en état. Jusqu'aux canalisations qui avaient éclaté !

– Et le sol est d'origine ? demande Pétronille en s'agenouillant pour mieux apprécier les carreaux de ciment.

– Oui, oui ! Je les ai sauvés comme j'ai pu, j'ai bouché les trous avec du ciment coloré, pareil pour les murs, et puis j'ai restauré aussi les parties vermoulues du bar que j'ai ensuite verni en entier.

– Je suis impressionnée.

– Vous êtes gentille. Maintenant, on ne sert plus d'alcool, ici, mais c'est un salon de thé, un cyber, et une épicerie.

– C’est vraiment joli ! s’extasie toujours Pétronille. Même les lustres !

– Ah ça, ce sont des paniers récupérés chez un ancien vannier, je les ai reconvertis en abat-jour ! La seule chose que je n’ai pas pu bricoler, c’est l’ordinateur !

Pétronille avise alors le coin cybercafé, isolé du reste de la pièce par un paravent de métal forgé sur lequel courent plusieurs plantes grimpantes. Le tout forme un rideau végétal assurant un minimum d’intimité. Son sourire vacille un peu. Elle fouille dans son sac, à la recherche de son porte-monnaie.

– Je n’ai que cinq euros, mais je pense qu’une demi-heure suffira.

– L’ordinateur est allumé, allez-y et on verra quand vous aurez terminé.

– Merci, je veux bien. Dites, à tout hasard, vous auriez aussi de quoi recharger ceci ?

Pétronille brandit son iPhone.

– Pas pour cette bête de course, désolée. Le verre d’eau est offert, évidemment, précise la tenancière, qui se dirige déjà vers le bar.

Pétronille range la bête, un canasson, oui ! Et s’installe derrière le paravent.

La petite table qui supporte l’écran est un bureau dont on a ôté les caissons latéraux. Le siège à roulettes a été retapissé de velours vieux rose.

Mylène dépose un verre d’eau glacée à côté du clavier, puis s’éclipse, en claquant ses hauts talons sur les carreaux de ciment beiges, bruns et bleus. Bleu… tout comme le logo du réseau social sur lequel se rend Pétronille, la gorge serrée malgré l’eau qu’elle vient de boire.

Elle tape ses identifiants, le cœur battant, et clique. Sur la page, apparaissent des publicités pour des vêtements, du maquillage, des objets idiots. Et une photo de son petit devenu grand. Oscar regarde l'objectif, le regard sombre, l'expression travaillée. Il est assis sur le dossier d'un banc public. Il penche la tête pour échapper à un rayon de soleil, entouré par Léo, qui arbore des lunettes de soleil aviateur, et un grand échalas qu'elle n'a jamais vu auparavant. Les trois garçons affichent la même mine patibulaire. Ils portent aussi les mêmes baskets de marque et des jeans trop grands. Léo et Oscar se connaissent depuis l'école primaire. Ils grandissent tellement vite, songe Pétronille. La photo a été mise en ligne le lendemain de son départ, en milieu d'après-midi, au moment où elle visitait la propriété en compagnie de Mme Molotov. Pétronille lit avec avidité les commentaires sous la photo. Elle craint d'y découvrir la preuve que son fils va mal, englouti d'angoisse par la fugue inexpliquée de sa mère. Mais il n'y a rien d'autre que les plaisanteries et compliments habituels, truffés de mots dont le sens lui échappe. Ça veut dire quoi, *goldé* ?

Au loin une sonnerie retentit.

– *Adult'Hair*, bonjour ! lance la patronne depuis le salon.

La main tremblante, Pétronille fait défiler la page quand un message apparaît en bas de l'écran.

« Maman ? C'est toi ? »

Merde. Elle a oublié que ce réseau indique la présence en ligne des imprudents comme elle, qui n'ont pas désactivé cette option.

« Maman, réponds, tu es où ? Ça va ? »

Voilà des mois que son fils ne lui a pas demandé comment elle allait. Des mois qu'il ne s'est pas préoccupé de son état, de son humeur, allant parfois jusqu'à ignorer sa présence. Des larmes montent aux yeux de Pétronille, qui se trouve décidément émotive, ces derniers temps.

« Je vais bien, mon cœur », tape-t-elle avec soin.

Elle se sent fébrile. Elle visualise Oscar, en train d'arracher les petites peaux autour de ses ongles – son tic, quand il est nerveux. Elle voit flotter les points de suspension indiquant qu'il écrit. Elle attend. Que pourrait-elle lui demander ? *Vous vous en sortez sans moi ? Tu manges correctement ?* Tout lui paraît hors de propos, absurde et déplacé.

« Mais où tu es ? Tu rentres bientôt ? »

Blanc. Il faut pourtant rassurer son fils, qui tape déjà autre chose.

« Maman ? Tu es toujours là ? »

Écris quelque chose, n'importe quoi !

« Oui, je suis là. Je ne sais pas quand je rentre, mais ne t'inquiète pas »

Évidemment qu'il s'inquiète ! C'est bien la première fois qu'elle se montre imprévisible. Pétronille est traversée par une réflexion qu'elle juge aussitôt idiote : si elle n'a pas de boussole au creux du nombril, elle est celle de sa famille. *Enfin, plus maintenant.* Sont-ils en train de perdre le nord, par sa faute ? Ils devront pourtant se débrouiller encore un peu sans elle. À la seule idée de son retour, elle est saisie d'une angoisse sourde qui lui coupe la respiration.

« Vous allez divorcer ? »

Elle se fige. Son fils vient de formuler une question à laquelle elle n'avait pas du tout pensé. Elle répond aussi sincèrement que possible.

« Non, ce n'est pas prévu, chéri. C'est compliqué, c'est tout »

Quelle formulation conne ! Mais c'est le mieux qu'elle a trouvé.

« Papa a fait quelque chose de mal ? »

« C'est compliqué », écrit-elle encore, avant de souffler en secouant la tête.

Les points de suspension flottent, puis s'effacent. Flottent encore. S'effacent. Pétronille se dit qu'elle va demander des nouvelles de Bruno, à moins qu'elle ne succombe à une crise cardiaque avant d'y parvenir. Elle garde les doigts au-dessus du clavier. *Elle dirait quoi, Dolto, là, putain ? C'est quoi, le protocole, quand on quitte sa famille parce qu'on en a ras la casquette ?!*

« Tu as un amoureux ? »

Le moulin de ses pensées se grippe instantanément. Son fils de quinze ans pense qu'elle est capable d'abandonner sa famille pour filer avec un amant ! Elle qui n'a jamais regardé aucun autre… Des yeux tristes, un torse aux muscles secs et une fine ligne de poils envahissent son esprit, à son corps défendant. *Ja-mais !*

« Non, pas du tout, mon grand »

Elle fronce les sourcils. Quand Oscar lui a demandé si son père avait fait quelque chose de mal, pensait-il à une infidélité ? Bruno en serait-il capable, lui ?

« Tu reviens quand ? »

LA question. Pétronille ne veut pas mentir. Ni s'engager dans des promesses qu'elle ne tiendrait pas.

« Pas tout de suite. Je ne peux pas »

« Je t'appelle »

Elle imagine trop bien son petit, n'y tenant plus, pressé de l'entendre, prêt à l'écouter, enfin ! Elle aussi se mord les petites peaux autour des ongles. Elle voudrait presque que son portable fonctionne ! Presque, parce qu'il faudrait aussi parler à Bruno. *J'ai besoin de temps. Encore un peu.*

« Ce n'est pas possible, loulou. De toute façon, je ne suis pas seule »

Elle a utilisé la seule excuse qui lui est passée par la tête. Elle n'allait tout de même pas lui dire : *non, mon chéri, maman n'a pas du tout envie de parler à papa.* Quelques secondes après, la réaction arrive.

« Maman, il te faut de l'argent ? Tu veux que j'appelle papa ? »

Pétronille craint soudain que Bruno ne soit là et qu'il veuille engager le dialogue avec elle.

« Non, je n'ai pas besoin d'argent, poussin. Je te recontacterai bientôt, OK ? Je t'embrasse »

Elle se déconnecte, une main sur la bouche. Les jambes flageolantes et le cœur battant, elle se lève, bouscule la table dans sa précipitation, renverse le verre, jure entre ses dents et soulève le clavier pour lui éviter un décès par noyade.

Mylène arrive au triple galop dans un impressionnant vacarme de talons. D'un geste décidé, elle passe un coup de torchon sur la table, avant de redresser le verre, puis d'éponger par terre.

– Je suis désolée, je suis tellement maladroite, balbutie Pétronille, encore sous le choc de sa conversation avec Oscar.

– Ça arrive à tout le monde de renverser un verre ! Vous auriez arrosé l'ordinateur, j'aurais un peu râlé, mais hé ! C'est moi qui vous l'ai apporté, ce verre d'eau ! Il n'y a que ceux qui ne font rien qui ne se trompent pas ! enchaîne la maîtresse des lieux en se relevant.

Ses lèvres rouge carmin sourient, ses yeux jaugent la cliente.

– Venez, je vous offre une coupe, déclare Mylène, d'un ton qui ne souffre aucune contradiction.

Du champagne à cette heure ? se demande Pétronille, perplexe. Toujours au pas de course, Mylène balance le torchon trempé par-dessus le bar, directement dans l'évier, puis retourne dans la partie salon de coiffure, en martelant le sol de ses escarpins comme si elle voulait poinçonner chaque carreau de ciment. Pétronille ne peut que la suivre. Mylène l'attend sans impatience, une cape de protection entre les mains. *Ah ! Une coupe !*

– Mais… je n'ai pas de quoi vous payer, s'excuse Pétronille, désarçonnée.

– Tut-tut ! C'est mon cadeau de bienvenue ! Et puis vous êtes la remplaçante d'Hélène, non ? Je vous ai vue sortir de chez Pierre. Si vous y tenez, vous me paierez le mois prochain. Allez, c'est avec plaisir !

D'autorité, elle passe la cape autour des épaules de Pétronille, puis l'invite à s'asseoir sur un des fauteuils blancs du salon. La jeune femme se retrouve face au miroir, les yeux écarquillés, un peu rouge, un mélange de stupéfaction et de tristesse sur le visage.

– Je propose un petit rafraîchissement remonte-moral, lui murmure Mylène, penchée sur elle, harponnant son regard *via* le miroir.

Pétronille, qui arbore le même carré depuis des années, se raidit. La coiffeuse se redresse, passe avec douceur ses doigts manucurés dans les mèches rousses de sa cliente.

– Vous avez une couleur vive, de beaux yeux verts, un ovale bien dessiné et des pommettes hautes, on devrait mettre tout ça en valeur ! Votre carré est bien coupé, mais pardonnez-moi de vous dire qu'il est d'un ennui !

La coiffeuse bâille avec exagération et Pétronille ne peut s'empêcher de sourire. La rafale de compliments que vient de lui asséner Mylène produit son effet. Elle se redresse, tourne un peu son visage pour vérifier le relief de ses pommettes.

– Vous proposez quoi ? questionne-t-elle.

– Pas grand-chose, un petit dégradé, mais qui vous permet de gagner un carré Louise Brooks au bout de deux mois si vous changez d'avis. Hein ? On en pense quoi ? demande Mylène, avec un sourire complice.

– On en pense que vous êtes redoutable, s'amuse Pétronille, conquise. Allons-y, ça ne me fera pas de mal de changer de tête.

– Super ! se réjouit Mylène en attrapant une paire de ciseaux et un vaporisateur d'eau. Vous ne le regretterez pas !

Je l'espère.

– Je peux vous poser une question ?

La coiffeuse suspend son geste, lève un de ses sourcils parfaitement épilés.

– Comment vous avez deviné que j'allais m'occuper du ménage chez Pierre ?

– Oh, Troulou, c'est un village, tout se sait ! répond aussitôt Mylène en humidifiant sa chevelure.

Pétronille ne peut s'empêcher de s'interroger. *Que sait-elle d'autre ? Est-elle déjà au courant que je réside au Refuge ? Ce serait la raison de la coupe gratuite ?*

C'est une idée gênante de bénéficier de la charité d'une inconnue, alors que tant d'autres en auraient plus besoin qu'elle, même si, chaque mois, elle donne une somme fixe et déductible des impôts à plusieurs associations humanitaires. Alors non, elle n'est pas tout à fait passée de l'autre côté de la barrière, mais elle éprouve du soulagement pour le réconfort qu'on lui apporte.

– Ça ne vous plaît pas ? s'inquiète Mylène.

Pétronille sursaute. Perdue dans ses pensées, elle en a oublié son reflet, les yeux dans le vague. Son carré sage a disparu, remplacé par une coupe pixie ébouriffée, qui la rajeunit. Elle sourit à son reflet.

– Si. Énormément. Merci !

Elle passe la main sur sa nuque courte, savoure le plaisir de sentir l'air sur sa peau. Elle se trouve curieusement mutine. Mylène la couve du regard, visiblement satisfaite.

– Vous avez vraiment des doigts de fée ! la complimente Pétronille en se levant.

– Oh, c'est gentil, j'ai surtout trente ans d'expérience ! répond la coiffeuse, avec un geste de la main, avant de lui ôter la cape de protection.

– Et un certain talent !

Pétronille repense alors au nom de l'établissement. Comment une personne, capable de transformer un vieux bar avec autant de goût, a-t-elle pu commettre un tel impair ?

– *Adult'Hair*, c'est votre choix ?

Mylène, qui passait le balai tout autour du siège, s'arrête. Elle s'appuie sur le manche.

– Oui. Au début, je l'avais baptisé *Chez Mylène*. Vous voyez la maison, juste en face ?

– Avec les volets beiges ?

– C'est là que j'habite. Avec mon fiancé. Il y a deux ans, il a trouvé malin d'agiter ses plumes de Don Juan sous le nez d'une touriste venue perdre trois kilos chez les bobos qui se sont installés dans le coin… bref ! Il a imaginé qu'il pouvait s'envoyer en l'air avec une autre, en toute sérénité, résume Mylène.

Non ?! Elle n'a quand même pas…

– Évidemment, comme je ne suis pas idiote et que je coiffe tout le monde dans les parages, je l'ai appris avant même qu'il ait fini de se reculotter, poursuit la coiffeuse.

Pétronille est curieuse de connaître le fin mot de l'histoire.

– Donc un soir, quand il est rentré, on s'est expliqués.

Les jointures des doigts blanchissent autour du manche à balai. Le menton rond de Mylène se relève.

– Il m'a présenté ses excuses, que j'ai acceptées.

– C'était une erreur de parcours, avance Pétronille.

– Une erreur de parcours, c'est quand on se trompe en choisissant son orientation scolaire, rétorque la coiffeuse. Là, c'était une trahison. J'ai pardonné…

Vraiment ?

– … mais je n'ai pas oublié ! Et je tenais à ce qu'il n'oublie pas, lui non plus !

La coiffeuse sourit de nouveau et coince son balai sur son bras.

– Chaque matin, lorsqu'il se lève et qu'il ouvre la fenêtre de la chambre, annonce-t-elle en mimant le geste, *Adult'Hair* lui rappelle que ses actes ont des conséquences.

Pétronille éclate de rire. Ravie de son effet, Mylène se remet à balayer, avant de conclure.

– Au fait, rien à voir, mais si vous êtes toujours dans le coin, samedi prochain, on organise une fête au village : saucisse-aligot ! Vous venez ?

– Euh… si je peux, avec plaisir ! accepte Pétronille.

– 11 –

« Ce n'est pas possible, loulou. De toute façon, je ne suis pas seule »

Oscar fixe le message, comme s'il dissimulait un sens caché. Quand il a vu apparaître la connexion de sa mère, il a ressenti un immense soulagement. Elle est vivante ! s'est-il dit aussitôt. Mais plus la conversation avance, plus ses réponses lui paraissent étranges. Elle qui peut donner l'heure sans regarder sa montre, qui connaît la durée de tous leurs trajets et anticipe chaque Noël à partir de juillet, est incapable de dire quand elle va revenir.

« Je ne suis pas seule », relit Oscar.

Sa mère est retenue quelque part, en déduit-il. Une peur jusque-là inconnue l'étreint. Sourcils froncés, il se mord la lèvre inférieure tant il souhaite se montrer à la hauteur.

« Maman, il te faut de l'argent ? Tu veux que j'appelle papa ? »

Cette fois, aucune attente entre sa proposition et la réponse.

« Non, je n'ai pas besoin d'argent, poussin. Je te recontacterai bientôt, OK ? Je t'embrasse »

Le voyant vert, indiquant sa présence en ligne, passe au rouge. Sa mère s'est déconnectée.

Oscar se redresse et bondit du canapé où il était vautré.

– Papa ! Papaaaaaaaaaaaaaa !

Bruno déboule dans le salon les cheveux en bataille, les lunettes de guingois et un torchon à la main.

– Quoi ?! Qu'est-ce qui se passe ?

Oscar lui fourre son téléphone dans les mains, le visage grave et le regard angoissé.

– Lis, c'était maman.

– Hein ?!

Bruno est tellement saisi qu'il en laisse tomber ses lunettes et manque les écraser. Il les récupère et se redresse, aussi blanc que son torchon.

– Ta mère ? Qu'est-ce que tu dis ?

– Lis.

Bruno prend connaissance de l'échange, la gorge sèche. Son cœur semble vouloir sortir de sa poitrine. *Elle est vivante !* Simultanément, une pensée nouvelle et désagréable l'atteint de plein fouet : elle a chatté avec Oscar, mais n'a pas pris la peine de l'appeler, lui !

– T'as vu ? Elle n'est pas seule et elle dit qu'elle ne peut pas parler ! le presse Oscar. Tu crois qu'on l'a enlevée ?

Bruno n'arrive pas à réfléchir. Un mot envahit tout son système émotionnel, colonise ses pensées et transforme le soulagement en un sentiment aigu de jalousie – *Amant.* Et si Pétronille était avec un autre homme, dans d'autres bras que les siens ? *Pétronille ?!*

« Tu as un amoureux ? » lui a demandé Oscar. Bruno s'est déjà posé la question. Elle ne le dirait pas à leur fils, de toute façon.

– Papa ! Qu'est-ce qu'on décide ? insiste Oscar, que la stupeur paternelle fait monter en pression.

– Déjà, elle va bien, tente de le rassurer Bruno.

Mais il ne sait plus que croire. Oscar affiche une mine sceptique, ses parents partent en vrille ou quoi ?

– Mais papa, elle ne peut pas parler ! s'écrie-t-il. On l'a enlevée, papa, c'est sûr ! Et ils veulent une rançon !

– Du calme, du calme, le modère Bruno.

Les soupçons de l'adolescent dynamitent ses dernières défenses, Bruno additionne les pires scénarios. *Et si elle avait rejoint un amant, qui la retiendrait maintenant contre son gré parce qu'il aurait perdu la tête et...*

Bruno jette le torchon sur le canapé.

– Je vais prendre ton téléphone et montrer cette conversation à la police, déclare-t-il d'une voix forte.

– Mais la dernière fois, ils ont dit...

– On s'en fout ! Il y a du neuf, il y a ça. Ce sont des professionnels, ils sauront quoi faire.

Bruno se sent revigoré, il peut et il va agir, il a un but ! Il enfile une veste, attrape ses clés et sort de l'appartement, suivi par un Oscar qui ne cache pas son angoisse. Bruno muselle la sienne aussi fermement qu'il en est capable. Il doit rester fort pour Oscar, et pour Marion qui ne se doute encore de rien. *Pétronille, mais où es-tu ?*

– Et à aucun moment elle n'a dit où elle allait ? Vous êtes sûr ? Vous avez peut-être oublié, suggère le policier en civil, qui les reçoit dans son bureau.

– Mais non ! s'agace Bruno. On avait prévu un dîner avec des amis, elle est partie sur un coup de tête, elle n'a même pas pris de bagages, ni sa carte bleue ! C'était juste après ma blague. Pas du meilleur goût, je le reconnais, mais rien qui justifie une réaction pareille. Et depuis, pas de nouvelles.

– Jusqu'à cet échange avec votre fils.

– Voilà.

– Hum…

Le brigadier-chef Moreau s'adosse à sa chaise. Il examine froidement l'homme qui se tient devant lui, écroulé sur sa chaise, visiblement désemparé. Contre le mur, recroquevillé sur son siège en plastique, le fils se grignote les doigts. Il paraît avoir confiance en son père.

La fuite de la dame sent la crise de la quarantaine à plein nez, la débandade conjugale et le ras-le-bol ménager. La blague du mari en dit long sur l'acidité de leurs échanges et le policier parierait bien sur la présence d'un amant, malgré ce qu'elle a écrit à son fils. Oui, l'alarme intérieure du brigadier-chef reste silencieuse. Mais l'expérience lui a appris à ne pas se fier uniquement à ses impressions. Pourquoi le mari n'a-t-il pas lancé d'alerte sur les réseaux sociaux ou même contacté la presse ? Est-ce vraiment avec sa mère que le petit a communiqué ? Il semble le croire et le mari n'a pas l'air du genre à étaler ses problèmes en public. Tant mieux car ce type de publicité n'aide pas toujours les enquêteurs. D'autre part, le brigadier a pu le constater, les maris qui crient le plus au loup sont souvent des assassins.

L'épouse a disparu depuis le samedi soir, ce qui fait sept jours, quand même. Lancer un avis de recherche ne coûtera pas grand-chose, on ne sait jamais.

– Bien, je ne crois pas qu'il faille paniquer, déclare-t-il en détachant chaque mot. Mais je vais tout de même inscrire madame au fichier des personnes recherchées. Vous avez le numéro de sa plaque d'immatriculation ?

Le soulagement du duo est palpable. Le père, surtout, semble libéré d'un poids. Ou alors, il joue très bien la comédie, songe le brigadier-chef.

– 12 –

Jeanne coupe le gourmand d'un geste sec et précis, puis elle rattache le pied de tomates à son piquet pour qu'il ne s'effondre pas sous le poids des fruits encore verts. La variété Ananas est plus tardive que l'Olirose, mais tellement goûteuse ! Les premières qu'elle récoltera seront arrosées d'un simple filet d'huile d'olive, puis parsemées de poivre sauvage concassé, d'une grosse poignée de persil et de fleur de sel. Point. La qualité se passe d'artifices. Une attitude qui changerait bien des choses si elle était adoptée par tous, se dit Jeanne en grattant ses deux mains irritées par le suc des plantes.

Non loin d'elle, Pétronille ramasse des pêches de vigne. Elles sont si abondantes que Jeanne pourra en servir à table et lancer une belle fournée de confiture. Cela lui rappelle *Les Petites Filles modèles*. Elle avait toujours envie de goûter les pêches et les raisins de Camille et Madeleine, dans cet épisode où Sophie est punie et où les deux sœurs se privent elles aussi de dessert en guise de soutien.

Perchée sur un escabeau branlant, Pétronille cueille les fruits avec précaution et les dépose dans le panier que Bassem lui tend d'une main, tandis qu'il stabilise la petite échelle de l'autre. Jeanne calcule que Pétronille est là depuis huit jours. Elle s'adapte de plus en plus et s'entend avec tout le monde – Bassem en particulier. Jeanne soupire et se masse le bas du dos. On pourrait presque croire au bonheur, parfois, se dit-elle. Dommage que la vie se charge de vous rappeler à plus de lucidité.

Kékékékékéké. Jeanne lève la tête. Un éclair fuse entre les feuillages et fonce sur Pétronille qui pousse un cri strident en vacillant sur son fragile perchoir. Bassem l'empoigne par la taille et lui évite de tomber. À ce moment, La Molotov surgit au bout du chemin, drapée dans une robe noire qui doit dater de l'époque où les soldats portaient encore des casques à pointe. Kiki s'est perché sur une branche du pêcher et nargue Pétronille en allongeant son énorme bec vers elle. *Kékékékékéké.* Bassem tient toujours la jeune femme contre lui et repousse les assauts du freux en riant.

– Claque le bec de ta volaille ou je la plume, lance Jeanne à La Molotov.

– Mon Kiki est un seigneur, lui répond-elle d'un air bougon. Il est capable de faire revenir la pluie dans le jardin et l'amour dans le foyer.

– N'importe quoi.

– Toi, n'importe quoi.

Qu'est-ce qu'elle a encore cette vieille pie ? se demande Jeanne. Le corbeau poursuit ses acrobaties, contraignant Pétronille à redescendre sur la terre ferme. La Molotov se dirige droit sur elle, scandant chacun de ses pas d'un coup de canne.

– Dis donc, Mistinguett, j'ai une info pour toi.

– Vous voulez bien rappeler Kiki, s'il vous plaît ? Il est sans arrêt après moi.

– Il t'aime, déclare La Molotov. Tu devrais lui rendre son amour, on gagne toujours dans la réciprocité.

Puis elle jette un bref coup d'œil à Bassem.

– Mais c'est pas de ça que je voulais te causer. Un petit boulot en plus de tes heures chez Pierre, ça te dit ? À la ferme des Martel, les bobos font du gras. Normal, ils affament la clientèle. Bref, ils ont besoin d'aide, deux jours par semaine. Sont fameusement cons mais c'est pas trop mal payé.

Pétronille esquisse un sourire tout en observant Jeanne. Lui en voudra-t-elle de bosser chez l'ennemi ?

– Tu déconnes à plein tube, ma vieille, dit justement la maîtresse des lieux en guise d'avertissement.

– J'crois pas que tu sois en mesure de donner des conseils, lui répond La Molotov. Je suis même sûre du contraire.

– De quoi tu parles ?

– On va vous laisser, commence Pétronille.

– Ben je parle que t'as retourné ta veste comme la moitié de ce pays de glands pendant l'Occupation ! Je dis que t'as foutu tes grands principes aux orties et que ça n'a pas trop l'air de te piquer le cul ! postillonne La Molotov.

– On reviendra plus tard, tente Pétronille.

Bassem saisit le panier de pêches, tandis qu'elle se baisse pour ramasser celles qui sont tombées dans l'herbe. *Kékékékékéké*, avertit Kiki en venant se poser sur l'épaule de sa maîtresse.

Les deux amies s'affrontent du regard.

– Je vois que t'as percuté direct, reprend La Molotov. J'ai discuté des connauds qui lisent l'avenir dans les fanes de carottes, vois-tu ? Je sais encore tirer les vers du nez, j'ai pas complètement perdu la main.

– Bon, eh bien merci pour l'info, en tout cas, balbutie Pétronille en reculant pour évacuer le champ de bataille.

– De rien, dit La Molotov sans lâcher Jeanne des yeux. Vas-y de ma part et traîne pas trop. Non, mieux, on ira ensemble. Ce serait bête de rater une bonne affaire. Pas vrai, Jeanne ?

Kééééééé !

– Ton porte-flingue commence à me les briser, rétorque Jeanne.

– C'est rien en comparaison de ce que je viens de supporter, assène La Molotov. T'as lu leur prospectus ? Les bienfaits du jus de betterave pris pendant la lune ascendante, pieds nus de préférence, et en remerciant Gaïa la mère-de-mes-deux, ça t'évoque un truc ?

Pétronille ne comprend pas ce qui se joue entre les deux amies, mais ça semble grave. Elle tente de les calmer.

– Cela dit, c'est vrai que les jus de légumes sont bons pour…

– Tu ferais mieux de la boucler si t'as rien à dire, la coupe La Molotov.

– Ne parle pas comme ça à Pétronille, intervient Jeanne d'un ton menaçant.

– Pardon ? s'étonne La Molotov, de manière trop théâtrale pour être authentique. Tu l'appelles plus Milady ? T'as pris du grade, on dirait, Mistinguett.

Pétronille est si gênée qu'elle ne trouve rien à répondre. Bassem lui fait signe de le suivre et tous deux s'éclipsent pour porter les pêches dans la cuisine. En s'éloignant, Pétronille entend La Molotov lâcher avec colère :

– Alors on vend sa maison au plus offrant ? T'es pas bien regardante sur l'origine de l'oseille. Et nous, on devient quoi ? Tu vas nous foutre au trou ?

– On y vient. Encore une fois, tu ne penses qu'à ta pomme. Pourquoi je ne suis pas étonnée ?

– La meilleure défense c'est l'attaque, pas vrai Jeanne ?

– Je n'ai pas à me justifier.

– On a toujours à se justifier, ma grande, surtout quand on fomente ses sales petits coups en douce. Hein, Kiki ?

Kékékékékéké. Le freux frotte son bec contre la joue de la vieille femme et agite ses ailes en réponse à son énervement.

– Ce bestiau n'a pas à se mêler de notre conversation, déclare Jeanne.

– Oh que si ! Personne ne le prendra si tu m'obliges à partir dans une maison pour les vieux. Tu nous condamnes à mort et il le sait. Hein, Kiki ?

Kékékékékéké. Les yeux de Jeanne brillent de colère et ses joues s'empourprent.

– Tu n'es qu'une sale égoïste, lance-t-elle à La Molotov.

– Tu manques pas d'air, ma poule, répond l'autre en agitant son bras plâtré. On m'a tabassée dans une manif des gilets jaunes et tu me traites d'égoïste ?

– Arrête ton char, Ben Hur. T'adores ça, les manifs.

– Et alors ? Ça m'enlève pas le mérite d'y avoir été.

– Sans doute, mais au bout du compte, plâtre ou pas, gilet jaune ou violet, tu restes une bonne grosse égoïste comme tous les autres. Une bonne représentante de l'espèce humaine ! Tu roules pour ta gueule, tu manifestes pour ta gueule et tu viens me donner des leçons, alors que tu n'as jamais pensé qu'à ta…

– On a compris, varie ton vocabulaire, ma vieille.

Un silence s'installe entre les deux femmes. Kiki scrute le ciel où passe un vol de corneilles. Au loin, le moteur d'un tracteur lance des rugissements et la cloche de Troulou sonne la demie. Le zonzon des insectes gagne en intensité à mesure que la chaleur augmente.

– J'ai perdu mes parents pendant la guerre… commence La Molotov d'un ton grave.

– Oh, tu vas pas remettre ça ! l'interrompt Jeanne.

– … j'ai dû apprendre à me débrouiller seule…

– Tu vas me faire chialer.

– … Je suis devenue secrétaire et puis, très vite, stripteaseuse. Parce que j'ai toujours préféré me foutre à poil devant mes propres clients que devant un patron. Militante MLF depuis Mai 68, signataire du manifeste des 343, libre de corps et d'esprit, prête à soutenir la veuve et l'orphelin !

– Tu me fatigues, Brigitte. Je crois entendre *La Marseillaise* quand tu as tes accès révolutionnaires.

– Lorsqu'on s'est rencontrées, toutes les deux, je prenais grave sur la gueule, tu t'en souviens ? Ma gueule, oui, celle que tu me reproches de ramener sur le devant de la scène aujourd'hui.

– On la connaît par cœur, ton histoire, souffle Jeanne d'une voix lasse.

– Sans toi, sans ton Refuge, le gars qui me dérouillait aurait sans doute fini par avoir ma peau, Jeanne. Et tu veux vendre aux abrutis des Martel ? Mais où on va aller Kiki et moi ? Tu sais que je préfère crever maintenant que de finir dans un putain de mouroir. Je ne veux pas me retrouver avec une couche, sanglée dans un fauteuil au milieu d'un tas de vieux déglingos, bouffée d'escarres et camée à mort par l'industrie pharmaceutique !

– Tu connais le sens du mot *exagération* ?

– C'est le synonyme d'*anticipation*. Et Bassem, tu as pensé à lui ?

– C'est précisément la raison pour laquelle je veux vendre. Parce que j'en ai marre de prendre les autres en charge. Les autres… je n'en peux plus, Brigitte. Les autres me tuent.

La Molotov a un mouvement de recul quand elle s'aperçoit que sa vieille amie est en train de pleurer.

– Moi aussi je suis vieille et je suis fatiguée, renifle Jeanne. Je me suis battue toute ma vie, j'ai recueilli des gens, sans arrêt. Ils fuyaient tous quelque chose. Mais ce quelque chose nous a rattrapés, finalement, et Marie-Carmen est morte. Alors moi, je veux juste aller dans ma bergerie et attendre la fin. C'est tout. Puisque ça va finir dans le sang, puisque rien ne sert à rien. On n'a pas changé le monde, Brigitte, il poursuit sur sa lancée. Tu l'entends pas crier, le monde ? Moi j'entends plus que ça.

– Toi, t'as rencontré les collapsologues et ils t'ont refilé le bourdon. Qui c'est qui exagère, maintenant ?

– Tu ne comprends pas. C'est fini. On est au bout, c'est tout.

Et Jeanne plante La Molotov pour prendre la direction de la bergerie. Elle marmonne un *Désolée* qui se perd dans l'air chaud et laisse son amie médusée. Quand sa silhouette a complètement disparu, La Molotov cherche un peu de réconfort auprès de Kiki en échangeant quelques mots tendres avec lui. Puis elle décide de rejoindre Pétronille et Bassem qu'elle entend dans la cuisine, par les portes-fenêtres ouvertes.

Ils sont assis l'un près de l'autre, pelant et coupant les pêches en morceaux avant de les mettre dans une grande bassine en cuivre. Le jus des fruits coule le long de leurs mains et se dépose en minuscules gouttelettes sur la table. Derrière eux, le mur des cartes postales rappelle à La Molotov que bien d'autres personnes se sont assises, elles aussi, autour de cette table. Des femmes, des hommes, des enfants, qui écrivent à Jeanne pour lui raconter ce qu'ils sont devenus et la remercier d'y avoir contribué. Et tout ça prendrait fin au profit de tisanes en sachet, de repas allégés et de lamentations apocalyptiques ? Avec la moitié de la planète qui crève concrètement de faim ? Non mais on est où, là ? se demande La Molotov, furieuse. Elle ne va certainement pas laisser la situation se dégrader à ce point, ce serait tourner le dos à tous ses engagements. Elle ne sait pas encore comment agir, mais ça va barder grave ! Une peur diffuse s'insinue en elle – où vont-ils aller, Kiki et elle ?

– Si, toi chanter, répète Bassem.

Pétronille glousse et se débarrasse d'un noyau avant de reprendre l'épluchage d'une pêche. Elle sourit à Bassem en secouant la tête en signe de refus. Mais il insiste, penché vers elle.

– Pourrrr moi, ajoute-t-il avec une telle intensité qu'elle n'ose plus refuser.

La Molotov les observe un moment, cela la distrait de la colère mêlée à la crainte qui lui est venue depuis qu'elle s'est découverte trop fragile pour vivre seule. Ces deux-là risquent d'augmenter les statistiques de la fertilité et les problèmes de surpopulation si elle n'intervient pas, pense-t-elle.

La voix de Pétronille s'élève.

Elle met du vieux pain sur son balcon
Pour attirer les moineaux les pigeons

La Molotov s'aperçoit que la radio est allumée et qu'une chanson passe en arrière-plan. Jusque-là, elle était trop prise par les émotions soulevées à la perspective de la vente du Refuge et la dispute qui a suivi avec Jeanne pour y prêter attention.

Elle vit sa vie par procuration
Devant son poste de télévision

Bassem s'est reculé sur sa chaise. Il écoute Pétronille, les yeux brillants. La Molotov s'approche du buffet sans les interrompre. Elle farfouille dans sa poche et en sort un préservatif qu'elle dépose sans rien dire.

Le temps qui nous casse, ne la change pas
Les vivants se fanent, mais les ombres pas

Il va falloir qu'elle rachète une boîte et qu'elle en foute un peu partout dans la baraque. On ne sait pas où ça pourrait les prendre, ces deux-là, mais quand ça va leur tomber dessus, il vaut mieux qu'ils n'aient pas trop à chercher, conclut-elle.

Des crèmes et des bains qui font la peau douce
Mais ça fait bien loin que personne ne la touche

Qu'est-ce qu'elle disait ! Danger, alerte rouge !

– Y a pas que du pain sur le balcon, insinue-t-elle à la fin de la chanson.

Et comme Bassem et Pétronille la regardent avec l'air de ne rien comprendre, elle complète, un brin perfide :

– Y a surtout le feu, si j'en crois ce que je vois.

Pétronille rougit violemment. Avec sa nouvelle coupe de cheveux, on dirait une gamine qu'on vient d'attraper la main dans un bocal de bonbons. La Molotov leur adresse un sourire entendu comme elle les affectionne. Puis elle tapote ostensiblement sur le préservatif et sort d'un air digne sans oublier d'ajouter la touche finale, d'un ton détaché.

– Sortez pas sans capuche, les petits.

– 13 –

– *Adult'Hair*, bonjouououour ! Mylène à votre service.

La voix puissante perce le brouhaha qui règne un vendredi sur deux au salon, jours de café-bricolage où chacun vient avec ses objets en panne pour un gigantesque atelier partagé. Plusieurs bénévoles assistent la propriétaire du lieu pour répondre à l'affluence. Le bar est bondé et les deux fauteuils en cuir blanc du salon sont occupés, lorsque l'adjudant Philibert fait son entrée, flanqué du gendarme Moresco, la nouvelle recrue de la BTA de Carcassonne.

La porte carillonne en se refermant, provoquant une baisse temporaire du niveau sonore, suivi d'un *22 v'là les flics* et de plusieurs éclats de rire. L'adjudant Philibert connaît bien les lieux, il est en poste depuis trois ans et rien ni personne n'échappe à son sens aigu de l'observation. Un gendarme, comme il aime à le dire, c'est d'abord un furet – vif et curieux de nature. Le gendarme joue l'inoffensif, il s'emploie à tromper l'ennemi sous un camouflage d'apparente bonhomie qui dissimule, en réalité, un esprit d'analyse et de synthèse du terrain qui a confondu plus d'un criminel. Le gendarme est un héros invisible, s'enflamme parfois l'adjudant, surtout à l'heure de l'apéro quand il a fini son service. Mais pour le moment, il se tient en retrait, laissant officier le nouveau venu.

Le gendarme Moresco, lui, est une bleusaille. Il vient d'arriver à la brigade et il a tout à apprendre – du point de vue de ses collègues. Un jeune et solide gaillard, plutôt sûr de lui. Sa confiance lui vient en partie de sa – trop – belle gueule qui suscite des roucoulades féminines peu au goût de son supérieur hiérarchique, d'un physique plus ingrat. C'est donc avec le sourire en coin du vieux briscard que l'adjudant Philibert observe Moresco manœuvrer auprès d'un grand chevelu qui lave les verres derrière le comptoir.

– Gendarmerie nationale, annonce le bellâtre avec la prestance que confère une certaine fierté. Nous voudrions voir M. Manceau.

Le chevelu, dont les dreads semblent tout droit sorties d'un bidon d'huile de vidange, hausse un sourcil interrogateur.

– Hé, Mylène ! lance-t-il avec un fort accent belge. C'est pour toi.

Mylène indique qu'elle arrive, le temps de terminer sa prise de rendez-vous.

– Mais oui, Arlette, pas de souci. Dix-huit heures. C'est ça. Bonne journée !

Impeccablement moulée dans un tee-shirt et un pantalon blancs qui rivalisent d'audace pour mettre ses formes en valeur, Mylène, plus couverte de bijoux qu'un présentoir des Galeries Lafayette, fonce droit sur le gendarme Moresco. Ses somptueux talons dorés pétaradent en rythme pour le plus grand plaisir de l'adjudant Philibert.

– Ça va comme vous voulez ? lui demande-t-elle, après lui avoir claqué la bise.

Elle se tourne ensuite vers le gendarme Moresco et lui adresse un sourire félin valorisé par un maquillage étourdissant et de superbes mèches blondes phosphorescentes. Elle le détaille de bas en haut avant d'esquisser une moue d'approbation qui désarçonne le militaire.

– Nous cherchons M. Manceau, le propriétaire, reprend-il d'une voix mâle pour reprendre contenance, vous savez où il se trouve ?

Erreur de débutant, analyse l'adjudant avec satisfaction, trop de mots.

– M. Manceau, répète Mylène en agitant ses sourcils épilés à la perfection, voyez-vous ça !

Plusieurs rires fusent, avant qu'un silence s'installe.

– Ah, mais je crains que M. Manceau ne soit indisponible, à défaut d'être indisposé, poursuit-elle sur le même ton.

Elle rit de façon charmante à une blague que le gendarme Moresco ne comprend pas. Une alerte se déclenche dans sa tête, quelque chose lui échappe. La stature et l'imposante féminité de Mylène, alliées à un parfum en surcharge pondérale, l'impressionnent davantage qu'il ne veut le laisser paraître. Mylène s'approche un poil trop près de lui, elle est assez grande pour le regarder dans les yeux.

– Vous pourriez peut-être vous contenter de moi, suggère-t-elle.

– C'est votre mari ? rétorque imprudemment le gendarme Moresco.

– Dieu du ciel, non ! s'écrie Mylène en se tournant brièvement vers l'adjudant. On vous aura mal renseigné. Il n'y a pas de M. Manceau, ici.

– C'est pourtant le nom qui est indiqué dans nos fichiers.

– Vous savez comment est l'administration, roucoule-t-elle, toujours un peu longue à la détente.

L'adjudant Philibert boit du petit-lait, la bleusaille est en plein bizutage. Mais il ne peut pas laisser le gendarme trop s'enferrer non plus. Il en va de leur crédibilité commune et ils ont une enquête sur les bras.

– Mon collègue vient d'arriver, Mylène, il n'a pas encore eu le temps de découvrir toutes les subtilités de notre belle région.

Le gendarme et l'adjudant s'affrontent du regard, le premier comprenant qu'il a été piégé par le second.

– Comme c'est chou, cette petite blagounette entre collègues, minaude-t-elle en battant des paupières. Je suis la propriétaire de cet endroit, Mylène Manceau, pour vous servir.

Un instant, le gendarme Moresco pense qu'elle va exécuter une révérence. Il s'apprête à lui demander si M. Manceau est son frère ou son fils, quand un souvenir sorti tout droit de sa formation surgit dans son esprit. Il entend distinctement la voix de son instructeur lui répéter que la première qualité d'un gendarme, c'est l'écoute – *Les gens sont bavards, il suffit de les laisser parler, c'est la meilleure façon d'obtenir des renseignements.*

– M. Manceau nous a quittés, reprend Mylène au bout d'un court silence.

– Je suis navré de l'apprendre.

Des gloussements s'élèvent autour du gendarme Moresco. Mylène se penche davantage et murmure.

– Ne le soyez pas, très cher, ce fut une délivrance. Mais tout ceci appartient au passé et vous comprendrez que je n'aime pas en parler. Vous n'envisagez pas d'utiliser la contrainte, tout de même ? ajoute-t-elle en mimant l'effroi.

Le gendarme Moresco est hypnotisé, il cligne des yeux sous la suggestion. Puis il se reprend et sort une photo de sa poche.

– Vous la connaissez ? interroge-t-il.

Le visage de Mylène se ferme quand elle reconnaît la jeune femme qui est venue au salon en fin de semaine dernière. Elle claque des mains et s'adresse à l'assemblée :

– Et alors, vous n'avez rien de mieux à faire qu'écouter les conversations privées ? Allez hop, tout le monde au boulot ! Les réparations ne vont pas tomber du ciel et les cafés ne vont pas se servir tout seuls. Suivez-moi, intime-t-elle aux deux représentants de la loi.

Ils sortent du magasin et avancent de quelques pas pour s'isoler.

– Pourquoi la cherchez-vous ? demande Mylène d'un ton sec.

– Le mari avait signalé sa disparition, il y a quelques jours. Et il semblerait qu'elle ait contacté son fils de votre café, intervient l'adjudant.

– C'est possible, beaucoup de gens passent par ici, vous savez.

– Mylène, on n'est pas à Marseille non plus. Quand il y a une nouvelle tête, tout le village est au courant. Vous l'avez vue ?

Mylène semble aux prises avec un conflit intérieur.

– On a le droit de se barrer si on le souhaite, non ? Si ça se trouve, elle a de bonnes raisons. Si ça se trouve, elle vit avec un connard.

– Rien ne permet de confirmer cette hypothèse, répond l'adjudant. Pas de signalement ni de main courante, pas de séjour suspect à l'hôpital. Une famille ordinaire, en somme.

Mylène plisse ses lèvres rouge carmin, dubitative.

– On veut savoir si elle va bien, si elle est libre de ses mouvements, si elle a toute sa santé mentale, intervient le gendarme Moresco. Une fois les vérifications établies, si Mme Vay tient à garder le silence sur l'endroit où elle se trouve, nous communiquerons sa décision à son mari.

– C'est la procédure, complète l'adjudant. Et il y a deux gosses qui attendent d'avoir de ses nouvelles.

L'argument est décisif. Les enfants, c'est le gros regret de Mylène et Philibert le sait.

– Elle est venue, oui, concède-t-elle.

Les deux hommes se regardent.

– Elle vous a paru comment ? questionne l'adjudant.

– Bien. Elle a utilisé un ordinateur et puis je lui ai coupé les cheveux. Elle avait l'air secouée par sa conversation, c'est vrai, mais d'une manière normale.

Le gendarme Moresco insiste.

– Et vous avez parlé de quoi ?

– Nous avons parlé de trucs de femme, gronde-t-elle en lui lançant un regard d'avertissement.

– Vous savez où elle se trouve ? intervient l'adjudant.

Il est tout sourire dans un esprit d'apaisement. Mylène finit par se détourner du gendarme, non sans l'avoir fusillé une dernière fois de ses mitraillettes cerclées d'eye-liner.

– Aucune idée, affirme-t-elle. J'ai cru comprendre qu'elle était de passage.

– Mylène… vous avez été dans l'armée…

– Et ? le coupe-t-elle.

– Vous avez le sens de l'observation et vous connaissez le terrain. On veut juste lui parler, je vous le promets.

Au bout d'un moment de réflexion, Mylène capitule.

– Je ne sais pas où elle crèche, mais je me renseignerai.

Jeanne reste un moment silencieuse, debout dans le salon. Elle entend s'éloigner la Simca de Philou. Ce qu'il vient de lui raconter, mandaté par Mylène, ne lui plaît pas du tout. Si Philibert cherche Pétronille, les ennuis ne sont pas loin ! Jeanne attrape son panier en osier, contenant gants et sécateur, qu'elle avait posé durant la conversation. Elle sort et prend le chemin de la bergerie, où elle sait que Bassem et Pétronille poursuivent le déblaiement des gravats. En s'approchant, elle les entend rire avant de les voir. Bassem est torse nu, en short et vieilles baskets, luisant de sueur et le visage couvert de poussière. Il pousse la brouette remplie à ras bord pour aller la déverser sur le tas extérieur. Jeanne compte utiliser les pierres pour terminer le mur de clôture qui séparera la maisonnette du reste de la propriété.

Pétronille apparaît, les cheveux en bataille, tout aussi débraillée et cradingue que Bassem. Les deux se donnent de la peine, Jeanne est obligée d'en convenir. Entre son boulot chez Pierre et les coups de main qu'elle donne au Refuge, Pétronille démontre une vaillance et une capacité de travail qui semblent la surprendre elle-même, comme si elle se découvrait un savoir-faire et des compétences dont elle n'était pas consciente jusque-là. Au fil des jours, Jeanne la voit s'ouvrir. Son visage irradie et elle déborde d'une énergie communicative.

– Milady, faut que je te cause, dit Jeanne. Viens, s'il te plaît.

Elle sourit à Bassem tandis que Pétronille la rejoint.

– Qu'est-ce qu'il y a ?

– Viens, marchons un peu.

Les deux femmes s'éloignent et Pétronille comprend que Jeanne souhaite lui parler à l'écart de Bassem.

– Si c'est au sujet de la ferme des Martel, commence Pétronille, oui, c'est vrai que j'ai rendez-vous pour un boulot. On y va la semaine prochaine avec Mme Molotov, c'est elle qui vous l'a dit ?

La voix de Pétronille trahit son inquiétude. On n'a plus reparlé de sa présence au Refuge ni du temps qu'elle comptait y rester. Est-ce que ce rendez-vous remet en question le fragile équilibre qu'elle vient de trouver dans ces lieux, avec ses nouveaux et si étranges compagnons ?

– Les gendarmes sont passés chez Mylène, ils te cherchent.

Pétronille a un coup au cœur, il semble vouloir s'arrêter net avant de repartir dans une cavalcade qui lui donne l'impression d'étouffer. Elle n'a jamais eu affaire aux flics de toute sa vie ! Même pas pour une contravention. Elle traverse dans les clous, elle paie ses impôts, elle obéit aux règles sociales de manière scrupuleuse. Enfin… jusque-là.

– Vous… je… il faut que je m'en aille, c'est ça ? demande-t-elle en sentant monter en elle une angoisse irrépressible.

– Parce que tu crois que les condés me font peur, ma jolie ? Je les pratique depuis le berceau, tu ne peux pas savoir le nombre de fois qu'ils ont débarqué ici. On a bu des coups ensemble, on s'est frités et, tu commences à me connaître, j'ai jamais mâché mes mots avec eux. Mais peur, ça non.

Pétronille se détend un peu en essuyant ses mains sur le vieux jean déchiré qui lui sert de pantalon de travail.

– Qu'est-ce que je dois faire, alors ? demande-t-elle.

D'un léger mouvement de tête, Jeanne désigne Bassem qui poursuit le déblayage non loin d'elles.

– Lui, par contre, il a toutes les raisons d'avoir peur.

Pétronille blêmit.

– Pourquoi ? souffle-t-elle.

– Je vais être brève. Bassem, il n'a pas de papiers. Il est parti d'Al-Baghouz après que sa femme et leurs deux enfants ont été tués dans un bombardement. Quand il est arrivé ici, il était quasi muet. On s'est beaucoup inquiétés avec Pierre, il était traumatisé et incapable de nous raconter ce qu'il avait subi.

Les larmes montent aux yeux de Pétronille, sa gorge se contracte douloureusement. Elle pense à Marion et à Oscar. Des flashs l'envahissent, images issues des informations, elle entend crier et pleurer… Comme un tourbillon qui l'engloutirait.

– Respire, l'exhorte Jeanne en lui serrant le bras.

Pétronille s'essuie les yeux avec rage. Bassem, pense-t-elle, Bassem si gentil, si doux.

À cet instant, elle voudrait tellement pouvoir lui dire… Mais quoi ? Qu'elle est désolée ? Est-ce qu'il y a des mots pour exprimer ce qui la broie en apprenant la vérité sur cet homme qui la touche, qui la bouleverse et reste capable de rire avec elle malgré le drame ?

– Qu'est-ce que je dois faire ? demande-t-elle à nouveau.

– Il faut que tu ailles voir les flics, que tu te manifestes pour qu'ils arrêtent de te chercher. Sinon ils vont débouler, aussi sûr que deux et deux font quatre. Et tout le monde, dans le coin, n'est pas aussi bien intentionné que toi. J'ai pas besoin de t'expliquer ce qui arrivera si jamais on le trouve ici, n'est-ce pas ?

– OK, je m'en occupe. Je vais y aller.

– Et motus ! reprend Jeanne. Il aimerait pas que tu le prennes en pitié.

Pétronille acquiesce et inspire profondément à plusieurs reprises pour tenter de stabiliser ses émotions. Elle jette un regard en direction de Bassem qui s'est arrêté et observe les deux femmes avec un air interrogateur.

– J'arrive ! lance Pétronille avec un grand sourire.

Bassem hoche la tête sans bouger pour autant. Son visage s'est assombri, alors elle tire la langue en désignant discrètement Jeanne comme si cette dernière était en train de la soûler.

– Bon, maintenant qu'on est d'accord sur ce point, Milady, gronde soudain Jeanne, il va falloir qu'on s'explique sur ce foutu rendez-vous avec les buveurs de pissenlits ! Je vais démonter le plâtre de La Molotov, ça va lui passer l'envie de me briser les ovaires !

– 14 –

Des tables ont été dressées sur la moitié de la place du village. L'autre côté servira visiblement de scène ou de piste de danse, comme l'indiquent l'estrade en palettes et les lampions tendus entre les façades des maisons. Les ampoules colorées parent les murs de teintes nouvelles : bleu, rouge, jaune, rose ! Le grand échalas à dreadlocks, grimpé sur un escabeau, attache tant bien que mal une boule à facettes à un poteau électrique.

– Ferme la bouche, les frelons asiatiques vont y faire leur nid ! lâche Jeanne à Pétronille, qui s'extasie devant le charme de la scène.

– Rabat-joie, grince La Molotov.

Elle parle trop bas et ses mots sont couverts par la musique tombée d'un haut-parleur posé sur le rebord d'une fenêtre.

Les deux femmes sont toujours en froid depuis leur dispute mais, ce soir, c'est la trêve. Pierre est passé au Refuge après sa tournée et a embarqué toute la maisonnée dans sa vieille Laguna grise. Ils se sont garés à l'entrée du village, d'où l'on entendait déjà les Wampas regretter de ne pas avoir le portefeuille de Manu Chao. Jeanne au bras de Pierre, La Molotov pour une fois sans Kiki, et Pétronille à côté de Bassem, tous ont rejoint la fête de l'aligot-saucisse, en cadence.

L'événement est incontournable et de nombreux villageois y assistent. Jeanne, Pierre et La Molotov embrassent plusieurs connaissances et se laissent offrir des verres. Pétronille et Bassem restent à l'écart, ne sachant trop comment s'intégrer.

Sur la place, on boit, on discute, on pose les premières saucisses sur un barbecue brûlant, dont on éloigne les enfants avec fermeté. Dans un coin, un gaillard chauve aux bras énormes travaille l'aligot avec une régularité de maître horloger. Son immense spatule de bois plonge et tourne dans un chaudron gigantesque, posé sur un réchaud à gaz d'une taille impressionnante. Pétronille reconnaît quelques patients de Pierre, croisés dans la salle d'attente, et bien sûr Mylène.

Le brushing laqué et l'œil charbonneux, dans une jupe moulante noire et un haut pailleté qui souligne son imposante poitrine, elle navigue entre les tables, un sourire aux lèvres. Seule La Molotov, dans une robe Empire en soie parme dont les manches de tulle lui font des épaules de footballeur américain, rivalise de flamboyance. Tous les autres sont en jean et chemise ou tee-shirt, voire en robe de cotonnade.

Mylène porte haut un plateau chargé de verres pleins, en talons sur les pavés, sans un seul faux pas. Pétronille, qui a opté pour une robe chemise en jean et des spartiates trouvées dans la malle aux merveilles, admire la performance.

La coiffeuse ravitaille la foule avec aisance et décontraction, jusqu'à épuisement de son chargement.

– Mes mignons, ne restez pas là tout seuls ! les invite-t-elle, en calant son plateau sous son aisselle. Venez prendre un verre ! Bière, rouge, blanc, rosé, plus fort, moins fort ?

L'énumération, trop rapide pour Bassem, le laisse perplexe. Pétronille choisit du vin blanc. Mylène, comprenant le désarroi du jeune homme, répète en lui désignant les verres déjà en main autour d'eux. Le regard brun doux s'éclaire.

– Limonade, dit-il.

– J'adore quand un homme me dit oui, plaisante la coiffeuse, avec un clin d'œil à Pétronille, qui rougit sans savoir pourquoi.

Quelques secondes plus tard, elle trinque avec Bassem. Le vin est bon et Debbie Harry a succédé à Didier Wampas. Pétronille esquisse quelques pas de danse en fredonnant. Elle manque de renverser son verre sur Bassem en éclatant de rire. Les lampions se reflètent dans ses yeux et incendient sa chevelure. Il y a longtemps qu'elle ne s'était sentie aussi joyeuse.

Autour d'eux circulent des assiettes en carton remplies de chips et de cacahuètes.

– On s'assoit ? propose Pétronille, qui a décidément pris goût à la fête.

Bassem hoche la tête et attrape au passage une assiette encore pleine qu'il pose sur la table où ils s'installent. Ils grignotent l'un à côté de l'autre, sans trop se regarder quand leurs doigts se frôlent par inadvertance.

Pétronille observe Jeanne et Pierre, qui rient épaule contre épaule sur la margelle du puits, seul endroit un peu épargné par la lumière des guirlandes d'ampoules.

C'est peut-être la première fois qu'elle voit la propriétaire du Refuge aussi détendue... Pour une fois, elle a quitté ses pantalons informes et ses tee-shirts tachés pour un jean ajusté et une chemise blanche, ouverte sur une poitrine plate. Les longs cheveux de Jeanne sont noués en un chignon brouillon et les mèches qui s'en échappent la rajeunissent d'une manière étonnante. Surtout quand elle les ôte de ses yeux en soufflant brusquement dessus, sans s'interrompre. Sa lèvre inférieure s'arrondit, comme autour d'une cigarette imaginaire. Pétronille lui trouve un air de Calamity Jane. Soudain, Pierre saisit le verre vide de sa complice, file le remplir à l'intérieur du salon de thé et revient au pas de course, un sourire aux lèvres. Leur conversation reprend aussitôt, comme si l'interruption n'avait pas eu lieu.

– Pierre, Jeanne, trrrès bien, déclare solennellement Bassem, la main sur le cœur.

– Comme toi, laisse échapper Pétronille.

Puis elle plonge le nez dans son verre pour échapper à la question muette qui apparaît dans les yeux de Bassem.

– Oh, tu as vu ça ? s'exclame-t-elle pour faire diversion.

À quelques mètres d'eux, le chauve lève sa spatule géante, exposant à la foule l'élasticité de l'aligot, à la surface duquel de grosses bulles paresseuses éclatent de temps à autre. Pétronille le regarde accueillir Mylène d'un sourire. La coiffeuse pose ses doigts embagousés sur le biceps gonflé et murmure quelques mots à l'oreille de l'homme. Il hoche la tête, laissant sa main gauche glisser le long du dos de Mylène, qui dépose un baiser discret sur son épaule solide.

Ah tiens, c'est lui, son fiancé ? pense Pétronille, en suivant jusqu'au bout le trajet de cette caresse amoureuse.

Elle observe celui qui doit, chaque matin, faire pénitence en admirant la devanture dédicacée du salon de coiffure.

– À taaaable ! mugit Mylène, qui se précipite vers sa boutique avant que tout le monde ne se rue vers les bancs.

C'est un véritable mouvement de foule. L'odeur de la nourriture a ouvert les appétits depuis un moment. La Molotov donne de la voix pour qu'on lui réserve un bout de table.

– Sinon, je serai obligée de vous grimper dessus pour aller me repoudrer le nez ! annonce-t-elle à un homme d'une quarantaine d'années, qui lui cède la place sans se faire prier.

Presque déçue, elle agite ses pendants d'oreilles en fourrant le tulle bouillonnant sous le nez de son voisin qui s'écarte un peu plus.

Pétronille échange un rire de connivence avec Bassem, puis boit très vite une gorgée quand il se retrouve plaqué contre elle, poussé par les fessiers qui s'ajoutent les uns aux autres sur le banc. La chaleur de son corps contre le sien la chamboule. Attentionné, il se décale pour prendre moins de place, se retrouvant alors presque face à elle. Pétronille frissonne sous l'expression de son regard.

Elle reporte son attention sur La Molotov, parfaitement à son aise, occupant deux places à elle toute seule, son plâtre bien en évidence sur la table, mais qui parle peu, contrairement à ses habitudes. Ses yeux reviennent sans cesse vers un point, dans l'obscurité de la place : Pierre et Jeanne sont restés en arrière, sur la margelle du puits. Ils discutent toujours, penchés l'un vers l'autre, leurs verres à la main.

Le chauve commence à remplir les assiettes de faïence. Dreadlocks les récupère ensuite pour les apporter jusqu'à l'immense barbecue où le cuisinier les garnit de saucisses grillées brûlantes. Puis tout le monde fait la chaîne pour passer les assiettes de la première à la dernière tablée. Le rituel est bien rodé et, en moins d'un quart d'heure, chacun est servi. Les conversations ralentissent et le niveau sonore baisse d'un cran.

– Hum, c'est délicieux, commente Pétronille, la bouche pleine.

– Ouais, bon, renchérit Bassem, qui a laissé la saucisse à son voisin, ravi.

– Ah, tu m'étonnes ! Philou, c'est le meilleur, pour l'aligot ! assure la jeune femme en face de Pétronille, en agitant ses deux tresses blondes.

– Le fiancé de Mylène ? demande Pétronille, curieuse.

– Ouais ! répond sa voisine, sans cesser de manger. Il est super aussi pour les tartiflettes, l'hiver. De toute façon, tu lui files des patates et du fromage, et Philou, il te cuisine un truc trois étoiles !

Derrière eux, l'enceinte se met brusquement à hurler.

I want to break free

– Hou ! crie aussitôt La Molotov, en grimpant tant bien que mal sur la table.

– Oh là ! Oh là ! Ça commence ! lâche son voisin, entre inquiétude et rigolade.

La Molotov slalome entre verres, assiettes et bouteilles, marquant le rythme d'un mouvement syncopé de la tête, avant d'accompagner la musique d'un solo d'*air guitar* sur plâtre très convaincant.

I want to break free from your lies

You're so self-satisfied I don't need you

Même Bassem, qui d'habitude accueille placidement les excentricités de La Molotov, en reste bouche bée.

Certains membres de l'assemblée chantent en chœur pour accompagner la chorégraphie, si bien que Pétronille se joint à eux avec enthousiasme.

I've fallen in love for the first time

And this time I know it's for real

– Romain, mets un truc pour tout le monde, nom de Dieu ! proteste en braillant un septuagénaire, avant d'entonner un chant en patois, sous les huées d'une tablée de jeunes.

Dreadlocks se dirige vers l'iPod qu'on a posé sur l'enceinte. Il choisit un morceau, se retourne et annonce, hilare, à La Molotov qui s'est rassise prudemment :

– Brigitte, celle-ci va bien te *goûter* !

Il venait d'avoir dix-huit ans

Il était beau comme un enfant

Fort comme un homme

Des cris et des sifflets saluent le choix de la chanson. Pétronille s'attendrit en voyant La Molotov se rengorger.

Celle-ci sait bien que Dreadlocks se fout un peu d'elle, mais quand même… plusieurs fois qu'il lui envoie des messages pas franchement subliminaux. Ça semble lui plaire – lui *goûter*, comme il dit en belge – de croire qu'elle pourrait prendre un coup de chaud à cause de lui. Quoi qu'il en soit, elle ne décevra pas l'assemblée. La Molotov, son verre à la main, entonne le refrain et encourage l'assistance à la suivre. Pétronille, un grand sourire aux lèvres, se tourne vers Bassem, mais l'expression de ce dernier lui ôte toute envie de chanter.

Son teint bruni au soleil est devenu gris, ses yeux grands ouverts semblent ceux d'un animal acculé. Pétronille, le ventre brutalement noué, cherche ce qui a pu provoquer un tel revirement. Ce sont les silhouettes de Jeanne et de Pierre, tournées dans la même direction, qui lui apportent la réponse.

À l'extrémité d'une des quatre rues qui débouchent sur la place éclairée, vient de se garer une camionnette bleu marine, sur laquelle des lettres blanches indiquent en capitales : GENDARMERIE.

Il ne m'a pas parlé d'amour
Il pensait que les mots d'amour
Sont dérisoires

Pétronille pose sa main sur le bras de Bassem. Sous la peau douce, les muscles sont tendus à l'extrême. Il est au-delà de l'angoisse. Il est terrifié. Jeanne et Pierre se lèvent en même temps et, toujours collés l'un à l'autre, s'avancent vers l'unique officier qui descend de la camionnette. Ils le saluent à tour de rôle, utilisant leurs corps siamois en piètre paravent.

– Vas-y, maintenant ! murmure Pétronille à l'oreille de Bassem.

Il faut agir vite. C'est le souffle de la jeune femme à son oreille et l'urgence dans sa voix qui le décident à bouger, plus que les mots en eux-mêmes dont il peine à se rappeler le sens. Son cœur bat trop fort, ses souvenirs battent trop fort, il n'entend plus les villageois qui chantent, mais une foule qui hurle. Bassem s'extrait de sa place comme il peut, s'éclipse dos courbé. Mylène, sourire commercial en étendard, accourt, l'attrape par le col et le pousse sans ménagement vers un couloir obscur. Philou l'entoure de son bras énorme et le guide vers la sortie de service qui donne dans une autre rue.

Pétronille assiste à toute la scène sans réagir, saisissant à cet instant seulement la cruelle réalité de la situation de Bassem, son exil, et ce qu'implique sa clandestinité.

J'aurais voulu le retenir
Pourtant je l'ai laissé partir
Sans faire un geste

– Bouge pas pour l'instant, lâche Mylène en passant près d'elle.

La grande blonde s'avance vers l'adjudant Philibert, toujours retenu par Jeanne et Pierre qui rivalisent de civilités. Elle lui tend un demi de bière qu'il accepte sans façon.

– J'ai deux mots à te dire ! l'attaque Mylène, les poings sur les hanches.

– Bon, moi je suis à sec et j'ai faim, grommelle Jeanne.

Et elle s'éloigne sans attendre, entraînant Pierre à sa suite.

– Ah, je sais de quoi tu veux parler, soupire l'adjudant Philibert, trempant ses lèvres dans le breuvage frais.

Les bulles éclatent malicieusement sur sa langue. Il a rêvé de cette bière depuis quinze heures, quand il était dehors en plein cagnard, pour régler une obscure histoire de chien qui attaquerait le voisinage. Encore des histoires à la con, d'après lui. Ce soir, il est venu voir si la petite dame en fuite ne serait pas présente, à tout hasard… et s'il n'y aurait pas moyen de boire un coup à l'œil, après son service.

– Je sais que tu sais ! poursuit Mylène, fronçant les sourcils. D'ailleurs, tout le monde est au courant ! Sauf ce petit bleu que tu m'as ramené l'autre jour ! Lui faire demander, à moi, où est M. Manceau ?! T'es gonflé !

– Allez, Mylène, le prends pas mal, répond l'adjudant, de sa voix bonhomme, entre deux gorgées délicieuses. Il faut bien que je lui apprenne.

Philibert n'est pas particulièrement fier de sa plaisanterie, mais enfin, Mylène n'est pas non plus une fleur délicate et l'occasion était trop belle de rabattre un peu le museau de Moresco.

– Écoute, que tu bizutes tes recrues, passe encore, mais tu seras bien aimable de ne pas utiliser mon état civil pour arriver à tes fins ! explose la coiffeuse. Donc, tu vas lui expliquer que M. Manceau, c'était moi, mais que maintenant, je suis Mylène pour tout le monde, y compris pour lui !

– OK, je lui dirai, abdique Philibert, pas plus perturbé que ça par la furie en sequins. Et pour la petite dame qui a fugué, tu as du nouveau ?

Mylène le toise un instant, se demandant s'il mérite qu'elle lui réponde, mais elle n'a pas le temps d'ouvrir la bouche qu'une petite voix s'élève derrière elle.

– Bonsoir, monsieur, commence Pétronille avec politesse. Je suis Pétronille Vay, on m'a prévenue que vous me cherchiez.

– On vous a bien renseignée, répond froidement Philibert, après un coup d'œil à Mylène.

Celle-ci examine sa manucure avec un intérêt soudain, puis recule de quelques pas. Juste assez pour se laisser oublier tout en écoutant la conversation.

– Je suis navrée que vous ayez eu du travail à cause de moi, poursuit Pétronille, qui en rajoute dans le rôle de la ménagère égarée. J'ai besoin de prendre un peu de distance. Mon mari et moi… nous traversons un moment un peu difficile.

– Vous l'avez fui ? la brusque l'officier.

La mère de l'adjudant Philibert a souvent porté des lunettes de soleil en hiver. S'il est un sujet sur lequel le gendarme ne plaisante pas, c'est bien celui-ci. C'est d'ailleurs ce qui l'a toujours empêché de gravir les échelons.

Ce n'est pas bien vu d'embouteiller les procédures avec les violences conjugales.

Pétronille est déstabilisée.

– Non ! Pas lui, c'est juste que… J'ai pris ma voiture, j'ai roulé et voilà, c'est tout, balbutie-t-elle. J'ai bien le droit de prendre ma voiture et de rouler, quand même ! Je suis une adulte majeure, merde !

– Bien dit, chérie, intervient Mylène.

Philibert se racle la gorge d'un air sévère, mais il n'est pas en service ; une bière à la main, ce n'est pas la meilleure posture pour réclamer de la discipline. Il a été sur le pied de guerre toute la journée, a traité deux affaires de mobylettes volées, le cas du chien hostile, a pris deux signalements de portails défoncés, donc… si la disparition n'en est pas une, pourquoi insister ?

– En effet, madame, c'est votre droit le plus strict, admet-il d'un ton sec. Permettez-moi tout de même un conseil. Appelez chez vous pour les rassurer. Ça ne coûte pas grand-chose et ça permet à tout le monde de dormir. Sur ce…

– Viens, je te paie ton aligot, même si tu ne le mérites pas ! conclut alors Mylène, qui ne lâche pas le gendarme d'une semelle.

Les mains tremblantes, Pétronille reste immobile un long moment. Sur la place éclairée, La Molotov continue son show. Debout derrière le rasta belge, sur la tête duquel elle a posé son plâtre, elle chante à tue-tête en italien, tandis que le reste du village mange, discute et s'esclaffe.

Près de la marmite désormais vide, Jeanne se tient debout, bras croisés. Elle échange un regard grave avec Pétronille, lui indiquant de la rejoindre. La jeune femme s'approche, raide comme un automate.

– Tu peux conduire ? lui demande Jeanne à mi-voix.

Pétronille acquiesce, sans en être sûre. Elle a l'impression que ses jambes sont en coton.

– Me dis pas *oui* pour te foutre dans le décor après, hein !

– Je peux conduire, jure Pétronille.

– Tiens, voilà les clés de la Simca de Philou. Tu peux pas la rater, elle est tellement couverte de rouille qu'on dirait de la dentelle et elle est garée dans la rue derrière le salon.

– Merci, souffle Pétronille, sans avoir besoin de demander où elle doit se rendre.

Elle attrape les clés d'un geste discret et s'en va.

Songeuse, Jeanne observe la silhouette qui s'éclipse d'un pas rapide. *Elle a donc quelque chose dans le ventre, la petite.*

– 15 –

La lune est presque à son apogée, elle illumine le chemin de terre, permettant à Pétronille d'avancer jusqu'à la bergerie sans encombre. Aucun bruit ne lui parvient du bâtiment. Où est Bassem ? Elle ne l'a pas trouvé dans la grande maison ni dans sa chambre. Par intermittence, un petit duc pousse un cri déchirant, relayé au loin dans un lancinant ping-pong sonore. Pétronille entend des bruissements, des grattements, des petits pas furtifs, des mouvements minuscules. Toute une vie à l'œuvre dans l'obscurité du sous-bois.

– Bassem ?

Elle chuchote comme si Philibert ou l'un de ses acolytes pouvait être embusqué derrière un chêne. Parce que, qu'est-ce qu'elle en sait, elle, de l'organisation policière et des risques encourus par un homme en situation illégale sur le territoire français ? Elle ne se souvient pas d'avoir eu aussi peur pour quelqu'un d'autre. Même pas pour ses enfants ou pour son mari qui n'ont jamais rien essuyé de pire qu'une entorse ou la varicelle. Elle chasse cette idée à peine se présente-t-elle. *Ce n'est pas du tout le moment de penser à eux.*

La porte grince quand elle la pousse pour entrer dans la bergerie. Une nuit d'encre règne à l'intérieur. Peu à peu, elle aperçoit des gravats, les contours du lit sur sa droite.

– Bassem ?

Un bruit du côté du mur et soudain, il est là. Le soulagement de Pétronille est tel qu'elle se jette contre lui et l'étreint furieusement. Les bras de Bassem se referment sur elle et, avant qu'elle ait pu réfléchir à la situation, leurs lèvres se rejoignent.

Comme si un interdit cédait entre eux, Pétronille passe les mains dans les courts cheveux de Bassem, sur ses épaules tendues, puis elle les faufile sous le tee-shirt en coton pour caresser sa peau nue. Bassem l'enlace avec force. Il la soulève et, sans cesser de l'embrasser, la porte jusqu'au lit où il s'allonge en la gardant étroitement serrée. Il enfouit son nez dans les courtes boucles rousses.

Les yeux de Pétronille se sont habitués à la pénombre. Elle se dégage et prend appui sur la poitrine de Bassem pour contempler son visage, ses yeux brûlants fixés sur elle, sa mâchoire carrée et le léger sourire sur ses lèvres. Il murmure des mots qu'elle ne comprend pas, mais dont l'intonation lui paraît universelle – *j'ai envie de toi, viens*. Quand il prononce son prénom, *Pétrrrronille*, avec cet accent qu'elle connaît bien maintenant, elle chavire.

Bassem bascule au-dessus d'elle, et le lit émet des grincements de vieille charrue. Il embrasse les yeux de Pétronille, son nez, sa bouche avant de s'écarter. Il entreprend de défaire un à un les boutons de sa robe, ponctuant chacun de ses gestes de baisers voraces dans son cou. Chaque bouton qui lâche fait tressaillir Pétronille, chaque baiser provoque une vague de frissons. Elle se cambre vers les mains de Bassem, réclame qu'elles se posent enfin sur elle. Il écarte les pans de la robe, révélant ses sous-vêtements. Il l'admire en silence et Pétronille prend conscience de la blancheur de sa peau qui contraste avec l'obscurité.

D'un mouvement preste, Bassem enlève son tee-shirt, révélant son torse et la fine ligne de poils bruns qui a tant ému Pétronille l'autre jour. Cette ligne qui disparaît au niveau de la ceinture de son jean, cette ligne dont elle veut suivre le tracé jusqu'au bout. Bassem passe ses deux mains dans le dos de la jeune femme, dégrafe le soutien-gorge et le ramène jusqu'à lui. La poitrine de Pétronille est tendue, ses aréoles durcies par l'attente, et quand la bouche de Bassem vient les gober l'une après l'autre, elle ne peut retenir un gémissement. Elle sent glisser sa culotte tandis qu'elle caresse avec fièvre le dos de Bassem et tente de lui enlever la dernière barrière qui se dresse entre eux. Alors qu'elle s'acharne sur la fermeture éclair, il lui vient en aide avec un petit rire que Pétronille trouve d'une bouleversante intimité.

Leurs gestes s'accordent. La respiration de Bassem s'alourdit et ce souffle exprimant un désir longtemps retenu finit d'emporter Pétronille. Leurs deux corps se cherchent, exprimant sans détour l'envie qu'ils éprouvent l'un pour l'autre. Leurs bouches s'explorent avec audace, dans l'espoir de s'arracher mutuellement des soupirs. Et quand Bassem plonge son regard dans le sien, pour s'assurer qu'il peut poursuivre, Pétronille le guide avec une intensité mêlée d'effroi, consciente de s'engager sans retour en arrière possible. Au-dehors, le petit duc n'en finit pas d'appeler sa bien-aimée.

Le bruit d'une voiture les tire du sommeil où ils ont fini par sombrer, leurs corps en cuillère dans le vieux lit dévasté. Bassem se dégage avec précaution et se dresse sur un coude, les sens en alerte. Pétronille ouvre les yeux. Il lui faut quelques secondes pour réaliser où elle est. Les souvenirs des heures passées l'assaillent, mais elle repousse toute tentative de rationaliser ce qu'elle vient de vivre. La peau chaude de Bassem est encore contre la sienne, douce et tendre comme l'ont été ses mains et sa bouche. Dehors la lumière leur indique que c'est encore le petit matin. Des portières ont claqué. Est-ce que Jeanne et La Molotov sont de retour ? Est-ce que les gendarmes sont là ? Les questions tournent dans la tête de Pétronille. Elle fait signe à Bassem de rester là, elle va aller voir. Il la regarde avec gravité, caresse ses cheveux ébouriffés. Pétronille voit ses mâchoires se contracter sous l'effet de l'anxiété. Un élan la pousse vers lui, ils s'étreignent en silence et elle comprend tout à coup que la nuit se paiera au prix des larmes.

Ils se lèvent tous les deux et s'habillent à la hâte. Au moment où Pétronille va sortir, Bassem la saisit par le bras et l'attire contre lui. Ils s'embrassent encore une fois, malgré leurs haleines chargées. Pressent-il, tout comme elle le craint, qu'il n'y aura peut-être pas d'autre occasion ? Pétronille voudrait pouvoir fermer la porte et rester là, avec lui, sans plus se poser la moindre question.

Pourtant, elle s'arrache des bras de Bassem et se précipite dehors, sous peine de ne plus pouvoir le quitter. Elle file sur le chemin jusqu'à la maison. La voiture de Pierre est garée devant la porte, à côté de la Simca dans laquelle Pétronille est arrivée tout à l'heure. Mais il n'y a aucun autre véhicule en vue. Elle soupire de soulagement et se dirige vers les portes-fenêtres de la cuisine.

Jeanne est en train de servir du café à Pierre et à La Molotov. Ils portent tous les mêmes vêtements que la veille et la fatigue qui se lit sur leurs visages respectifs n'a rien à voir avec les traces d'une nuit de bamboula villageoise. Les cheveux défaits de Jeanne lui donnent une apparence diaphane et laissent apparaître une fragilité que Pétronille n'avait jamais vue jusque-là.

– Il est où ? demande-t-elle, la cafetière suspendue au-dessus du bol de Pierre.

– Dans la bergerie, répond Pétronille.

– Très bien. Il va falloir aller le chercher.

– Pour quoi faire ? interroge Pétronille sur la défensive.

– À ton avis, Milady ?

Trois paires d'yeux sont fixées sur Pétronille. Elle ne veut pas comprendre, elle s'y refuse absolument.

– Non, dit-elle pourtant.

Pierre se lève et s'avance vers elle. Il lui pose la main sur l'épaule et la serre affectueusement.

– Nous devons l'exfiltrer sans attendre, Pétronille. Il n'est plus en sécurité, ici.

– De toute façon, il allait partir, intervient La Molotov, avec une sorte d'épuisement dans la voix.

– Oui, surenchérit Pierre, on avance juste la date. À cause du nouveau gendarme.

Pétronille leur est reconnaissante des efforts qu'ils déploient afin de la persuader qu'elle n'est pour rien dans ce départ précipité. Jeanne a sorti d'autres bols et sert du café à Pétronille, qui n'a pas le cœur à se préparer une infusion de quoi que ce soit. Elle va le boire ce foutu kawa et le bourrer de gros morceaux de sucre blanc jusqu'à le transformer en sirop. Un sucre pour l'injustice, un pour la cruauté, un autre pour la folie et un quatrième pour la route. Voilà, un beau sirop contre le chagrin, rage-t-elle en remuant la petite cuillère, sans se rendre compte qu'elle s'est mise à pleurer. Les trois autres l'observent en silence. Pétronille est restée debout, Pierre, à côté d'elle, ne la touche plus.

– Bonjourrr, dit Bassem dans son dos.

Pétronille ne l'a pas entendu entrer, mais elle ne se retourne pas. Elle peine à déglutir et La Molotov lui tend discrètement un mouchoir à carreaux d'une autre époque.

– Bonjour, Bassem, répond Pierre en s'avançant vers lui.

Les deux hommes se donnent une accolade. Jeanne pousse un bol plein dans sa direction. Bassem s'avance, pose sa main sur le dos de Pétronille et l'oblige à s'asseoir avant de prendre place près d'elle. Sans lâcher le contact, il attrape son bol de l'autre main pour boire une gorgée. Pétronille est si tendue qu'elle craint d'éclater en sanglots. Et une gorgée de sirop, s'encourage-t-elle.

– Bassem, commence Jeanne, il va falloir que tu prépares ton sac. Pierre va te conduire à la frontière espagnole, une équipe du réseau prendra le relais et t'emmènera dans un autre endroit. Tu comprends ce que je dis.

– Oui, je compris, se contente-t-il de répéter en la regardant par-dessus son bol. Il faut parrrtirrr. Police.

– Oui, confirme Jeanne, police.

La peau de Pétronille est brûlante à l'endroit où la paume de Bassem conserve le contact entre eux. Le café lui donne la nausée, mais elle se force à en boire une deuxième gorgée. Elle frissonne quand le jeune homme se lève et retire sa main. Sans rien ajouter, il sort et monte à l'étage. Dans la cuisine, le chant matinal des oiseaux couvre le bruit de l'horloge qui sonne dans l'entrée. La Molotov dessine des cercles avec le bout de sa petite cuillère, laissant des traces humides sur le bois brut. Pierre ne bouge pas, debout près de la porte-fenêtre. Jeanne s'est assise devant sa boisson qui refroidit, les doigts serrés autour de son pendentif.

Bientôt, les pas de Bassem se font de nouveau entendre tandis qu'il descend l'escalier, et Pétronille laisse échapper un son étranglé.

– Ça va aller, Milady, lui dit Jeanne avec une délicatesse inhabituelle.

Le jeune homme apparaît dans l'encadrement, il porte une veste en jean sur son tee-shirt et un lourd sac de toile.

– Donne-moi ça, lui propose Pierre. Je vais t'attendre dans la voiture.

Bassem obtempère. Jeanne et La Molotov se lèvent et il les embrasse longuement l'une après l'autre. Ils se chuchotent des mots – *Bonne chance, donne-nous des nouvelles, ça va bien se passer. Merrrci vous.* Pétronille ne les comprend pas, le sang bourdonne à ses tempes avec furie. Sa bouche est sèche et il lui semble que la lumière s'obscurcit autour d'elle. Que se passe-t-il, qu'est-ce qui est en train de se passer, là, sous ses yeux ?

Jeanne et La Molotov sortent rejoindre Pierre. Bassem et Pétronille se retrouvent seuls. C'est l'heure et aucun sirop ne pourra jamais l'adoucir, se dit Pétronille en se levant avec lenteur. Bassem est près d'elle, il lui sourit avec cette tristesse aussi familière que son accent. Il lui caresse la joue tandis que ses yeux à elle se remplissent de larmes.

– Pas pleurrrer. Pétrrronille ?

– Oui, murmure-t-elle en relevant la tête vers lui.

– Toi sourrrire. Porrrter bonheurrr le voyage.

Un énorme soupir enfle dans la poitrine de Pétronille et s'échappe bruyamment. Mais elle se force à sourire, son regard rivé à celui de Bassem. Il se penche vers elle et dépose un léger baiser sur ses lèvres. Puis il prononce plusieurs mots dans sa langue, avec une tendresse qui la bouleverse, en la prenant contre lui. Leur étreinte semble ne plus pouvoir prendre fin.

– Moi aussi, psalmodie Pétronille à son oreille, moi aussi.

Le klaxon les rappelle à l'ordre. Ils sortent ensemble et vont jusqu'à la voiture. Bassem prend place devant, à côté de Pierre. Jeanne et La Molotov encadrent Pétronille. Le jeune homme leur adresse un signe d'adieu. La tristesse familière est de retour dans ses yeux. Pétronille voudrait dérouler le film en arrière et se retrouver à la porte de la bergerie, au moment précis où ils se sont embrassés pour la première fois.

– Il n'est déjà plus là, souffle-t-elle, à bout de chagrin.

Elles restent debout, agitant leurs mains en direction de la voiture qui s'éloigne, et lorsqu'elle disparaît, les trois femmes s'enlacent un long moment, mêlant leurs larmes au jour qui se lève.

– 16 –

Pétronille, Pétronille, Pétronille... Face à son ordinateur portable posé sur la table de la cuisine, les yeux rivés sur l'écran de veille, Bruno sombre avec la sidération d'un vieux briscard maté par un grain. Après le coup de téléphone de ce gendarme à la voix monocorde, il a d'abord cru son calvaire terminé : Pétronille était vivante. Mais avant même que l'autre eût raccroché, Bruno a compris qu'il venait de pénétrer dans une nouvelle chambre de torture. Il est terrifié à l'idée de perdre son couple sans même avoir remarqué qu'il vacillait. Les *où ?* et les *comment ?* ont cédé la place aux *pourquoi ?*

Pourquoi Pétronille, si prévoyante et si prévisible, lui inflige-t-elle cet effroyable châtiment ? Que lui a-t-il fait de si terrible pour mériter ce départ sans sommation ?

Il est fidèle, serviable, il descend les poubelles chaque fois que Pétronille le demande et n'oublie pas de lui offrir des fleurs de temps en temps. Qu'est-ce qu'elle lui reproche ? Elle n'a jamais rien dit concernant leur couple.

Comment je pouvais deviner que quelque chose merdait, moi ?! s'énerve-t-il, avant de retomber dans un tourbillon de questions sans réponse. Il se répète en boucle leur dernière conversation, s'étonnant chaque fois que sa blague ait pu déclencher un tel cataclysme. Certes, il a déjà été plus drôle, mais tout de même : c'était juste une plaisanterie, bordel ! s'indigne-t-il.

Ses insomnies sont peuplées de Pétronille, le temps est long comme un jour sans Pétronille. En plus de ça, c'est fou comme Oscar lui ressemble, à Pétronille !

D'ailleurs, aujourd'hui, Bruno est en télétravail pour rester auprès de son fils. Jusqu'ici, ce dernier a passé l'intégralité de ses journées chez son copain Mattéo (ou Matthis ?), dont la mère ne travaille pas durant les vacances scolaires. Mais elle vient d'inscrire son ado à un stage et Bruno ne veut pas laisser Oscar seul. Leur fils cache mal son inquiétude derrière ses airs blasés.

– Bon Dieu… souffle Bruno en se frottant les yeux.

Il effleure son clavier pour revenir à son dossier en cours. Le moins qu'on puisse dire, c'est qu'il n'avance pas. Outre ses ruminations conjugales, il se retrouve face aux premières ruptures de stock. D'abord, il a cherché durant plus de vingt minutes le détartrant de la machine à espresso qui clignote sans arrêt pour annoncer une mise hors service prochaine. En vain ! Il n'a aucune idée de l'endroit où s'achètent ces foutus sachets. Après avoir vidé sa dernière boîte de céréales, Oscar a tapé un scandale à l'idée de se contenter de tartines. Bruno s'est ensuite rendu compte qu'il n'y avait plus de Poilâne au congélateur et que les réserves de plats cuisinés seraient bientôt épuisées.

Il tend l'oreille en direction de la buanderie : la machine à laver tourne toujours. Ça dure donc des heures, un cycle délicat ? s'étonne-t-il, lui qui pensait en avoir terminé avec le linge sale dans la matinée. Avec tout ça, pas moyen de se concentrer ! En plus, il va devoir arrêter de travailler assez tôt pour s'occuper des courses… à moins qu'il n'envoie son fils au ravitaillement ?

Son téléphone sonne. Il se tend, sûr que c'est un collaborateur ou pire, son N + 1. *Focus*, Bruno, *focus* ! s'exhorte-t-il, avant de saisir son portable. Le prénom qui s'affiche lui ôte toute perspective de *focusser*. C'est ELLE ! Il décroche, entre soulagement et panique.

– Pétronille ?! Pétro !! hurle-t-il, perdant ce qui lui restait de calme.

– … Bruno ? Bonj… pas… compliqué…

– Pétro ! Bordel, t'es où ?! J'entends que dalle ! tonitrue-t-il en plaquant le smartphone contre son oreille.

Il voudrait se l'insérer dans le conduit auditif, frustré à l'idée de rater cette conversation dont Pétronille le prive depuis des jours interminables.

– Pétronille !

– … adultère… jour…

– HEIN ?! QU'EST-CE QUE TU DIS ?! PÉTRONILLE !!

Bruno a bondi, le sang pulsant à ses tempes. Il a parfaitement entendu les deux mots qui ont franchi tant bien que mal la distance physique qui le sépare de sa femme.

– Pétro… essaie-t-il encore, la voix étranglée.

Mais à l'autre bout du fil, il n'y a plus que le silence. La ligne a été coupée. Il voulait savoir où elle se trouve et quand elle compte rentrer. Il l'ignore toujours, et une question supplémentaire vient maintenant le mettre à l'agonie : avec qui est-elle ?

Bruno a la gorge nouée, les doigts crispés sur son téléphone qu'il ne se résout pas à lâcher.

– Papa ?

Bruno avale sa salive, avant de se tourner vers son fils, qui le regarde depuis l'encadrement de la porte. Ses yeux vert Pétronille trahissent une angoisse ancienne. Son ado a la même expression anxieuse que dans l'enfance, lorsqu'il se réveillait en pleurant à cause d'un monstre planqué sous son lit. Bruno, lui aussi, a le sentiment d'être aux prises avec un putain de cauchemar.

– Ta mère va bien, affirme-t-il, avec un sourire de façade. Elle t'embrasse. Elle n'avait pas de réseau, c'est tout.

Oscar le toise froidement, sur le point de rétorquer. Son père s'attend à une réflexion acerbe, mais l'ado s'abstient et opère un demi-tour quasi militaire. Ce silence buté choque Bruno. Il comprend que son fils n'a pas voulu l'accabler davantage.

– Merde… chuchote-t-il.

Il contemple son téléphone, hésite, puis sort de la cuisine en coup de vent.

– Je vais essayer de la rappeler dehors ! lance-t-il en se ruant vers l'entrée.

– OK, lâche Oscar, depuis sa chambre où il s'est réfugié.

Bruno retient un soupir et claque la porte, avant de dévaler l'escalier. Il n'est même pas arrivé au rez-de-chaussée quand il tombe directement sur la messagerie de Pétronille.

– *Adult'Hair*, bonjour !

– Bruno, tu m'entends ? Ah merde ! s'agace Pétronille.

Elle appréhendait cet appel et avec la couverture réseau réduite à une peau de chagrin, son courage est mis à rude épreuve. Elle doute que Bruno l'ait comprise quand elle lui a expliqué que c'était compliqué pour elle de l'appeler, qu'elle a dû emprunter un chargeur et que son téléphone ne capte rien ! D'ailleurs, elle n'a même pas réussi à écouter ses messages.

Dans l'autre pièce, Mylène ne chôme pas, entre les rendez-vous à prendre et les clients à coiffer. Pétronille est seule dans le salon de thé. Heureusement, parce qu'elle n'en mène pas large. Ses mains tremblent. Elle tente de rappeler son mari, sans succès. La voix de Bruno résonne encore à son oreille. Elle n'a pas saisi un traître mot, même si elle a bien perçu qu'il criait. Il est furieux.

Pétronille renifle – eh bien moi aussi, j'étais furieuse. Ces deux dernières semaines, elle a redécouvert qui elle était, une femme pleine d'audace et d'entrain. Elle a ri, elle a pleuré, elle a aimé. Elle a vécu et dormi à son rythme. Elle a expérimenté le travail en plein air, et non seulement elle a adoré, mais elle est aussi plutôt douée. Même Jeanne le lui a dit, le soir du départ de Bassem, quand elles ont pleuré sur les absents, en vidant le dernier vin de noix que préparait Marie-Carmen. Alors oui, elle est désolée pour l'inquiétude qu'il a ressentie, pour l'angoisse que provoque son absence, mais elle ne regrette pas d'être partie.

Le chagrin la submerge aussitôt. Et Oscar ? Son petit, malgré les baskets taille quarante. Et Marion, sa Poucette ? Pétronille a toujours envoyé des colis à ses enfants lorsqu'ils partaient en colo, avec des bonbons, des petites bricoles dont ils raffolaient et une longue carte postale que Bruno se contentait de signer. La pendule indique trois heures et quart. Pétronille déplore qu'il n'y ait ni friandises ni présentoir à souvenirs chez Mylène. Les seules cartes qu'elle a vues, depuis qu'elle a débarqué à Troulou, sont punaisées dans la cuisine du Refuge.

Elle ferme les yeux. C'est encore impossible, mais elle espère recevoir les nouvelles promises par Bassem. Depuis leur unique nuit, quarante-huit heures auparavant – déjà ! –, elle garde en elle le souvenir doux-amer de ses caresses inattendues. Le brasier de sa libido s'est rallumé – une libido qui s'était endormie profondément au fil des années. *Eh oui, ça aussi, je l'ai redécouvert.* Elle lutte contre les larmes. On n'a rien inventé de mieux pour éteindre un incendie, ironise-t-elle. Elle sait bien qu'entre Bassem et elle, il n'y a rien d'autre qu'une nuit hors du temps, hors de leurs trajectoires respectives. Ils ont partagé un moment d'éternité, conscients au fond d'eux qu'il n'y en aurait pas d'autre. C'est un beau cadeau qu'ils se sont offert.

Mais depuis, Pétronille est en suspens. Alors pour reprendre pied dans la réalité, elle a décidé de téléphoner à Bruno. Bruno qui a hurlé son prénom, quand Bassem lui a murmuré des mots dans une langue qu'elle ne comprendra jamais. Pétronille sort un mouchoir à carreaux de sa poche. Jeanne lui en a mis plusieurs dans sa malle aux merveilles, ce qui a fait rire Pétronille, lorsqu'elle les a découverts. Aujourd'hui, elle est bien contente d'éponger son chagrin dans ce grand carré de coton usé.

Elle se redresse, s'ébroue un bon coup et tente de rappeler son mari. Elle marche de long en large dans l'épicerie-salon-de-thé-coiffure-dépôt-de-pain-cybercafé, regardant Mylène élaborer un brushing qui défie la pesanteur. Après de longues secondes, son téléphone est formel : le réseau est inexistant. Obstinée, sans cesser ses va-et-vient, Pétronille compose le numéro de sa messagerie et cette fois ça marche ! Elle se fige, la respiration coupée.

« Samedi 6 juillet, 17 h 50. Pétro ? Tu fais quoi ? Tu arrives bientôt ? Tu veux que je dresse la table ? »

D'une simple pression du pouce, Pétronille supprime le premier message que Bruno lui a laissé.

« Samedi 6 juillet, 18 heures. Euh... Pétro ? Tu as du mal à trouver quelque chose ? Sinon, on commandera un plateau de sushis. Rappelle-moi, il faut que je choisisse le vin. »

Pouce.

« Samedi 6 juillet, 18 h 05. Merde, Pétro, rappelle, au moins ! »

« Samedi 6 juillet, 18 h 30. Bon, je m'excuse pour la blague, OK ? Tu seras bientôt là ? Je décongèle des trucs pour l'apéro ou tu auras ce qu'il faut ? »

« Samedi 6 juillet, 19 heures. J'ai annulé le dîner. Franchement, je ne te comprends pas. Tu ne trouves pas ta réaction un peu excessive ? Tu es où ? Tu es au ciné ou quoi ? »

« Samedi 6 juillet, 19 h 40. Pétro, rappelle, on va parler. Mais tu sais, moi aussi, j'ai des trucs à te dire ! Me planter comme ça sans prévenir, tu fais chier ! »

« Samedi 6 juillet, 20 h 40. Je commence à m'inquiéter, rappelle-moi ! »

« Samedi 6 juillet, 21 h 30. Pétronille... c'est bon, j'ai compris, j'arrête les blagues puisque visiblement, madame a perdu le sens de l'humour. Je plaisante ! Allez,

Pétro… Arrête de bouder, rentre, c'est ridicule. »

« Samedi 6 juillet. 22 heures. OK, bon, ben écoute, rentre quand tu le sens, hein ! Moi, je vais dormir dans la chambre et tu prendras le canapé pour ne pas me réveiller. Salut. Profite bien de ta soirée. »

Pétronille avance le pouce pour effacer le message. « Salut. » ajoute encore la voix de Bruno, si sèche qu'elle en est caricaturale. Le visage de Pétronille est inexpressif, à peine ses sourcils sont-ils un peu froncés.

« Dimanche 7 juillet. 5 heures. Pétronille, mon amour, je suis désolé, j'ai été con. Je sais que tu fais plein de choses pour nous, je suis stressé en ce moment, j'ai voulu me moquer un peu, mais ça n'était pas malin. Et j'aurais dû en discuter avec toi avant de lancer l'invitation à dîner, c'est vrai. Rappelle-moi, Pétro, hein ? On va parler tous les deux, c'est trop con. »

Les sourcils de Pétronille se lèvent. Pouce.

« Dimanche 7 juillet. 8 heures. Pétro, s'il te plaît, me laisse pas comme ça, rappelle, au moins… »

Les messages s'enchaînent, un toutes les deux heures. Le lendemain, les appels sont espacés, mais l'inquiétude de Bruno monte en flèche. Il oscille entre supplication et chantage affectif, utilisant toutes ses cartouches une à une.

« Jeudi 11 juillet. Pétro, où tu es ? Ça va ? Qu'est-ce que je dis à Oscar, moi ? Rappelle, s'il te plaît. Donne-moi une chance, au moins. Tu veux foutre en l'air quinze ans pour une blague, c'est ça ? C'est pas possible, Pétro, je ne te reconnais pas. Allez, rappelle, on va discuter. »

Jusqu'au samedi où elle a communiqué sur Facebook avec Oscar.

« Samedi 13 juillet. 17 h 23. Putain, Pétro, je suis fou

d'inquiétude et toi tu contactes Oscar et tu m'appelles pas ?! Mais où tu es ? Comment tu vas ? Tu as… des ennuis ? Pétro, rappelle ! Rappelle, mon amour ! »

Elle porte son autre main à la bouche, émue d'entendre l'angoisse mêlée au soulagement dans la voix de Bruno. Elle n'efface pas ce message-là.

« Samedi 13 juillet. 23 h 18. Je préfère que tu me le dises si… si tu as quelqu'un. Je préfère savoir, Pétro. Mais parle-moi, parce que là, c'est de la torture, ce silence. »

Pouce. Il ne téléphone plus qu'une fois par jour, mais Bruno n'abandonne pas. Il donne des nouvelles d'Oscar et de Marion. Pétronille se remet à pleurer.

« Bon, ben tu connais Oscar, hein… Il ne décroche pas un mot. Ce soir on a regardé un film et commandé des pizzas et j'ai l'impression qu'il était content. Mais tu lui manques. Tu *nous* manques… à tous les deux. »

Des pizzas. Ils doivent sûrement se nourrir de surgelés et de plats livrés. Pourvu que Bruno achète des fruits, quand même, pense Pétronille par pur réflexe materno-gestionnaire.

« J'ai dit à Marion que tu étais à la piscine, je n'ai pas voulu l'inquiéter. Elle a l'air de s'éclater en Bretagne, elle adore son poney et veut qu'on en achète un. Je lui ai répondu que ça risquait de poser des problèmes avec le syndic. »

Elle sourit à travers ses larmes.

« Enfin, elle t'embrasse… et je… Rappelle. Je t'en prie. »

Le dernier message la fauche.

« Mardi 23 juillet. 15 h 16. Je suis heureux que tu m'aies appelé, mais… je n'ai pas compris ce que tu me disais. Tu as… quelqu'un, c'est ça ? C'est sérieux ? C'est pour lui que tu es partie, c'est ça ? Je… Je le connais ? »

La voix de Bruno est blanche, comme éteinte. Pétronille ferme les yeux, elle l'entend qui respire, au creux de son oreille.

« Pétronille, il est… Tu veux… »

Puis, après un long silence : « Pétronille. »

Rien de plus. Lentement, elle éloigne le téléphone de son oreille.

Pouce.

– 17 –

Jeanne se redresse en grimaçant. Elle vient de nettoyer le massif des hortensias et il lui semble que ses genoux s'adressent directement à elle pour lui reprocher son manque d'égard. Ses lombaires se joignent au concert des protestations. Jeanne va s'installer sur le banc de bois, sous le grand chêne, en râlant.

– Oh mais ça va, si on ne peut plus jardiner, autant se pendre tout de suite !

La voiture de Pétronille se gare dans un jet de terre sèche. La conductrice en jaillit en même temps qu'une bordée de jurons. Elle s'est emmêlée dans la ceinture de sécurité et se venge en filant des coups de sac hargneux à la Mini. *Ah oui, quand même !* Et quand Pétronille se dirige vers elle d'un pas martial, Jeanne est tentée de simuler un profond sommeil. Mais quelque chose l'en empêche, de l'ordre de la solidarité que se doivent les femmes entre elles pour survivre.

Pétronille se laisse tomber à ses côtés, le banc grince sous le choc. Elle tourne son visage défait vers Jeanne, l'observe quelques secondes, les dents serrées. Et sans préavis, elle éclate en sanglots.

– Calmons-nous, tente Jeanne désarçonnée, ne soyons pas si émotive, Milady.

Elle lui tapote maladroitement l'épaule, écarquille les yeux en signe d'impuissance et renifle un grand coup pour faire bonne mesure.

– Que nous arrive-t-il ? s'inquiète-t-elle avec plus de douceur.

Pétronille cherche un coin sec dans son mouchoir qui donne l'impression d'avoir essuyé une série de tempêtes.

– J'ai appelé Bruno, répond-elle d'une voix étonnamment calme. Mon mari…

– J'avais compris. Et ?

– On n'a pas pu se parler, ça coupait sans arrêt. Et il m'a crié dessus, en plus. Après, j'ai pris une avalanche de messages, tous ceux qu'il m'a laissés depuis que je suis partie. Je n'avais pas pu les écouter avant. Et… et…

Re-sanglots, re-mouchoir. Jeanne scrute autour d'elle à la recherche d'une aide providentielle, Kiki par exemple, ou alors une apparition de La Molotov. Bien sûr, constate-t-elle avec dépit, chaque fois qu'on a besoin d'un miracle, il n'y a plus personne !

– Je ne sais pas comment il a deviné, reprend Pétronille d'une toute petite voix, mais il est au courant.

– Au courant de quoi ? s'enquiert Jeanne, avec une étourderie qu'elle regrette aussitôt.

Pétronille secoue la tête en dardant sur elle deux prunelles brûlantes, d'un air de dire : vous savez bien !

– Ah, ça !

– Oui, siffle Pétronille avec une pointe de colère, ça !

– Oui, bon, ça n'en fait pas Merlin l'enchanteur pour autant. Il suppose et, bizarrement, les hommes supposent souvent du côté de leur slip.

– Jeanne !

– C'est la vérité. Tu n'es pas partie pour un autre, Milady. Pourtant, ton mari pense aussitôt que c'est le cas. Comme si tout se réglait à coups de…

– Stop !

Un silence suit leur échange et Jeanne se demande si elle a eu raison de laisser faire entre Pétronille et Bassem. La petite n'était pas prête pour ce genre d'expérience, songe-t-elle, elle est trop sensible.

– Je vais te donner un conseil Milady, je sais que tu en as déjà plusieurs en magasin et que tu ne t'en sers pas beaucoup, mais tant pis. C'est mon père qui m'a confié ça, un jour : *la tête sur le billot, n'avoue jamais !* Ce qui s'est passé dans la bergerie reste dans la bergerie. Cela ne regarde que toi et personne d'autre. *Capisce?*

Pétronille écoute attentivement, les yeux rivés sur le jardin. La chaleur est démente à cette heure et seul le grand chêne les abrite de son luxuriant feuillage. Les oiseaux se sont tus, laissant la place aux stridulations des cigales.

– J'ai toujours considéré que la première des fidélités, c'est à soi-même qu'on la doit, poursuit Jeanne. Tu sais ce que disait le vieux Léo.

– C'est qui Léo ?

Jeanne lève les yeux au ciel.

– Léo Ferré, tu en connais un autre ? Bref, il disait : *n'oubliez pas que ce qu'il y a d'encombrant dans la morale, c'est que c'est toujours la morale des autres.* On a commis beaucoup de saloperies en son nom, alors apprends à lui résister. C'est important parce que c'est le premier pas vers ta liberté. Et c'est bien une des raisons pour lesquelles tu es partie, non ?

– Quand je suis tombée enceinte d'Oscar, ce n'était pas prévu. J'ai pris ma pilule en retard et c'est là que ça a commencé, la culpabilité. Comme si j'étais la seule responsable de la contraception dans notre couple. Bruno semblait partant pour être père, alors j'ai foncé dans le panneau de la bonne mère. On était jeunes, on jouait surtout à être grands. En plus, j'avais raté mon Capes de lettres alors que Bruno venait d'obtenir son diplôme d'ingénieur.

Pétronille triture son mouchoir entre ses doigts fins, sa voix est stable. Jeanne se penche pour attraper la gourde d'eau qu'elle garde dans son panier. Elle en prend une longue gorgée et la tend à Pétronille qui boit à son tour, avant de reprendre :

– On s'est vite installés à Paris et je me suis retrouvée coupée de mes amies. Les choses se sont mises en place d'elles-mêmes, je crois. J'ai commencé à tout organiser au quotidien et à prendre la logistique de la famille en charge. Bruno bossait beaucoup et lui seul rapportait de l'argent. C'était vraiment dur, avec le bébé toute la journée. Oscar pleurait sans arrêt et je ne savais pas pourquoi une fois sur deux. Le soir, Bruno était crevé et moi aussi je l'étais, ah ça oui ! Mais la foutue culpabilité me tenait à la gorge. J'étais souvent de mauvaise humeur ou alors j'étais triste. Ma mère me répétait que *je mangeais mon pain noir*, qu'après ça irait mieux.

– Les mères disent pas mal de conneries, la mienne comme les autres. Je suis contente de ne pas avoir ce genre de responsabilité sur le dos. Le pouvoir qu'on prête à leur parole ! C'est n'importe quoi.

Pétronille esquisse un sourire. Continuons sur cette voie, pense Jeanne avec une certaine satisfaction.

– J'espérais tenter à nouveau le Capes lorsque Oscar serait à l'école. Les trois premières années, je n'ai rien vu passer. Il me semble que j'étais tout le temps en train de courir pour arriver à boucler ma *to do list*.

– Parle français, Milady.

– Et quand Bruno a changé de boulot, c'est devenu pire. À la maison, il ne savait même pas où était la réserve de papier-toilette, poursuit Pétronille avec amertume. Au début, quand je trouvais les supports en carton abandonnés sur le dévidoir, je souriais. Qu'est-ce que j'étais conne ! Je me rappelle lui avoir écrit un mot en lui demandant s'il envisageait de créer un jeu d'échecs quand il y en aurait assez. Je ne sais pas s'il m'a trouvée drôle, en tout cas ça n'a rien changé. De fil en aiguille, j'ai lâché sur pas mal d'exigences, j'ai appris à la fermer ou alors il y aurait eu la guerre en permanence à la maison. Je suis devenue cette bonne femme qui ramasse le linge des autres en leur demandant de ne pas le laisser traîner.

– Une méthode qui a fait ses preuves ! lance Jeanne en souriant. Moi je préfère celle du *coup de pied au cul*, mais c'est une question de goût.

– Vous êtes bête !

Le large sourire de Pétronille contredit ses paroles.

– Et après ? relance Jeanne.

– Ben après, Marion est née. Alors là, j'ai largué toute velléité de Capes et les livres qui allaient avec. Si je devais avoir une carte de visite, sous mon nom j'écrirais : GPS domestique. Putain, je me farcis tout !

L'intendance, la gestion et le secrétariat. J'ai trouvé une aide-ménagère et pendant qu'elle passe l'aspirateur, moi je fais les comptes. Je suis la reine des dîners d'affaires de Bruno, je connais par cœur les horaires de toutes les activités des gosses, je souhaite leur anniversaire à nos amis et je leur adresse nos vœux. Quand je craque, Bruno lâche son smartphone et me sort, avec son air qui me donne envie de lui coller deux beignes : qu'est-ce que je peux te faire ?

– T'as jamais pensé à lui demander un cunnilingus ?

Pétronille éclate d'un rire qui flirte dangereusement avec les larmes.

– Oh ça… Le sexe c'est plus tellement notre truc. Moi j'ai pas trop envie et lui, il voudrait du changement, du neuf, de l'érotisme torride. Le soir, je n'ai aucun ressort pour enfiler des dessous sexy et jouer l'aguicheuse dans la cuisine, entre le pepperoni et la vaisselle sale. On ne s'embrasse plus depuis longtemps, d'ailleurs. C'est intime, un baiser, trop sans doute.

– On dirait bien que tu n'as pas tout oublié quand même.

Jeanne se filerait des baffes, qu'est-ce qui lui prend de ramener Bassem dans la conversation ? Mais le visage de Pétronille s'est éclairé, la confortant dans sa spontanéité. Après un soupir à décorner un bouc, la jeune femme reprend :

– Et dire que durant toutes ces années, j'ai agi par amour… Ou ce que je croyais être l'expression de mon amour pour Bruno et mes enfants. Au bout du compte, j'ai tout raté. Je ne suis rien d'autre que la bonne ménagère, j'ai trompé mon mari et j'ai abandonné mes enfants. Quel fiasco !

– N'importe quoi, Milady. Tu as tenu bon toutes ces années, tu as tenté de te conformer aux normes qu'on nous impose. Franchement, il y a pire comme situation.

– Ah oui ? Quoi par exemple ?

– Tu pourrais taper sur tes mômes, te bourrer d'antidépresseurs ou te jeter dans la Seine.

– Dans la Garonne, alors, parce que maintenant, on vit à Bordeaux.

– Mes condoléances.

– Mais vous avez quoi contre les Girondins ?

– Le couple des Martel est originaire de Bordeaux. J'entretiens de vieilles habitudes humaines, je critique mes voisins. Et puis je ne sais pas résister à un bon mot.

Jeanne se lève et s'étire. Elle se saisit du panier et invite Pétronille à la suivre dans la maison. Elle dépose le panier dans l'entrée.

– Je reviens, annonce-t-elle en prenant l'escalier. Va t'installer au salon.

Pétronille pénètre dans la pièce que les volets tirés maintiennent dans une pénombre rafraîchissante. Elle se rend compte qu'elle n'y est pas souvent venue. Elle se souvient de son arrivée et de toutes les suppositions farfelues que le kit de drogue avait fait naître en elle. Sa première rencontre avec Jeanne, puis avec La Molotov et Bassem. Bassem. Il est préférable que je ne m'aventure pas trop de ce côté-là, se sermonne-t-elle. Elle a l'impression d'avoir été dévastée intérieurement, comme si tout ce à quoi elle pouvait se raccrocher jusque-là venait de se dissoudre dans un épais brouillard. Mais qu'est-ce que je vais devenir ? se demande-t-elle avec anxiété. Et cette question soulève une angoisse qui lui paraît insurmontable, à ce moment précis.

Les pas de Jeanne indiquent qu'elle redescend. Elle la rejoint dans le salon, un livre à la main.

– Tiens, dit-elle à Pétronille en lui tendant l'ouvrage. Je te le donne, tu en as plus besoin que moi.

Pétronille lit le titre et sourit : *Sorcières, la puissance invaincue des femmes* de Mona Chollet.

– Tout est là-dedans, Milady, et tu vas voir que tu n'es pas seule dans ton cas. Fonte de l'identité féminine dans la maternité, morcellement du temps, obsolescence programmée, normes sexuelles et culturelles... On croit agir librement alors qu'on est aussi enclavées que nos autres petites frangines dans le monde. C'est pas là que tu trouveras la recette du tiramisu, en revanche.

Pétronille parcourt la quatrième de couverture en doutant qu'un livre puisse vraiment l'aider à résoudre ses problèmes.

– Tu sais quelle est la première raison pour laquelle on a brûlé tant de sorcières ? À cause de leur insolence, de leur liberté de penser et de leur franc-parler. En particulier quand elles étaient désobéissantes vis-à-vis de leurs chers maris. Et plus elles étaient vieilles, plus elles étaient craintes. Elles avaient de l'expérience, Milady, et c'est ce qui est en train de t'arriver. L'expérience.

– Je ne suis pas encore une mamie, sourit Pétronille.

– Moi non plus. Ramener une femme âgée à cette seule fonction, c'est une manière de la rabaisser et de nier tout le fruit de son expérience, justement. Le langage est un acte de résistance, Milady, il faut veiller sur les mots qu'on emploie.

Pétronille est décontenancée par la tournure que prend la conversation. En quoi ses problèmes conjugaux et domestiques peuvent-ils trouver leur origine dans de si vastes questionnements ?

– C'est plutôt un livre pour Mme Molotov, hasarde-t-elle.

– Laisse cette vieille bourrique où elle est, rétorque Jeanne avec une affection non feinte. La Molotov a brisé ses chaînes en son temps et, crois-moi, elle a payé le prix fort. Mais toi, tu as la possibilité de parler avec ton mari et tes enfants. Tu as le courage nécessaire pour changer la manière dont votre couple fonctionne et ce livre peut t'aider à y réfléchir. Celui-là et bien d'autres.

– Personne ne m'a jamais dit que j'avais du courage.

– Moi si, Pétronille, après t'avoir observée depuis que tu es là. Tu es courageuse et bien plus forte que tu ne l'imagines. Je ne prétends pas que les choses ne sont pas difficiles parfois, ni que les épreuves se dénoueront d'elles-mêmes.

– C'est bien dommage, soupire Pétronille avec une moue.

– Pas du tout. C'est de cette manière seulement que tu peux éprouver ce que tu vaux. Sinon, laisse-toi couler dans le moule, Pétronille, rentre chez toi et va préparer un baba au rhum.

Kéééééééééééékéééééééééé, croasse Kiki depuis le jardin.

– Elle était comment, Marie-Carmen ? ose Pétronille avec une soudaineté qui la surprend elle-même.

– Meilleure que moi.

– Qu'est-ce qui se passe dans cette thurne, vous faites tourner les tables ou quoi ? lance La Molotov d'une voix tonitruante, en pénétrant dans le salon.

Le regard de Jeanne reste rivé à celui de Pétronille quelques secondes tandis qu'elle riposte :

– On avait justement besoin d'une cale pour le guéridon, tu tombes bien.

– 18 –

Pétronille fronce le nez en s'examinant dans le miroir de la salle de bains. Elle a opté pour un short en coton et une chemise légère. Mais n'est-ce pas un peu trop décontracté ? s'inquiète-t-elle. À mi-voix, elle répète le discours qu'elle a préparé pour les Bordelais qui ont ouvert le centre ayurvédique dans l'ancienne ferme des Martel, Sybille et Martin Quessoy.

– Bonjour, je suis Pétronille Vay, nous nous sommes parlé au téléphone, murmure-t-elle d'un ton enjoué. C'est ravissant, j'adore ce que vous avez fait de ce lieu ! Non, c'est idiot, je n'étais jamais venue avant. Bonjour ! J'ai beaucoup entendu parler de votre centre !

Pétronille soupire. S'ils savent qu'elle loge au Refuge, ça risque de les mettre sur la défensive. Il est vrai qu'elle a énormément entendu parler d'eux ! Elle sort de son sac une de leurs plaquettes, trouvée chez *Adult'Hair*. On y propose des séjours jeûne et détox, des randonnées encadrées, des massages et des séances de méditation en groupe.

En d'autres temps, Pétronille aurait pu s'y inscrire. D'après Jeanne, ces deux-là ont surtout trouvé le filon pour larguer à prix d'or des bouillons Kub dilués et des restes de lentilles trop cuites à des bourges qui ont le bourdon. Bon, on verra bien, de toute façon, je n'ai rien à perdre, pense-t-elle avant de quitter les lieux pour rejoindre sa Mini garée à l'ombre. Et au fond d'elle-même, elle a conscience qu'elle s'impose cette épreuve pour s'occuper l'esprit.

L'estomac contracté par l'appréhension, elle s'installe au volant, glisse la clé dans le contact. La portière côté passager s'ouvre en grand. La Molotov jette sa canne à Pétronille avant de lui présenter son auguste fessier, aujourd'hui revêtu d'une robe verte à fleurs noires, volantée pour un flamenco effréné.

– Démarre pas, j'ai pas fini de me caler dans ton carrosse ! braille la vieille, qui bataille contre son arthrose, son plâtre et Kiki, qui refuse de la laisser filer sans lui.

– Quoi ? Mais qu'est-ce que vous fabriquez ?

La Molotov se laisse tomber sur le siège avec un gémissement qui se termine en soupir d'aise quand son corps découvre le confort de l'assise en cuir beige.

– Ça me rappelle les sièges en Skaï de ma 4L, dans les années soixante-dix. Chaque fois que je montais dedans l'été, pschitt ! Brûlure des cuisses au troisième degré ! Les minijupes, ça n'avait pas que du bon ! Kiki, lâche la grappe à maman, je reviens dans pas longtemps. Va donc emmerder Jeanne de ma part, ça lui fera les pieds. Elle pourrait même trouver que je lui manque !

Pétronille se mord les lèvres. Non, pitié, pas aujourd'hui, supplie-t-elle silencieusement.

– On y va ? lance La Molotov en claquant la portière. Ben, qu'est-ce qu'il y a ?

– Ne le prenez pas mal, mais j'aurais vraiment préféré y aller seule. Je voudrais me concentrer, le temps du trajet.

La Molotov la fixe en silence, puis acquiesce lentement. Pétronille se remet à respirer. Se pourrait-il qu'elle ait réussi à la convaincre ?

– Ben t'inquiète, je vais t'indiquer la route, comme ça t'auras pas à réfléchir ! Allez ! Fouette cocher !

La vieille femme se penche vers elle, son visage plissé en une mimique de conspiratrice.

– Puis une fois là-bas, je me ferai toute petite.

Mais bien sûr, pense Pétronille qui n'en croit pas un mot.

– Démarre, ordonne La Molotov en tapotant le tableau de bord de sa main libre, aux ongles vernis d'un beau grenat brillant assorti à l'énorme cabochon de la bagouze qu'elle porte au majeur.

Résignée et consciente qu'en effet, il est temps de se mettre en route, Pétronille met le contact.

Oh femme unique, péché, désir
Pour un serpent de bible
A brisé son empire

– Oups ! Pardon ! s'excuse Pétronille, le rouge aux joues. C'est ma compile des années quatre-vingt, je vais…

– Quoi ? Attends, j'entends rien.

Aussitôt, La Molotov triture les boutons de l'autoradio, détraquant la programmation des stations de radio au passage. Elle pousse le volume à fond et le son typique des boîtes à rythme envahit l'habitacle. Pétronille roule doucement sur le chemin de terre qui mène à la route.

– *Saveur amère d'hommes interdits,* hurle La Molotov dans le ton, mais à contretemps. *A goûté les plaisirs que Dieu punit, oooh !*

Pétronille hésite entre un fou rire cosmique et l'exécution de son autoradio. Elle décide de mettre la climatisation en marche, mais La Molotov baisse aussitôt sa vitre.

– C'est pratique, ces boutons ! Avec une manivelle, j'aurais bien peiné !

– J'imagine, oui ! crie Pétronille.

– *Ève lève-toi tes enfants ont grandi !* reprend La Molotov, inspirée. *En donnant la vie je serai comme toi !* Ah ça oui ! Je vais te leur en donner, de la vie, moi !

Pétronille accélère. La Mini, fenêtres ouvertes déversant à flot continu les vocalises de La Molotov, passe en trombe devant quelques vaches éberluées.

Lorsqu'elles arrivent enfin à la ferme des Martel, rebaptisée *Iris Center*, c'est avec soulagement que Pétronille se gare. Une chose est sûre, elle n'a pas du tout angoissé à propos de l'entretien durant le trajet.

– *Chérie baby, elle sent son âme qui brûle*, continue La Molotov. *Petite chérie, la seule fille dans la foule… Et les autres sont jaloux…*

– Vous connaissez un paquet de chansons, s'étonne poliment Pétronille en attrapant son sac sur la banquette arrière.

– J'ai travaillé dans les bars, à une époque, explique-t-elle en scrutant les environs d'un œil acéré. Yianna Katsoulos, c'est ma préférée de toutes celles que t'as enregistrées là-dedans.

– C'est pas vraiment enregistré, c'est… Non, laissez tomber.

– Numérique, ouais, je sais, ronchonne La Molotov.

Pétronille se redresse, ajuste sa coiffure et ouvre la portière. La Molotov est déjà dehors et darde son regard sur les alentours, tenant sa canne comme un sceptre.

Planté au milieu d'un champ parsemé de fleurs de prairie, se dresse un corps de ferme réhabilité. Plus bas que la maison de Jeanne, le bâtiment de pierre a été décapé jusqu'à devenir blanc et on lui a adjoint une rotonde vitrée, dans laquelle Pétronille distingue une dizaine de personnes pivotant sur elles-mêmes, en tenue de yoga.

– C'est un regroupement de derviches tourneurs ? grommelle La Molotov.

Une porte s'ouvre sur un homme d'une cinquantaine d'années, sourire éclatant aux lèvres. Il sort du bâtiment principal, son large pantalon de toile blanche claquant autour de ses chevilles, quelques poils sortant de son tee-shirt de lin à col en V, et se dirige vers elles à grands pas.

– Le grand couillon, c'est le patron, chuchote La Molotov d'une voix trop sonore.

– Chut, lui souffle Pétronille.

– Bonjour, vous venez pour le stage de méditation créative ? lance l'homme.

– Tu m'as amenée à un stage ? questionne La Molotov, l'air perdu.

– Quoi ? Mais non, c'est vous qui avez voulu venir ! Bonjour, je suis Pétronille Vay, on s'est parlé au téléphone !

Le sourire perd de son éclat.

– Ah oui, OK ! Moi, c'est Martin. Sybille est occupée, elle donne son enseignement sur les cinq Tibétains. Et vous êtes ?

La voix est douce, mais les yeux inspectent la femme au bras plâtré qui sourit d'un air candide – presque idiot, à vrai dire, pense Pétronille.

– Moi, j'aime les fleurs, déclare la vieille dame. C'est si beau, une fleur. Vous ne trouvez pas, monsieur ? Surtout les fleurs blanches. Et puis aussi un peu les rouges.

Elle nous fait un AVC, ou quoi ?

– Euh, certainement, madame, finit par répondre Martin, décontenancé. Vous trouverez chez nous toutes sortes de fleurs.

– Des rouges et des blanches ? insiste La Molotov.

Mais enfin, elle bêtifie ou c'est moi ? se demande encore Pétronille.

– De toutes les couleurs. Elle est un peu… innocente, non ? s'informe-t-il en aparté.

Ce n'est pas le terme qu'aurait utilisé Pétronille, mais elle a d'autres chats à fouetter.

– Un brin, oui, mais nous pouvons la laisser seule sans problème. Pas vrai madame Molotov ?

– Oh ! Un coquelicot ! piaille La Molotov en sautillant vers une pâquerette.

– Alors venez. Un groupe de quinze personnes doit arriver d'ici une heure, je pensais d'ailleurs que vous en faisiez partie et que vous étiez en avance, explique Martin en la devançant.

– Pas de problème. C'est vraiment très beau, ici !

– On a tout refait. Et rien qu'avec des matériaux naturels !

– Vous-mêmes ? C'est fantastique !

– On a dessiné les plans avec un ami architecte, puis on a pris des artisans du coin pour les travaux. Mais on a supervisé chaque étape, évidemment ! On voulait vraiment un lieu qui nous ressemble et qui s'inscrive dans notre démarche *Nature et Sérénité.*

Pétronille a droit à une visite détaillée. La cuisine commune, la salle de méditation, la salle de massage, les bols métalliques et la farine de pois chiche pour les gommages, la collection de macérats végétaux et d'huiles essentielles, les tisanes, les toilettes sèches et les futons dans les chambres des *invités* – est invité qui peut rédiger un chèque à trois zéros la semaine. En chemin, ils croisent quelques personnes en tenue décontractée, le visage fatigué, qui se déplacent un mug à la main.

– Donc, vous seriez chargée du ménage et du rangement, deux fois par semaine. Sybille a préparé des produits ménagers, dont une nouvelle décoction de lierre pour la lessive, elle vous expliquera tout afin que vous puissiez la fabriquer vous-même. Vous êtes familière des produits maison à base de matières naturelles ?

Pétronille repense à sa conversation avec Jeanne et à son sourire ironique quand elle lui a demandé si elle allait au lavoir.

– Oui, je fabrique ma lessive, mes pastilles pour lave-vaisselle et aussi quelques produits d'hygiène. Mais il y a une machine à laver, n'est-ce pas ? interroge-t-elle, une intuition sourde au creux du ventre.

– Électrique, oui. J'essaie de mettre au point un système mécanique en bois, explique fièrement Martin. *Il ne semble pourtant pas du genre à approcher la buanderie très souvent.* On n'a pas de lave-vaisselle, mais comme on ne cuisine que des bouillons clairs et des légumineuses germées, ça n'est pas tellement gênant.

Peut-être que ça m'aiderait à perdre mes derniers kilos, pense vaguement Pétronille, avant de se reprendre intérieurement. Elle décide de passer aux choses sérieuses :

– Et… pour la rémunération ?

– Oui, alors, euh… comme on n'est pas encore tout à fait à l'équilibre budgétaire, on pensait vous proposer un échange de services. Puis comme ça, on évite l'aspect commercial, c'est plus humain.

Plus économique, surtout, pense Pétronille en se mordant les lèvres. Du coup, Mme Molotov lui aurait menti ? Elle annonçait pourtant qu'ils payaient bien.

Martin reprend la parole tandis qu'ils arrivent près des baies vitrées qui débouchent sur la terrasse ensoleillée.

– On peut vous proposer un massage des pieds aux bols Kansu, ça relaxe et ça purifie. Ou une hydrothérapie du côlon, c'est vraiment souverain pour se libérer des toxines !

Pétronille serre les fesses, rien qu'à cette évocation. Dehors, La Molotov passe à grandes enjambées devant la terrasse, semblant compter ses pas. Ça ne va pas mieux, songe Pétronille.

– Sinon, bien sûr, accès libre aux cours de yoga, aux méditations groupées et même au jacuzzi d'extérieur.

– Vous avez le gaz, ici ?! les interrompt La Molotov, le visage souriant, une fleur de pissenlit piquée dans ses cheveux courts.

Martin tourne un regard interrogateur vers Pétronille, qui hausse les épaules en signe d'incompréhension.

– Euh, on n'est pas raccordés. On a installé une pompe à chaleur, en revanche.

– OK, tant pis. Moi, j'ai terminé.

Après cette déclaration, sa canne sur l'épaule, La Molotov tourne les talons et rejoint la voiture d'un pas énergique, sans un regard pour les fleurs. Pétronille lève les yeux au ciel. *OK, tout ça c'était du cinéma. Mais dans quel but ?* Elle sourit à Martin, qui attend visiblement sa réponse.

– Je vais réfléchir. Vous comprenez…

– Une infusion de quinoa ! Sans déconner ! lance une voix forte derrière eux. Pacôme, arrête de rire !

Une grande femme brune aux formes généreuses moulées dans une robe bleu ciel les dépasse en bousculant Martin, qui ne réagit pas. Derrière elle, un homme hilare, un sac marin sur l'épaule, la couve des yeux.

– Je pensais que ce serait sympa, mais je crève la dalle depuis deux jours, alors on se tire de là et je t'invite au restau ! J'ai envie d'une andouillette-frites, je ne te raconte même pas !

– Je te paie une pêche Melba en dessert, Karine !

– Une seule ? J'ai mérité bien plus ! Non mais du quinoa infusé, quoi !

Pétronille retient un rire et en profite pour prendre congé, en assurant à Martin qu'elle donnera sa réponse dans les jours qui viennent. Elle retrouve La Molotov qui l'attend à l'ombre, à proximité de la Mini.

– Alors ? Tu vas leur nettoyer la litière ? crache-t-elle d'un ton acerbe. Payer huit cent mille balles pour chier dans la sciure, faut vraiment être au bout du rouleau !

– Huit cent mille ? répète Pétronille, en ouvrant sa voiture.

– Ben oui, j'ai vu leur tarif, ça coûte huit cent mille francs !

Une lueur éclaire les yeux verts.

– Ah, carrément ! En anciens francs !

– T'es longue à la détente, commente La Molotov en s'installant.

Exaspérée, Pétronille retire la clé USB de son autoradio avant de mettre la clé dans le contact. Pas question de revivre un concert privé, l'expédition a été assez éprouvante comme ça.

– Et en sesterces, ça se monte à combien, au juste ? demande-t-elle, en effectuant un demi-tour prudent.

La Molotov se fige, la fusille du regard, puis un sourire en coin étire ses lèvres peintes en rose vif.

– On fera peut-être quelque chose de toi si les petits cochons ne te mangent pas. Allez, tirons-nous de là, Pétrolette.

– Tu as des nouvelles de Bassem ? demande Jeanne.

La cuisine de Pierre sent le vinaigre blanc et le savon noir. Jeanne jette un regard appréciateur sur le travail de Pétronille, il y a même un bouquet de marguerites sur la table dans un vase en verre taillé.

– Pas encore, c'est trop tôt. Tu sais comme moi qu'on n'échange aucun message tant que le passage n'est pas assuré. Il y a trop de risques d'être repéré. C'est d'autant plus vrai que nous avons dû précipiter son départ. Si ça se trouve, il n'a même pas entrepris le voyage.

– Ils vont passer par les vieux sentiers de la *Retirada* ?

Pierre opine en finissant de servir le café. Il pousse une tasse vers Jeanne et l'invite à s'asseoir.

– Et Pétronille, demande-t-il, comment va-t-elle ? Je ne l'ai pas vue quand elle est venue travailler, j'étais en tournée.

– Ça va ça vient. Elle a envoyé les idiots des Martel se faire voir. Mais elle a eu des nouvelles de son mari et elle était bien chamboulée, la pauvrette.

– Beaucoup d'émotions d'un seul coup. Et le départ de Bassem a été dur pour tout le monde. Il serait bien resté ici, s'il avait pu. Je n'ai pas aimé le larguer comme ça… pas du tout, même.

Jeanne avance sa main et recouvre celle de Pierre.

– On n'aura pas toujours fait ce qu'on aime, toi et moi. On a privilégié le devoir.

– C'est vrai, Jeanne. Et on aurait tout intérêt à changer ça, parce que le temps passe aussi pour nous.

– Je suis plus forte pour donner des conseils que pour me les appliquer à moi-même. Pétronille découvre les réalités de la vie de couple quand la relation s'inscrit dans la durée. Et son mari va bien être obligé d'ouvrir les yeux ou il risque fort de le regretter.

Pierre s'empare de la main de Jeanne et lui caresse la paume de son pouce.

– Un couple, c'est un peu comme un jardin, non ? lui dit-il.

Un silence s'éternise. Pierre relève la tête et fixe Jeanne dans les yeux. Elle contemple son visage familier, la courte barbe rousse, les lunettes qui soulignent le regard intelligent et profondément humain de son ami.

– Oui. La vie entière l'est. Il faut semer, arracher les mauvaises herbes, tirer l'enseignement de ses erreurs, être attentif aux maladies, respecter le vivant pour récolter les fruits de son labeur. Que sommes-nous d'autres que les jardiniers de notre existence ?

– Tu as toujours su trouver les mots pour les autres, Jeanne. Je te dois tellement.

– Taratata, je suis une vieille peau radoteuse, une donneuse de leçons de premier choix et la reine des emmerdeuses, toutes catégories confondues. Tu plaisantes ou quoi ? C'est moi qui te dois beaucoup.

Tout à coup, Jeanne se sent gênée. Elle ne sait comment retirer sa main sans paraître abrupte.

– Il y a longtemps qu'on ne s'est pas retrouvés tous les deux, commence Pierre.

– Depuis la mort de Marie-Carmen, l'interrompt Jeanne.

– Précisément.

– On ne va pas devenir sentimentaux… si ?

Jeanne toussote, obsédée par sa main prisonnière et la caresse de Pierre qui n'en finit pas.

– Quel mal y aurait-il ? demande ce dernier.

Et sa voix paraît inhabituelle, variant dans un registre inconnu de Jeanne jusque-là.

– À nos âges, ce serait un peu ridicule, tente-t-elle. Regarde-nous, deux vétérans en bout de course. Enfin, surtout moi.

Pierre continue de la fixer. Jeanne retire sa main et se gratte furieusement le nez pour donner à son geste le plus de naturel possible. Son ami pousse un soupir et se cale contre le dossier de sa chaise.

– Je ne vois pas les choses comme ça. Tu restes une femme formidable, intelligente et forte. J'ai beaucoup d'admiration pour toi et…

– Ouh là là, c'est pour une caméra cachée ou quoi ? Je ne suis pas comme ça, Pierre.

– Bien sûr que si. Ta vie tout entière en témoigne, je suis bien placé pour le savoir.

– N'empêche que je tombe en ruine.

– Depuis quand fais-tu passer l'aspect physique avant le reste ? Tu sais ce que je pense de la beauté ?

– Je n'ai jamais eu la prétention de me croire belle.

– C'est pour ça que tu l'es.

Jeanne avale une gorgée de café pour reprendre contenance. Qu'est-ce qu'il a, aujourd'hui ? C'est quoi cette conversation ? Il n'a plus quinze ans, pourtant, pense-t-elle. Elle se souvient de son regard quand il était enfant et qu'il la suivait partout.

– Oui et donc, la beauté, tu disais quoi ? relance-t-elle.

– Quand on a une connaissance intime d'une personne, sa beauté ou sa laideur supposée n'apparaît plus. On aime son visage et son corps, indépendamment de tout critère objectif. Les personnes sublimes s'affadissent à une vitesse folle, tandis que les visages ingrats révèlent un attrait insoupçonnable.

– C'est quand même plus facile avec un physique agréable, les études le prouvent.

– La facilité, c'est pas tellement notre truc, Jeanne, dit-il avec un sourire.

Elle voit qu'il cherche à lui dire quelque chose. Il hésite, avec une gaucherie qui la touche plus qu'elle ne l'aurait cru. Pierre, timide ? Mais pourquoi donc ? s'étonne Jeanne.

– De toute façon, ça ne me concerne plus, je suis plus proche de la fin que du début, tente-t-elle de conclure.

– Justement… je me disais… Enfin, il me semble que ça pourrait être le bon moment pour…

– Rédiger mes dernières volontés ?

– Avoir de nouveaux projets.

– Au Refuge ? Tu sais que je veux arrêter.

– Pas au Refuge, non. Aide-moi un peu Jeanne, s'il te plaît. C'est toujours toi qui as montré le chemin, jusque-là.

Ah mince ! C'est une déclaration, là ou quoi ? s'interroge Jeanne dans une brutale illumination. Mais enfin, pourquoi ? Qu'est-ce qui lui prend ?

– Bon, bégaie-t-elle, on va pas se mettre la rate au court-bouillon, non plus. Le temps passe, on discute, mais on a des tas de trucs sur le feu, toi et moi.

Elle grimace car cette dernière phrase lui paraît ouvrir un monde de sous-entendus. Elle se lève en faisant couiner la chaise sur le carrelage.

– Jeanne…

– On y va, mon Pierre. On y va.

– Jeanne, s'il te plaît.

Il ne va pas pleurer, au moins ? s'épouvante-t-elle. Merde alors. Pour couper court, elle dit la première chose qui lui passe par la tête.

– On en reparlera plus tard.

– Quand ?

– Bientôt, Pierre. Mais là, on y va, hein ? Allez, on a… bon. Bref. On est bien comme ça, non ?

– On pourrait être mieux, encore.

– On n'en sait rien.

– On pourrait essayer.

Oh là là, se dit-elle, à mon âge, c'est pas Dieu possible ! Qu'est-ce que Dieu vient foutre là, d'ailleurs, c'est un mystère ! Elle ne s'est plus tournée vers le vieux barbu depuis la mort de sa mère, quand elle a compris qu'on perdait indistinctement ceux qui font le bien comme ceux qui œuvrent au mal.

Pierre se lève à son tour, déployant sa stature devant elle. Jeanne trouve soudain qu'un homme, c'est grand et plutôt massif. Que ça tient une place inouïe dans une pièce. Que c'est réconfortant et encombrant à la fois. Que ça doit piquer quand ça embrasse et qu'elle en a perdu l'habitude. Mais à quoi il lui fait penser, lui aussi, avec ses allusions ?

Elle tourne les talons et se dirige vers la sortie en adressant un vague signe de la main à Pierre.

– On n'a pas besoin d'être raccompagnée. À bientôt Pierre. Merci pour le café.

Elle claque la porte avec plus de force qu'elle ne le voulait et traverse la place au pas de charge.

– Bonjour, Jeanne, lance Mylène depuis l'entrée de sa boutique.

– Bonjour, ma grande.

– Tu viens prendre un café ?

– Ah non, merci. Plus de café pour moi, aujourd'hui. C'est un excitant, pas bon pour le cœur.

Jeanne se dirige vers l'endroit où est garé son vieil utilitaire. Une grande confusion l'agite quand elle ouvre la portière et s'installe au volant. Elle reste immobile un long moment dans la voiture surchauffée, comme si elle ne sentait plus rien.

Ses souvenirs la propulsent sans crier gare dans la bergerie, près de Marie-Carmen. Elles sont couchées, dans les bras l'une de l'autre. *J'espère que tu continueras d'être heureuse querida*, lui souffle Marie-Carmen, *et que tu rencontreras quelqu'un d'autre, après moi. J'ai l'intention de partir la première*, lui répond Jeanne, *pas de bol pour toi. J'ai bien peur que ça ne soit pas possible, Jeanne, il faut que je te dise quelque chose, une chose qui va te causer de la peine, et cette idée me brise le cœur.*

Jeanne démarre et ouvre en grand les deux vitres pour que le vent s'engouffre tandis qu'elle roule en direction du Refuge. Elle s'habituait doucement à l'idée de se retrouver seule pour finir sa vie. Peut-être même qu'elle y mettrait un terme, elle-même, au moment opportun. Et voilà que Pierre…

– Mais merde, s'écrie-t-elle avec rage en torturant le levier de vitesse, y a pas moyen de crever tranquille, faut toujours que quelqu'un s'en mêle !

– 19 –

Les premiers rayons du soleil éclairent les rosaces de la tapisserie hors d'âge. Pétronille, au comble de l'agitation, s'est réveillée bien avant le lever du jour. Maintenant, elle suit des yeux les traits de lumière, partagée entre le ravissement de l'aube et l'énervement de l'insomnie. De toute façon, elle se doutait bien que sa nuit ne serait pas plus reposante que les précédentes. Après le départ de Bassem, elle s'est effondrée. Il faut pourtant qu'elle dépasse cette parenthèse durant laquelle ils ont vécu en apesanteur. Et lui aussi, elle le souhaite ardemment, il le mérite plus encore. Elle ne connaît pas cet homme, pas plus qu'il ne la connaît. Ils se sont rencontrés à un moment où ils étaient perdus, désemparés. Mais s'ils se sont offerts l'un à l'autre, sans lendemain possible, ce n'est pas pour que Pétronille reste coincée entre l'Espagne et le Bordelais.

Il est temps pour elle de reprendre pied dans son quotidien. Cependant, depuis sa conversation ratée avec Bruno, elle n'arrive plus du tout à lâcher prise. Qu'a-t-il compris, l'autre jour ? Comment vont les enfants ? Et dans quel état est l'appartement ? Mais c'est pas vrai ! Elle en est donc encore là ? À se demander si le sol a été lavé et quel volume de travail elle va récupérer quand elle rentrera ?

Si je rentre.

C'est une idée qui, à la fois, l'excite et l'épouvante. Serait-elle capable de vivre seule avec Oscar et Marion ? De subvenir à leurs besoins ? De prendre soin d'eux ? *J'ai déjà trouvé du travail chez Pierre, j'en trouverai ailleurs.* Elle a suivi pas mal de formations, cela devrait l'aider. Sa nouvelle assurance l'étonne. *Jeanne m'a dit que j'étais courageuse et plus forte que je ne le crois.* Elle ignore encore ce qu'elle compte faire exactement, mais quoi qu'elle décide, ce sera sans s'oublier cette fois.

Une soudaine chaleur l'envahit devant la voie que dessinent ses pensées. Si je rentre, se répète-t-elle, comme pour vérifier la saveur inconnue procurée par ces mots. Pétronille rabat brusquement les draps et s'assied.

Dehors, les oiseaux cuicuitent à pleins poumons. Jeanne et La Molotov sauraient certainement identifier leurs chants, voire traduire chaque vocalise. Pétronille, elle, se contente de trouver ça joli. Depuis le balcon de son grand appartement chic, elle n'entendait que la symphonie grossière des klaxons. Elle regarde par la fenêtre. Pour la première fois depuis qu'elle est arrivée ici, Jeanne n'est pas encore levée. Pétronille enfile un pantalon en toile, un tee-shirt à manches courtes et ouvre sa porte sans un bruit. À peine a-t-elle posé le pied dans le couloir que Jeanne sort de sa chambre, les cheveux détachés, simplement vêtue d'un gros gilet de laine qui laisse voir ses longues jambes musclées. Si ce n'était son visage nu de tout maquillage, elle ressemblerait à l'un de ces mannequins seniors, trop rares dans les magazines de mode. Pétronille la trouve belle.

Les deux femmes se regardent en silence, mutuellement surprises.

– Je vais nous préparer le petit déjeuner, murmure Pétronille, avant de descendre l'escalier d'un pas vif.

Jeanne hoche la tête, puis resserre sur elle son gros gilet avant de se diriger vers la salle de bains, où son premier geste est d'ouvrir la fenêtre pour laisser entrer la fraîcheur et le chant des oiseaux. Elle sourit en reconnaissant celui de la huppe fasciée. Puis, songeuse, elle se prépare pour cette nouvelle journée.

Pétronille vient de remplir une tasse de café frais et une de menthe infusée lorsque Jeanne la rejoint. Elles s'installent toutes les deux devant la table dressée. Elles boivent sans un mot.

– Ça va, ce matin, Milady ? commence Jeanne, d'un ton apaisant.

Pétronille hausse les épaules, soupire, beurre une tartine, propose la corbeille de fruits à sa compagne qui préfère le saladier de framboises.

– Je dois terminer ma conversation avec Bruno, déclare Pétronille.

– Bien.

– Mais pour ça, il va falloir qu'on puisse se comprendre, lui et moi.

– Ah, tu sais, les hommes et les femmes arrivent parfois à communiquer sans pratiquer la même langue, alors y a aucune raison que vous n'y arriviez pas, hein !

Jeanne pense à Pierre et à leur dernière conversation si perturbante, avant de remarquer qu'on la fusille du regard – *Bassem !*

– Je voulais parler de la mauvaise couverture réseau, réplique Pétronille, avec une certaine raideur.

Jeanne reprend du café. Tous mes neurones ne sont pas encore tirés du sommeil, pense-t-elle, un peu embêtée d'avoir encore remué le couteau dans la plaie.

– Vous pensez que je pourrais emprunter la ligne fixe du salon de Mylène ? En dehors de ses heures d'ouverture ? finit par demander Pétronille en terminant sa tartine. Ou alors peut-être celui de Pierre ? Mais c'est plus embêtant pour un médecin de ne pas être joignable.

– J'en ai un, moi, de fixe ! réplique Jeanne.

– Un fixe ? Ici ? s'exclame Pétronille, stupéfaite.

Elle balaie la cuisine des yeux, fronce les sourcils. Nulle part dans la maison elle n'a remarqué de téléphone. Ou alors c'est qu'il se trouve dans la chambre de Jeanne ?

Cette dernière se lève en faisant craquer ses genoux, puis se dirige vers le salon. Pétronille se penche pour la suivre des yeux. Jeanne prend le temps de pousser les volets avant d'ouvrir un placard.

Pétronille entend des bruits de chute, un juron, puis Jeanne revient, tenant un téléphone noir à touches, dont le fil serpente derrière elle.

– Mais… pourquoi vous ne m'avez pas dit avant que vous en aviez un ?! s'écrie Pétronille, entre agacement et incrédulité.

– Tu m'as pas demandé ! réplique Jeanne, drapée dans sa mauvaise foi. J'y ai pas pensé, voilà ! J'aime pas ces trucs, le numéro finit toujours par être connu et après ça sonne à tout-va. J'ai horreur qu'on me sonne. Celui qui veut me parler, il n'a qu'à venir me voir.

Pétronille ouvre la bouche, puis renonce. Elle commence à connaître son hôtesse. Si elle a décidé que le téléphone était un instrument de la servitude moderne, inutile de lui faire remarquer que c'est tout de même bien pratique. Jeanne pose l'antiquité sur la table et se confectionne une impressionnante tartine de fromage.

– La prise est dans le salon, à côté du placard où on range la télé.

– OK. Merci.

Jeanne mord dans sa tartine, pose sa main sur celle de Pétronille, à peine une seconde, puis sort dans le jardin. Dehors, les pépiements des oiseaux n'ont pas faibli.

Pétronille regarde la pendule. Il est tôt, Bruno sera encore à la maison, avec Oscar. Hors de question d'appeler son mari si leur fils est dans les parages. Elle abandonne sa tasse de menthe sur la table et monte se doucher. Elle prend son temps, s'habille lentement, patiente un peu dans sa chambre. Vers neuf heures, elle se rend d'un pas décidé dans le salon. Au creux de son ventre, l'angoisse sourde qui l'accompagne depuis trop longtemps devient tonitruante. Mais avant de composer le numéro du portable de Bruno, elle doit d'abord brancher l'engin. Premier obstacle, et de taille, Jeanne a omis de préciser qu'il fallait déplacer une pile d'environ deux mille magazines, dressée juste devant la foutue prise.

Après ces travaux de force, Pétronille obtient enfin une tonalité. Dernière étape, composer le numéro de son mari. Pétronille s'installe sur un fauteuil décati recouvert d'une housse en tissu orange délavé, elle passe nerveusement ses doigts dans ses cheveux courts en attendant que l'appel aboutisse. C'est une chose de fanfaronner toute seule dans sa chambre et une autre de passer à l'acte, constate-t-elle devant le tremblement qui agite ses mains.

– Oui ?

La voix de Bruno est distante, son accueil prudent. Personne n'a plus l'habitude de recevoir d'appel de numéros inconnus, pense-t-elle, prise de sueurs froides.

– C'est moi.

– Pétro ?! hurle-t-il, avant de murmurer, c'est toi ? Attends, je sors. Attends, hein ! Je sors du bureau !

La fébrilité de Bruno l'apaise un peu, sans rien lui faire perdre de sa nervosité.

– J'attends, le rassure-t-elle brièvement.

– C'est presque bon. C'est bon ! Je suis là ! Oui, Pétro ? lance-t-il, sa voix oscillant entre soulagement et anxiété.

– Tu es seul ? demande-t-elle, sans trop savoir par quoi commencer.

– Euh, oui, je suis sur le parking.

– Et Oscar ? s'inquiète-t-elle aussitôt.

– Oh, il dormait encore quand je suis parti, mais la voisine télétravaille aujourd'hui. On a convenu qu'il peut aller la voir, si jamais il a un souci.

Évidemment, ils ont appris à s'organiser sans elle. Pétronille devrait en être soulagée, au lieu de quoi, elle éprouve une vilaine piqûre de regret. Ainsi donc, alors qu'ils auraient dû se retrouver perdus après son départ, ils ont réussi à survivre ? Se pourrait-il qu'elle ne leur soit pas indispensable ? Alors, à quoi sert-elle ? Cette pensée lui fait honte, elle aurait voulu qu'ils aient plus de mal à s'adapter et qu'ils réalisent combien elle comptait pour eux. Une honte qui ne parvient pas à juguler cette angoisse nouvelle : elle se sera vraiment fourvoyée jusqu'au bout, peut-être même que tout le monde s'en fout qu'elle rentre ou pas.

– Tu es toujours là ? s'inquiète Bruno.

– Oui, pardon. J'appelais pour… pour discuter, parce que la dernière fois, on a été coupés, commence-t-elle avec une certaine maladresse.

Bruno toussote. Il attend. Pétronille sent les battements de son cœur résonner jusqu'au creux de son ventre. Elle croit savoir ce que son mari veut entendre. Mais elle n'est pas sûre de pouvoir le satisfaire. Oui, elle l'aime toujours – mais l'aime-t-elle autrement que comme le père de ses enfants ? Non, elle n'a personne d'autre – mais elle n'a pas non plus été fidèle.

– Pétro, de quoi tu veux parler ? finit par demander Bruno, d'un ton désespéré.

– De nous. Et de moi, aussi.

– Attends, j'ai un appel pro…

– Quoi ?! Tu te fous de moi ?! explose-t-elle soudain. Bruno, je te préviens, si tu me mets en attente, je ne serai plus là quand tu reprendras ce putain d'appel !!

– Mais non ! J'ai juste basculé mon interlocuteur sur la messagerie.

Bruno a l'air choqué, Pétronille s'en rend compte. Mais ses dernières digues viennent de sauter et la rage qui la submerge pourrait bien provoquer quelques dégâts collatéraux.

– C'est toujours comme ça, s'énerve-t-elle, il n'y en a que pour ton boulot ! Même quand tu es avec nous, tu ne penses qu'à ton job ! Tu as remarqué que les enfants ne portent plus de grenouillères, au moins ?

– En tout cas, c'est moi qui m'en occupe depuis que tu es partie sans prévenir ! la coupe Bruno, d'une voix vibrante de ressentiment.

Pétronille est stoppée net dans son élan. La colère et la culpabilité se livrent un combat sans merci – l'une des deux va saigner !

– J'ai dû tout lâcher, réorganiser mon planning et annuler la moitié de mes rendez-vous pour assurer à ta place ! poursuit-il scandalisé.

La colère se redresse et empale la culpabilité – fin de match par hémorragie.

– Bienvenue dans ma vie, commente Pétronille d'une voix glacée. C'est désagréable, tu trouves ? Eh bien estime-toi heureux que ça ne concerne que quelques rendez-vous. Moi, c'est mon avenir que j'ai dû annuler.

– Quoi ? Mais qu'est-ce que tu racontes ?

– Oui, j'ai renoncé à mes études pour élever notre fils, parce que tu démarrais ta carrière ! crie-t-elle, les larmes aux yeux. J'aurais pu être une bonne prof, si ça se trouve ! Mais personne ne le saura jamais !

– Ne me dis pas que tu veux devenir prof ! C'est dingue !

– Je ne suis pas dingue !

– Je n'ai jam…

– Toi, tu t'en fous, tu as ton sacro-saint travail, qui passe avant tout le reste ! hurle-t-elle. Les enfants, c'est pour moi ! L'entretien de l'appart, pour ma pomme ! Tu lances des invitations, mais qui organise tout ? Hein, l'intendance, c'est pour qui ? C'est pour Pétro !

– Mais enfin, mon sacro-saint travail, comme tu dis, ce n'est pas non plus une partie de plaisir ! Tu es injuste, à la fin ! proteste Bruno.

– Injuste ?! s'étrangle Pétronille furieuse. Mais tu l'adores ce job ! Ose prétendre le contraire ! Tes collègues sont devenus tes amis et ton poste de responsable, c'est valorisant ! Tu n'as pas honte en société quand on te demande ce que tu fais dans la vie, toi ! Et puis tu es rémunéré pour ça et plutôt bien, même ! Tandis que les heures de Pétro, c'est cadeau ! Et en plus, jamais de congés !

– Arrête, quand on part en vacances dans une villa avec piscine, tu...

– Mais parlons-en, des *fucking* vacances ! Ah ça je pars, oui, après m'être occupée des réservations, des vaccins quand on va à l'étranger, des courses quand on a loué un gîte et après m'être cogné toutes les valises, y compris la tienne ! Et au retour, je sais ce qui m'attend : trois jours de lessive, un jour de rangement et la chevauchée fantastique pour recharger le frigo. Ah oui, bonjour les vacances et repose-toi bien Pétro, jusqu'à la prochaine fois ! Alors que Monsieur quitte son boulot sur un apéro et se contente de charger la voiture le lendemain matin. Et c'est tout !

– Mais ça ne va pas, on croirait que je t'exploite ! Il fallait me le dire que tu avais besoin d'aide.

– Parce qu'en plus, tu ne peux pas penser par toi-même ?!

Cette fois, elle est lancée et ne peut plus s'arrêter. Elle le voudrait pourtant, car elle n'aime pas du tout grimper dans les aigus à chaque reproche qui s'empile. Mais elle déborde... elle explose... Pétronille n'est plus étanche.

– Moi, je connais vos couleurs et vos plats préférés, je sais à quelle heure tu pars au tennis le samedi, les horaires de la danse pour Marion et les prénoms des copains de nos enfants, énumère-t-elle. J'ai mémorisé les noms de leurs profs, ceux de tes collègues et même de certains de tes clients. Je peux dire à combien se montent les frais du stage de théâtre ou celui de batterie, le coût d'un plein au supermarché, et quels sont tes jours de réunion parce que tu es toujours tendu la veille ! Je connais aussi les dates d'anniversaire de tes parents, parce que si je ne te rappelle pas de leur envoyer un petit mot, ta mère me lancera une réflexion dès le lendemain ! Tiens, et les cadeaux de Noël ? Parlons-en aussi ! Que ce soit pour nos enfants ou ta famille, c'est encore moi qui m'en charge ! Je sais même que ton père est allergique à deux marques de moutarde et d'ailleurs, c'est toujours à moi qu'on demande où elle est rangée, cette saloperie de moutarde ! Je suis l'agenda sur pattes de la baraque, l'annuaire et le cahier de doléances de la famille. Je suis ton GPS domestique !

Un silence consterné s'ensuit. Pétronille se sent vidée, mais pas soulagée pour autant.

– Pourtant, tu vois, il y a une chose que je ne sais pas, une chose qu'il ne faut surtout pas me demander… c'est qui j'aurais aimé être, dans la vie, termine-t-elle, avant de se mettre à pleurer pour de bon.

De nouveau, ce silence. Mais il n'a donc rien à lui répondre ? Elle s'en indigne avant de s'en inquiéter.

– Tu regrettes de m'avoir épousé ? demande-t-il à voix basse.

Elle ferme les yeux. C'est la question à laquelle elle s'est empêchée de réfléchir depuis son départ, trop effrayée de ce qu'elle pourrait bien découvrir.

– Pétronille…

La douceur qu'il met dans son prénom la désarçonne. L'affrontement est plus facile que la mise à nu.

– Je suis désolée… je suis perdue, je crois. Pardonne-moi, sanglote-t-elle.

Bruno toussote encore, comme si quelque chose s'était coincé dans sa gorge. Et quand il reprend la parole, son intonation est étrangement vacillante.

– Et l'autre ? Il est… Tu as quelqu'un qui… que tu vois ?

– Non, répond-elle très vite, les yeux fermés.

– Oh… Alors, c'est juste à cause de moi ?

Pétronille a envie de répondre oui. Mais l'honnêteté l'emporte sur le désir de revanche, Bruno est le père de ses enfants et son premier grand amour.

– C'est à cause de nous, finit-elle par prononcer d'une voix lasse.

Elle devine qu'il hoche la tête. C'est son truc, dans les moments graves, lorsqu'il ne sait pas quoi dire – il pince un peu les lèvres, il regarde le sol et il hoche la tête.

– Est-ce que tu aurais envie que je vienne pour qu'on parle de tout ça ? propose-t-il prudemment. Il te suffit de m'indiquer où tu te trouves et je…

– Je préfère qu'on se voie à mi-chemin, comme… à Castelsarrasin, par exemple ?

– Je vois, se braque aussitôt Bruno. Et comment s'appelle celui que tu ne vois pas mais que tu ne veux pas que je rencontre, là où tu ne veux pas que je vienne ?

– Arrête, Bruno, soupire Pétronille.

Elle devrait peut-être apprécier qu'il manifeste de la jalousie, mais la réaction de son mari la laisse seulement sans force. Elle ne veut pas penser à celui qui est parti, surtout pas maintenant. Bruno est blessé, elle le conçoit sans pouvoir le rassurer pour autant. Elle aussi a été blessée, plusieurs fois… et certaines cicatrices sont anciennes.

– Demain après-midi, à Castelsarrasin ? propose-t-elle. On pourrait se retrouver devant la mairie, à… seize heures ?

– Quatorze heures ? contre Bruno avec une nuance d'espoir.

– Si tu veux. Alors à demain.

– À demain.

Ils restent ainsi de longues secondes, ignorant comment mettre fin à cette conversation. Puis Pétronille balbutie – *au revoir, Bruno* – et raccroche, très vite.

– 20 –

Pétronille a raccroché juste avant qu'il ne trouve le courage de lui rappeler qu'il l'aimait. Et elle, l'aime-t-elle toujours ? La question reste en suspens. Bruno se retourne, aperçoit du coin de l'œil que deux de ses collègues sont installés sur la petite terrasse dédiée aux fumeurs. *Merde.*

– Bon, alors à demain, ajoute-t-il d'une voix forte. Oui, moi aussi… mais j'ai quand même deux ou trois choses à te dire !

Il se sent ridicule, mais essaie de deviner ce que les accros à la nicotine ont pu entendre. Qu'il y a un autre homme ? Que lui, Bruno Vay, leader d'une équipe de six collaborateurs, est cocu ? *Merde.*

Il toussote, le cœur vrillé comme chaque fois qu'il pense à sa Pétronille dans les bras d'un autre. Elle est restée évasive sur la question, mais elle lui a semblé différente.

Encore un peu sonné par l'échange, il rentre dans le bâtiment. Ce qui le perturbe le plus, c'est la colère de sa femme. Jamais auparavant elle ne s'était adressée à lui sur ce ton. D'ailleurs, elle lui en veut pour tellement de raisons qu'il n'en a pas retenu la moitié ! Des histoires d'allergie à la moutarde et de piscine ! Il ne savait même pas, lui, que son père avait des allergies !

Est-ce que celui qu'elle est partie rejoindre connaît le tarif des stages de judo, lui ? s'agace-t-il en grimpant les escaliers. Est-ce qu'il sait, lui, quelles sont les fleurs préférées de Pétronille ?! *Des coquelicots.* Alors forcément, ce ne sont pas des fleurs qu'on peut trouver en magasin, elles meurent dès qu'on les coupe… Bruno soupire encore, pense qu'il aurait peut-être – sûrement – dû lui offrir plus de fleurs. Mais tout semblait aller bien. Leur vie est sans doute un peu routinière, mais somme toute confortable ! Les enfants grandissent, lui travaille énormément, c'est vrai, mais c'est aussi pour leur famille qu'il le fait. Ces histoires de Capes, ils en avaient parlé, plus jeunes. Pétronille était d'accord pour mettre ses études entre parenthèses et garder l'enfant. Elle le lui reproche aujourd'hui ? Bruno continue de trouver qu'elle est injuste.

Elle est malheureuse. Il baisse la tête. Oui, il peut toujours s'indigner et penser qu'elle exagère, mais il doit aussi se rendre à l'évidence : elle lui manque atrocement et elle est partie parce qu'elle n'était pas heureuse. Avec lui ! La gorge de Bruno se serre, alors qu'il a gravi les deux étages qui le mènent à son bureau. Il traverse l'*open-space* et marche d'un pas lourd, dans l'espoir de se réfugier devant son écran et de fermer sa porte. Malheureusement, trois de ses collaborateurs sont en plein *brainstorming* juste devant celle-ci, et l'un d'entre eux exhale une forte odeur de tabac. C'est Patrice, qui gratifie Bruno d'un regard goguenard.

– Alors, c'est *touchy* avec Bobonne ? lance-t-il en ricanant.

Sale con. Bruno grimace un sourire suffisant. Il tente de conserver le masque du mec sûr de lui, simplement agacé par les caprices d'une moitié trop émotive.

– Pas vraiment, mais disons que j'aurais dû lui payer un séjour en thalasso, le mois dernier, répond-il.

Lui-même trouve sa plaisanterie insupportable et s'en veut aussitôt. C'est de son amour qu'il parle. Et pour la première fois depuis bien longtemps, il a peur de l'avoir perdu. Les trois autres sourient en retour. Patrice ne le quitte pas des yeux.

– Tu sais ce qu'on dit, poursuit-il, quand elles ne trouvent pas ce qu'il leur faut à domicile.

Bruno pense à la célèbre réplique de son film culte, *Les cons osent tout, c'est même à ça qu'on les reconnaît !*

– Arrête, intervient un collègue, gêné.

– Oh, ça va, on rigole ! insiste le con qui cherche les embrouilles.

– Tu sais, Patrice, nous n'avons pas tous les mêmes problèmes que toi, lui lance Bruno sèchement.

Les deux autres collègues se désolidarisent aussitôt et se mettent en mode *focus*, le nez plongé dans leurs dossiers. Bruno fusille le comique du regard, il a la satisfaction de le voir perdre contenance. S'il le pouvait, il le dézinguerait pour de bon. Tombé pour l'honneur ! – celui de Bruno, bien sûr. Visage fermé, il pénètre dans son antre et referme la porte vitrée avant de s'asseoir à son bureau. Comment pouvait-il deviner, lui, que Pétronille était si malheureuse ?! Il n'est pas Maître Yoda !

Bruno rouvre son document en cours, les joues brûlantes. Il sait qu'on l'observe, il essaie de faire bonne figure en surjouant l'indifférence, alors qu'il a envie de se rouler en boule sur le sol en bramant comme un gosse. Et puis lui aussi est furieux. Il est furieux après Pétronille, après lui-même, après ce type dont elle ne parle pas et après ce con de Patrice ! Il est désespéré, confus, désemparé. Mais surtout, surtout, il est terrifié.

Et si Pétronille avait raison ? C'est vrai, il est *full-time* sur son job et plutôt distrait, à la maison. Est-ce qu'elle lui aurait déjà glissé quelques allusions au sujet de son malaise dans leur couple sans qu'il l'ait entendue ? C'est vrai aussi qu'il n'aime pas trop se prendre la tête et qu'il est déjà bien assez *overbooké* toute la journée. Quand il rentre chez lui, il a envie de décompresser et puis c'est agréable que l'intendance soit assurée. Alors oui, en son for intérieur, Bruno admet que ce ne serait pas impossible qu'il ait botté en touche.

Depuis trois semaines qu'elle est partie, il patauge dans un quotidien dont il ne soupçonnait rien. Et encore : leur fille Marion est toujours en colo ! Mais il a tout de même dû réduire ses heures de présence au bureau. Il a découvert le cycle sans fin des courses, du linge, des poubelles à choix multiples et des courriers administratifs qui s'accumulent même en plein mois de juillet ! Il a aussi pris conscience que si Oscar a quitté depuis bien longtemps les rives de la petite enfance, leur fils de quinze ans n'en demande pas moins une attention soutenue. À la moindre défaillance concernant le maintien de règles établies depuis des années, l'ado s'engouffre dans la brèche, réclame l'indépendance et redessine les frontières de leurs territoires respectifs. La première semaine, et sous prétexte que Bruno n'acceptait plus qu'il découche un soir sur deux, Oscar a invité tous ses copains dans le salon, pour une partie de jeux vidéo. Au début, Bruno a trouvé ça sympa, voire rassurant. Puis il a compris qu'on attendait de lui qu'il nourrisse la troupe entière et son enthousiasme est retombé. Un peu avant minuit, c'est franchement furax qu'il a enchaîné deux voyages pour ramener six gamins shootés aux sodas, aucun d'entre eux n'ayant jugé bon d'anticiper le retour avec ses parents !

Désormais, Bruno sait qu'il doit organiser le planning de son fils avant de penser au sien. Ce qui implique évidemment de subir les gros grains et les tempêtes inévitables que provoquent les humeurs hormonales de l'adolescence.

Mais comment se débrouille donc Pétronille pour rester sereine, dans ce genre de circonstances ? Comment s'organise-t-elle, bon Dieu, pour que l'appartement ne se transforme pas en zone sinistrée au bout de deux jours ?! Bruno n'a pas encore éclairci ce mystère. Alors il a rappelé en urgence la femme de ménage qui était en vacances.

– Bruno ! l'interpelle Patrice en ouvrant sa porte sans avoir frappé au préalable.

– Quoi ?! aboie-t-il.

– Hé, du calme, j'applique juste le *process*. On te met en copie du projet C500 ? T'es tendu, en ce moment, non ?

– Arrête avec tes allusions, assène Bruno, à bout de nerfs. C'est une dispute à la con qui ne te regarde pas !

Patrice bat en retraite en laissant la porte ouverte. Bruno, mâchoires serrées, se tourne vers son écran qu'il fixe sans le voir. Témoin de la scène, un voisin de bureau pose la main sur la poignée et, juste avant de refermer, lui glisse très vite :

– Je suis désolé, les réflexions de Patrice sont vraiment déplacées. Écoute, si c'est chaud avec ta femme… parle avec elle, tant qu'il est encore temps. *Asap* ! Moi c'est ce que j'aurais dû faire.

Bruno relève la tête, surpris. Mais son collègue est déjà parti. Bruno se souvient qu'il a divorcé, deux ans auparavant. Cette pensée ne le rassure pas du tout. La gorge serrée, il regarde son annulaire gauche, orné d'un anneau doré. Sa main tremble.

– 21 –

Pierre franchit la porte d'*Adult'Hair* à l'heure du déjeuner. Une famille de touristes égarés et un groupe de randonneurs sont attablés devant des sandwichs. Dreadlocks assure le service tandis que Mylène, pimpante dans une courte robe rouge ajustée, vient à sa rencontre. Après deux solides baisers sur chaque joue, elle installe Pierre dans un fauteuil.

Régulièrement, il vient pour *remettre les compteurs à zéro*, selon son expression, ce qui consiste à se faire tondre le crâne et tailler la barbe, mais aussi à échanger des confidences. Il prend toujours rendez-vous pendant la pause déjeuner et se contente d'un sandwich pour ne pas perturber le cycle des visites à domicile et des rendez-vous au cabinet.

– Alors, mon Pierrot, demande familièrement Mylène, on en est où depuis la dernière fois ? Tu as des nouvelles de notre ami commun ?

La présence de clients les contraint à parler de Bassem de manière allusive.

– Non, pas encore, répond Pierre en fermant les yeux pour mieux se détendre. Mais c'est normal, je n'en attends pas avant un petit moment.

– Et comment va Pétronille ?

– Elle tient le coup.

– Tant mieux.

Mylène repose la petite tondeuse avec laquelle elle vient de finir le contour des oreilles de Pierre.

– J'ai trouvé Jeanne en pleine forme, à la fête, reprend-elle. En revanche, elle est passée devant la boutique en coup de vent, mercredi... Elle sortait de chez toi, si je ne m'abuse, et elle avait l'air bien perturbée.

– Rien ne t'échappe, à ce que je vois.

Pierre sourit tandis que Mylène procède à un massage crânien avec une bonne dose de fermeté.

– C'est moi, la vigie de Troulou. Il en faut bien une, non ?

– Que serions-nous sans toi, Mylène ?

– Assurément une bande de ploucs mal coiffés, s'esclaffe-t-elle. Tu aurais rabattu une longue mèche sur ta calvitie pour paraître plus jeune, la moitié du village serait sous perfu de Ricard et l'autre sous anxiolytique, Jeanne aurait fait péter la mairie et mon Philou serait encore une girouette du slip.

– Il faudra bien lui pardonner un jour, tente Pierre.

– Oh mais j'ai pardonné, pourquoi penses-tu le contraire ? D'autant que le remords l'a transformé en athlète du baiser ! Alors je ne vois pas pourquoi je lui en voudrais... Tu m'excuses ?

Le téléphone du salon les interrompt – *Adult'Hair, bonjouououour...*

Pierre reste immobile, les yeux toujours clos, dans l'atmosphère enveloppante de la boutique, entre les rires des consommateurs, les fredonnements de Dreadlocks et les parfums complexes des différents produits de soins capillaires. Quand les mains de Mylène reviennent sur lui, il ne peut retenir un soupir.

– Bon, tu vas le cracher tout seul ou faut que je te colle une arme sur la tempe ? demande Mylène. Tu en es où avec Jeanne ?

Pierre tente d'esquiver la question, un rituel entre Mylène et lui.

– Jeanne est une amie de longue date pour laquelle j'éprouve énormément de tendresse et d'affection.

– Tu appelles ça comme tu veux, mon Pierrot, mais tu ne vas pas me la présenter à l'envers. Oh ! Mon gars, tu causes à Mylène, là ! J'ai fait l'armée – et donc un peu la guerre – mais surtout, j'ai imposé mon style ébouriffant à un tas de mecs qui prennent encore la femme pour une extension de leurs pénis !

Pierre éclate de rire. Mylène fait pivoter le fauteuil blanc pour avoir le médecin face à elle.

– Elle n'a pas oublié Marie-Carmen, commence-t-il.

– Marie-Carmen est morte depuis un an, et Jeanne ne va pas rajeunir d'une trentaine d'années durant l'été. Même la chirurgie a ses limites ! Alors va falloir foncer ! Pierrot, la vie est courte et toi tu restes sur le bas-côté à regarder passer le bonheur chez les autres.

– Elle s'est plus ou moins enfuie, l'autre jour, quand tu l'as vue sortir de chez moi. J'ai essayé d'aborder le sujet, mais… elle n'a pas été très réceptive.

– Qu'est-ce qu'elle a répondu ?

– Qu'on était plutôt bien comme ça. Qu'on en reparlerait.

– Ah ! Voilà ! C'est le seul truc qu'il faut retenir : vous allez en *reparler*. Quand ?

– Mylène, je ne tiens pas un carnet de rendez-vous.

– Tu devrais. Faut planifier et tracer la route. Moi, tu vois, j'avais pas trop dans l'idée de m'installer ici quand j'ai échoué chez Jeanne. Je te parle d'il y a une bonne vingtaine d'années, et à l'époque, c'était encore moins facile que maintenant pour une femme comme moi. J'avais peur qu'on découvre… Tu sais bien de quoi j'avais peur.

Pierre acquiesce en silence. Tout ce qui est hors norme a davantage de difficulté pour s'imposer dans un village, surtout quand il est refermé sur lui-même.

– Quand j'ai rencontré Philou… Quel crève-cœur. Je suis tombée raide dingue de lui, mais je ne croyais pas une minute que ça puisse être réciproque. C'est Jeanne qui m'a affranchie, je lui en suis reconnaissante, tu n'imagines même pas.

– On lui doit tous plus ou moins quelque chose. Pourtant elle n'est pas commode, ajoute Pierre avec un sourire qui dément ses dernières paroles.

– Elle m'a dit : t'es une femme, Mylène, ou t'es pas une femme ? Moi j'ai répondu que j'en étais une, bien sûr. Alors elle a ajouté : et que ferait une femme *vraiment* amoureuse dans la même situation que toi, à ton avis ? Que doit faire la femme amoureuse que tu es, Mylène ? La suite, je m'en souviendrai toute ma vie : va te fourrer dans les grandes pattes du Philou et laisse-le découvrir qui tu es par lui-même.

– C'est une belle histoire, tu ne me l'avais jamais racontée.

– Ben, je le fais maintenant. Et j'ajoute : va fourrer tes grandes pattes là où Jeanne ne s'y attend pas et dis-lui que c'est de ma part !

– Il faut qu'elle soit d'accord, murmure Pierre.

– Toi, tu as peur de te prendre un râteau, alors qu'il faut juste lui rouler une pelle.

– Mylène !

– C'est mon côté enfant de troupe, assure-t-elle, en riant la tête renversée. Je ne peux pas m'en empêcher.

– Peut-être que c'est trop tard, hasarde Pierre, qu'elle a juste envie d'être tranquille.

– Et peut-être que tu devrais arrêter les *peut-être* et agir au lieu de supposer. Sûrement, même. Tu sais quoi ? Je crois que tu as peur de ce que les gens pourraient penser.

Pierre fronce les sourcils, aux prises avec ses réflexions intérieures. Mylène l'observe, mains sur les hanches. Elle embraye sans laisser au médecin le temps de répondre :

– C'est quoi le problème ? Jeanne est trop vieille ? Les vieilles, ça n'a plus le goût à l'amour ? Elle était avec une femme avant et donc elle n'aurait pas le droit ou l'envie d'essayer autre chose ? Non mais dis-moi, où elle est écrite la règle qui légifère sur qui tu peux aimer ou pas ?

Pierre hoche la tête en signe d'assentiment.

– Tu as raison, si je ne montre pas un peu plus de courage, on n'ira nulle part, elle et moi.

– Bien sûr ! Des gens qui aiment plus grand et plus loin, il y en a toujours eu. Heureusement, sinon on se ferait suer et il y aurait encore davantage de malheureux. Déjà qu'on est bien fournis de ce côté-là, n'en rajoutons pas une couche, merci bien !

Mylène fait volte-face dans une envolée de parfum capiteux. Elle attrape peigne et ciseaux et poursuit son œuvre.

– Bon, c'est pas le tout, conclut-elle, mais là faut que je taille cette barbe et que j'en fasse un atout supplémentaire pour ta grande déclaration. Toute ma science est requise pour que ce poil récalcitrant devienne doux comme une peluche.

Durant un long moment, seul le bruit des ciseaux leur tient compagnie. Mylène reste concentrée sur sa tâche et ne desserre pas les dents. Pierre se repose en prévision de la longue tournée qui l'attend, au cours de laquelle il devra passer du temps à soulager et rassurer certains malades gravement atteints.

Au bruit du grelot, Mylène se retourne vers la porte et Pierre ouvre les yeux. Royale dans une robe à tournure en vichy bleu, La Molotov les observe, son corbeau sur l'épaule. Elle affiche un sourire éblouissant en reconnaissant Pierre, puis Dreadlocks qui lui adresse un petit signe complice pour la saluer. Elle entre, laissant la porte grande ouverte sur la canicule à son apogée en ce début d'après-midi.

– Bonjour la compagnie ! lance-t-elle avec tellement de force que tous les regards convergent dans sa direction.

Kééééééékékééééééééééééééééé ! renchérit Kiki en lâchant une fiente purulente sur le sol immaculé.

Les yeux de Mylène s'écarquillent tandis qu'elle referme la porte et reste à contempler la déjection. Pendant quelques secondes, l'atmosphère se fige dans l'attente d'une déflagration.

– Les animaux ne sont pas admis, rappelle enfin Mylène, d'une voix plus glaciale que la menthe poivrée.

La Molotov la frôle en passant, elle tend sa main à Pierre, tout en lançant une œillade à Dreadlocks.

– Je vois pourtant plein d'animaux dans votre établissement, ma chère. Des animaux humains, qui plus est, dont la somme des intelligences réunies reste probablement en dessous des capacités de mon Kiki. Bonjour, Pierre, comment allez-vous, mon ami ?

– Bien, Brigitte, mes hommages.

– Je les recevrai avec joie, où et quand vous voulez.

– Votre… volatile a laissé une saleté derrière lui, intervient Mylène.

– Tu entends ça, mon chéri, susurre La Molotov au corbeau, elle te prend pour une poule. Il s'agit, chère Mylène, d'un *Corvus frugilegus frugilegus.* Comme tous les corvidés de son espèce, il vit en bande et est monogame. Je suis à la fois sa tribu et sa compagne, nous ne nous quittons pour ainsi dire jamais.

La Molotov avance jusqu'au bar et tend sa main à Dreadlocks qui s'en empare avec un enthousiasme qui n'échappe à personne. Elle jette des regards de diva autour d'elle.

Kéééééééékékéééééééééééééééééé ! hurle Kiki en direction de la famille attablée devant son dessert.

Le petit garçon, assis entre ses parents, se met à pleurer.

Mylène essuie prestement le sol avec un chiffon qu'elle jette ensuite dans le bac à lavage. Puis elle se dirige d'un pas martial vers la visiteuse, en lançant un regard d'avertissement au serveur. Dreadlocks récupère un torchon et se met à frotter les verres avec frénésie. Mylène se plante devant La Molotov en la détaillant des pieds à la tête.

– Qu'est-ce qu'on peut pour vous ? demande-t-elle. Bien que je ne fasse pas encore dans le miracle.

– Tout en vous clame pourtant le contraire, très chère, lâche l'autre dans un sourire qui doit beaucoup à ses fausses dents. Je voudrais consulter les internets.

– Les internets, voyez-vous ça.

– Oui, les internets. C'est bien ce qui est écrit à l'entrée de votre bazar ?

– C'est mon salon que vous traitez de bazar ?

– Je souhaite réserver pour une heure. J'ai quelques recherches à effectuer. Et je prendrais un thé à la bergamote, si cela entre dans votre domaine de compétences, bien sûr. Avec des Petits Lu, ou des boudoirs, à la limite.

Sans attendre de réponse, La Molotov se dirige vers l'espace cybercafé et s'installe à l'abri des regards. Elle époussette la chaise et prend place avec mille précautions pour la tournure de sa robe. Mylène lève les yeux au ciel d'exaspération, mais renonce à un esclandre devant le groupe de randonneurs et la famille, hypnotisés par la scène. D'un geste, elle invite Dreadlocks à déverrouiller l'accès au réseau, avant de retourner auprès de Pierre. Elle achève la taille de la barbe dans un silence étourdissant que personne n'ose rompre. Elle époussette les poils qui se sont infiltrés sous la serviette de protection et présente le miroir au médecin.

– Merci, Mylène, c'est parfait, comme d'habitude, lui dit-il en se relevant.

Tandis qu'il paie, La Molotov pousse un cri de joie à l'autre bout de la salle.

– Ouiiiii ! Envoyez le jus et que ça saute !

Elle donne un coup sur la table avec la souris, provoquant l'envol de Kiki – *Krakrakra*. Les pleurs du petit garçon reprennent aussi sec.

– Pierre, grince Mylène entre ses dents, va lui refiler du Valium ou je lui flanque un coup de gourdin.

– Et que ça saute ! ricane La Molotov en maltraitant toujours la souris, le nez collé contre l'écran. Que ça saute, bordel !

– 22 –

– Pétro ?!

Pétronille referme la carte des boissons et lève les yeux. Bruno se tient devant elle, l'air étonné de la trouver là, comme s'il en avait douté jusqu'au bout. Il est fatigué, pense-t-elle aussitôt, avant de ravaler une bouffée de culpabilité. Il est beau, aussi. Il reste debout, immobile devant la table qu'elle occupe en terrasse du *Café de la Place*. Son mari porte un jean et une chemise de lin beige qui fait ressortir son teint naturellement mat. Elle écoute les manifestations de son corps, cherche un frémissement dans la région du ventre. Mais seule l'appréhension frappe en rythme contre son plexus solaire, à chaque pulsation de son sang.

– Je t'attendais devant la mairie, on avait dit qu'on s'y retrouvait, explique Bruno.

Il donne le sentiment de ne pas savoir s'il doit s'asseoir ou embrasser fiévreusement Pétronille. Elle aimerait pouvoir l'aider, mais n'a aucune idée de la marche à suivre, elle non plus.

– Oui, mais il fait déjà tellement chaud que j'ai préféré me mettre à l'ombre, se justifie-t-elle en désignant l'esplanade en plein soleil.

– Tu as coupé tes cheveux ?

Pétronille rougit un peu, porte machinalement une main à sa coiffure.

– Oui. J'avais envie de changement. Ou besoin.

Aussitôt prononcés ces mots, elle se retient de grimacer. Bruno ne réagit pas. Elle remarque cependant qu'il détaille le reste de sa tenue, sans s'autoriser de commentaire pour autant. Elle croise ses jambes, laissées apparentes par la robe portefeuille, qui devait être orange vif et qui est devenue corail avec le temps.

Si elle pouvait lire les pensées de son mari, elle découvrirait qu'il la trouve belle. Et différente, ce qui l'inquiète un peu. Il a envie de la complimenter, mais il se retient.

– Je prends votre commande ? vient à leur secours un jeune serveur.

Il se met à essuyer la table à grands gestes brusques. Pétronille lui sourit, reconnaissante de son intervention qui leur épargne, à Bruno et elle, un malaise prolongé. L'appréhension au creux de son ventre franchit un palier : elle n'a aucune idée de ce qui est envisageable avec son mari. Elle sait juste ce qu'elle ne veut plus. Ce n'est déjà pas si mal. Mais cette pensée fugace ne suffit pas à la rassurer.

– Un demi pour moi, choisit-elle, la voix ferme.

Bruno, assis en face d'elle, ne peut retenir un regard surpris. C'est vrai, d'ordinaire, elle ne boit jamais d'alcool en journée, mais cet après-midi, elle cherche à se donner du courage.

– Et pour monsieur ? insiste le serveur, juvénile et autoritaire.

– Euh, un demi également, merci.

Ils restent assis en silence, durant d'interminables secondes. Pour ne pas avoir à se regarder dans les yeux, ils font mine d'être occupés, chacun de son côté. Pétronille fixe la liste des cocktails proposés par le bar tandis que Bruno consulte la carte brasserie. Lorsqu'on dépose devant eux les verres de bière, l'un comme l'autre seraient incapables de se rappeler ce qu'ils viennent de lire.

Ils se jettent sur leurs boissons comme s'il s'agissait de bouées de sauvetage, trinquent en échangeant un rictus qui leur tient lieu de sourire et boivent une gorgée.

– Comment vont les enfants ? demande enfin Pétronille.

Ils lui manquent. Les chorégraphies débridées de Marion, le soir dans leur salon, pour retarder le moment de se coucher. Ses baisers au fond du lit, la dernière histoire. Les efforts obstinés d'Oscar pour ramener cet épi à l'arrière du crâne, qui le désespère tandis qu'elle en est émue. Son air excédé quand elle veut l'embrasser alors qu'il lui a préparé un gâteau pour son anniversaire ou pour la fête des mères.

– Marion n'est pas au courant, Oscar est inquiet, assène Bruno.

Pétronille baisse la tête. C'est un coup bas et son mari ne peut pas l'ignorer. Bien sûr qu'elle s'en veut de les avoir laissés ainsi, sans prévenir de son départ, mais avait-elle une autre option ? Qui l'aurait comprise ? Et même : qui l'aurait écoutée, à ce moment-là ?

– Mais ça va, ajoute alors Bruno, d'une voix plus douce. Il est… Il est content parce qu'il peut voir ses copains autant qu'il le souhaite ou presque. Notre situation le préoccupe, mais je trouve qu'il réagit avec maturité.

– Oui, il a grandi, murmure Pétronille en reprenant une gorgée de bière.

Bruno se jette à l'eau :

– Il lui tarde que tu reviennes. Et Marion rentre de sa colo après-demain, alors…

Au creux du ventre de Pétronille, l'appréhension se mue en angoisse. Revenir sans discussion, juste parce qu'il est temps ? C'est inenvisageable. Quelle est la part de déni dans le décalage de perception qu'elle constate encore une fois entre Bruno et elle ? Si son mari était parti sans un mot depuis des semaines, elle penserait sans doute qu'il l'a plaquée. Cette perspective l'affole-t-il au point qu'il ne puisse s'en approcher ? Elle éprouve un chagrin bien connu à l'idée de le voir souffrir, qui lui donne envie de se lever et de s'enfuir à nouveau. *Je me suis promis de ne plus m'oublier, je me le dois, sinon tout ce que nous avons déjà traversé n'aura servi à rien.*

– Il faut d'abord qu'on discute, Bruno, et tu le sais, objecte-t-elle en plantant ses yeux verts dans ceux de son mari. Je suis partie sur une impulsion, mais pas sans raisons.

Il encaisse, avant de reprendre.

– J'ai compris que tu n'allais pas bien et…

– Notre couple ne va pas bien, corrige fermement Pétronille. Je me suis perdue en chemin, à force de m'occuper de vous tous ! C'est comme si je m'étais… évaporée !

Elle a un geste de la main pour mimer ce qu'elle ressent. Elle vient de passer deux décennies sans une seule minute à elle, et pour quel résultat ? Elle a le sentiment de n'avoir rien accompli, et de ne pas savoir ce que lui réservent les années qui lui restent. Elle n'a plus d'écrivain préféré, n'éprouve plus le désir d'aller au cinéma ou au théâtre, n'ose plus donner son opinion sur l'actualité… ni sur rien, d'ailleurs. Elle erre d'un projet professionnel à un autre, sans conviction et sans appui. Tout juste croit-elle se souvenir qu'elle préfère le bleu aux autres couleurs, mais est-ce seulement toujours le cas ? Mystère.

Bruno l'observe sans oser l'interrompre dans le cheminement de ses pensées.

– Et puis, ces derniers jours, j'ai vécu avec des femmes incroyables, ajoute-t-elle, avec un léger sourire. Elles sont libres, un peu dingues peut-être, mais elles savent qui elles sont et elles n'en ont pas honte… Ça m'a obligée à réfléchir et je suis arrivée à une conclusion.

– Ah oui, et laquelle ? s'inquiète Bruno.

– Je préfère être un peu dingue que devenir complètement folle.

– Mais… qu'est-ce que tu attends de moi ?

Son mari est désarçonné. Sa bonne volonté devrait la rassurer sur leur avenir commun, mais en réalité elle ressuscite sa rancune. Et ce serait encore à elle de trouver les solutions, alors qu'elle est perdue dans la brume qu'est devenue sa vie intérieure ? Il la regarde, comptant sur ses instructions comme un élève du premier rang qui a écopé d'une mauvaise note et n'en revient toujours pas.

– Que tu prennes des initiatives ! lance-t-elle comme un défi. Et aussi ta part, à la maison ! Je refuse d'user mes jours à prendre en charge ce dont personne ne veut ! Le ménage, les courses, les corvées administratives et le taxi pour les enfants… Je ne parle même pas de gérer les rendez-vous médicaux de tout le monde, alors que quand je suis malade, personne ne s'occupe de moi !

Bruno a envie de lui rappeler que lorsqu'elle a eu la grippe, il y a trois ans, il a posé deux jours de congé afin de conduire les enfants à l'école et s'assurer qu'elle allait bien. Mais il devine que ça ne pèserait pas bien lourd dans la balance. Durant ces trois semaines sans Pétronille, il s'est rendu compte de la somme de boulot dont elle se chargeait en silence. Il a été tenté de tout laisser en plan. Mais Oscar était là qui l'observait, lui demandait ce qu'il y avait pour le dîner et soupirait quand le papier-toilette venait à manquer. Si son quotidien à lui, Bruno, se réduisait à cet enchaînement de tâches ingrates sans que personne ne l'en remercie jamais, il aurait, lui aussi, envie de fuir. Il hoche la tête.

– Je suis d'accord, notre fonctionnement n'est pas bon, déclare-t-il de bonne grâce. On pourrait par exemple demander à la femme de ménage de s'occuper aussi des courses, qu'en penses-tu ?

– Tu n'as pas compris, Bruno, constate Pétronille en secouant la tête. Ce serait encore à moi de la gérer sans que tu t'en inquiètes. Je veux que tu t'impliques dans notre quotidien et son organisation. Que parfois, ce soit toi qui te charges du repas… et pour ça, il faut savoir ce qu'il y a dans les placards, comment cuisiner et aussi s'occuper de la vaisselle et de l'état des stocks. Je veux que tu saches où en sont les enfants de leurs visites chez l'orthodontiste et si la désensibilisation au pollen de Marion est terminée. Que tu me dises que tu rentreras tard parce que tu vas, seul, à la réunion parents-profs du collège !

Bruno se sent devenir nerveux.

– Mais enfin, tu sais bien qu'avec mon travail, je n'aurai pas le temps de…

– Tu veux *vraiment* que je revienne, Bruno ? l'interrompt Pétronille, soudain grave.

Elle l'observe, anxieuse mais résolue.

Il plonge dans ses yeux verts. Lui, qui la connaît depuis si longtemps, ne la reconnaît plus. L'idée farfelue le traverse qu'elle ressemble à cette jeune femme dont il est tombé amoureux – mais était-ce dans cette vie ou dans une autre ? Elle avait les cheveux longs, portait de grandes jupes à fleurs et des bottes de moto. Lors de leur premier rendez-vous, elle avait tellement ri qu'elle en avait craché sa bière par les narines. Il regarde leurs verres traversés par un rayon de soleil qui filtre entre les interstices de l'auvent tendu au-dessus de leurs têtes.

– Oui, je le veux ! Sinon je ne serais pas là, déclare-t-il, en écartant les bras.

– Alors j'ai besoin d'avoir du temps, et aussi de me sentir libre de respirer, conclut-elle avec conviction. Ça ne marchera pas si au moindre problème, c'est moi qu'on sonne, si je reste la seule à savoir où est le Doliprane et quel est le numéro de notre médecin de famille.

Bruno réalise, stupéfait, qu'il ignore le nom du médecin en question. Il hoche la tête, consterné. Lui qui moquait gentiment ses parents, la pipe de son père et le tablier de sa mère, voilà qu'il est obligé de constater l'évidence, son couple reproduit ce vieux schéma ringard : papa travaille et maman cuisine. La seule différence, c'est que lui n'a pas de pipe et Pétronille, pas de tablier. Et encore, songe-t-il, jusqu'à récemment, il ne se serait jamais déplacé sans sa vapoteuse.

– Oui. Oui à tout. Tu m'as manqué…

Pétronille s'adoucit. Il ne lui a plus dit ce genre de mots depuis très longtemps. D'ailleurs, est-ce vraiment elle qui lui a manqué ou tout ce qu'elle fait pour lui ?

– J'ai hâte de te sentir dormir contre moi, murmure-t-il, après un coup d'œil lancé à la table d'à côté.

Elle sourit et s'exhorte à ne penser à rien. À rien, ni à personne d'autre.

– Oscar serait tellement content de te retrouver, ce soir, ajoute Bruno en tendant sa main ouverte, sur la table qui les sépare.

– Ce soir ? répète Pétronille, sourire figé.

– Oui, ce soir. Comme Marion revient après-demain, ça te laisserait le temps de discuter avec lui avant qu'on aille la chercher.

Elle reste muette quelques secondes. Bien sûr que son escapade doit prendre fin, un jour ou l'autre. Évidemment qu'elle a hâte de serrer contre elle ses deux enfants. Forcément qu'elle va tenter de surmonter cette crise avec Bruno. Mais rentrer ce soir ?

Elle n'a pas dit au revoir à Jeanne, ni à La Molotov, ni à Pierre, Mylène ou même Kiki… Une grande tristesse l'envahit. Comme si quitter le Refuge était un abandon. Oh, elle se doute bien qu'on n'a pas besoin d'elle là-bas ! On se débrouillait avant sa venue et on continuera tout aussi bien après son départ. Elle n'est pas indispensable, Bruno et les enfants lui en ont donné la preuve. Mais une partie d'elle-même s'est trop bien acclimatée à cette étrange maison pour s'en arracher sans dommage.

Pétronille prend son courage à deux mains, le temps de la fuite en avant est terminé. Il lui faut désormais opter pour des choix réfléchis et les assumer.

– Ce soir, ce n'est pas possible, explique-t-elle aussi calmement que son trac le lui permet. Je n'ai pas… Il me reste des choses à terminer.

La main tendue de Bruno se referme aussitôt. Ses jointures blanchissent alors qu'il recule sur sa chaise métallique.

– Encore ce type, c'est ça ? crache-t-il avec hargne. Tu lui as dit que tu étais mariée, au moins ? Enfin, si tu t'en souviens toi-même !

Pétronille voit rouge. Parce que Bruno se trompe. Et aussi un peu parce qu'elle l'a trompé. Et parce qu'elle a eu assez mal comme ça.

– Aucun homme ne m'attend là-bas, ne me reproche pas quelque chose qui n'existe que dans ta tête ! réplique-t-elle, en restant aussi proche de la vérité que possible. Des années que tu me fais passer après ta carrière, alors merde ! Puis franchement, le coup du mari jaloux, vu comme on ne…

Elle s'interrompt, trop consciente qu'elle a haussé le ton. Or, ce qui lui vient à l'esprit relève de leur intimité et non de la place publique. Bruno, sourcils froncés, devient furieux.

– Je te rappelle que ce n'est pas faute d'avoir essayé de te motiver, mais tu n'as plus vraiment envie, murmure-t-il avec le débit d'une mitraillette.

Lui aussi a envie de hurler. Pétronille serre de nouveau les dents avant de rétorquer :

– Oui et ben imagine si moi, je venais *te motiver*, comme tu le dis si élégamment, à ton bureau, alors que tu as encore trois dossiers en cours et que tu attends un appel !

Il la regarde sans comprendre.

– Je bosse toute la journée chez nous ! Notre appartement, c'est mon bureau ! développe-t-elle en chuchotant. Et je me tape plus d'heures sup' que toi, crois-moi ! Sans compter que je n'ai ni week-ends ni vacances, OK ?! Alors non, je n'ai pas la tête à la gaudriole entre les chaussettes sales et le gras du jambon !

Ils s'affrontent en silence durant quelques secondes. Puis Bruno baisse la garde.

– Tu me le jures ? J'ai besoin de savoir, parce que...

Il secoue la tête, boit une gorgée de bière.

– J'ai peur de te perdre, avoue-t-il, les yeux rivés sur son verre.

Moi aussi, j'ai peur de me perdre, pense Pétronille.

– Je te le jure, répond-elle. C'est aussi pour ça que je veux que tu prennes ta part. Pour... refaire l'amour.

– D'accord, d'accord, ma Pétro, souffle Bruno.

Elle pose sa main sur le poing serré. Les doigts de son mari se déplient, elle y entremêle les siens. C'est la première fois qu'ils se touchent depuis qu'elle est partie. Ce contact intime, cette peau connue ravivent une familiarité exacerbée par la distance que Pétronille a mise entre eux.

– Je rentrerai demain, dans l'après-midi, annonce-t-elle d'une voix calme. Je discuterai avec Oscar. Puis nous irons ensemble chercher Marion, le jour suivant. Ça te va ?

– Oui. Je cuisinerai, ajoute-t-il pour montrer qu'il a compris.

Elle lui sourit.

Ils restent encore une heure ensemble, main dans la main. Ils se parlent peu, observent les passants. Au moment de partir, Pétronille refuse que Bruno la raccompagne à sa voiture. Ils se disent au revoir devant la mairie, là où ils devaient se retrouver. Bruno répète plusieurs fois *à demain*, comme s'il avait peur que ce jour ne vienne pas. Ils s'étreignent sans s'embrasser. Il est trop tôt.

Sur le chemin du retour, Pétronille roule les vitres ouvertes, sans la climatisation. Ça consomme trop et ça pollue davantage. Et puis il faut apprendre à endurcir son corps au lieu de le ramollir – tiens, c'est du Jeanne tout craché, ça, se dit-elle en souriant. Après quelques kilomètres en dehors de Toulouse, elle se met à chanter.

Moi, si j'étais un homme, je lav'rais la vaisselle
Je le ferais soigneusement
Je prévoirais les courses, je viderais les poubelles
Je le ferais, oh, tout le temps

Je ferais aussi le ménage
J'aspirerais même sous les meubles
Te ferais l'amour sur la plage
En savourant chaque seconde
Où mon corps engourdi s'enflamme
Jusqu'à s'endormir dans tes bras !

– 23 –

– La sagesse, c'est quand on est très très très vieille et qu'on n'a plus que ça en magasin, rumine La Molotov, en envoyant valser son pilulier à travers la cuisine.

Jeanne repousse une mèche blanche échappée de son chignon et la glisse derrière son oreille avant de reprendre le nettoyage du plan de travail. Sur le couvercle de la poubelle, des lettres peintes avec soin annoncent : *On y jette les déchets, les ordures et, occasionnellement, les abrutis. On les vide lorsqu'elles sont pleines, sans laisser la corvée à autrui.* Elle vient de préparer une salade de tomates ananas. Le plat en terre vernissée est rempli de belles tranches jaunes, épaisses, épluchées comme il se doit et juste recouvertes d'un mélange de persil, de ciboulette et de menthe.

– Prends ton traitement et arrête de jouer les rebelles. Tu vas voir ton palpitant, si tu continues, comment il va te rappeler à l'ordre, se contente-t-elle de répondre en arrosant les tomates d'huile d'olive. J'ai bien envie de mettre un peu d'ail.

– Tu me demandes mon avis ?

– Il y a un bail que je n'y pense même plus. Tu…

Le bruit de la voiture de Pétronille se garant dans la cour la stoppe net dans son élan. Les deux femmes se regardent sans rien dire. Mais l'une comme l'autre s'interrogent – comment s'est passée l'entrevue et que va décider Pétronille, maintenant ?

– On s'y attacherait, à cette Milady, murmure Jeanne presque malgré elle.

La Molotov se lève, ramasse son pilulier qui a glissé jusqu'aux pieds de son amie et lui donne une tape affectueuse au passage.

– Parce que tu crois que c'est bon pour la santé, de s'attacher ? demande-t-elle. J'ai bien peur qu'on n'en ait plus les moyens, ma vieille.

Pétronille passe devant les fenêtres, sa courte chevelure rousse éblouissante sous la lumière dorée. Les deux femmes l'entendent rentrer, appeler *Youhou, c'est moi !* Elles se sourient et Jeanne répond :

– Dans la cuisine, Milady !

Pétronille les rejoint. Sa robe portefeuille, froissée par le trajet, rappelle à Jeanne que Marie-Carmen aussi affectionnait particulièrement cette tenue. Toutes les affaires de la malle aux merveilles – comme l'appelle Milady – ne peuvent que lui évoquer des souvenirs, puisque tout appartenait à Marie-Carmen.

– Oh une salade de tomates, j'ai une de ces faims ! s'écrie Pétronille en bourdonnant autour de la cuisinière dans l'espoir de faucher une bricole à manger.

Une tape de Jeanne la rappelle à l'ordre.

– Pas touche ! Tu peux quand même attendre le moment de passer à table.

– C'est meilleur quand on peut picorer avant, réplique La Molotov.

Elle s'est installée sur sa chaise comme s'il s'agissait d'un trône et qu'elle accordait une audience. De manière inhabituelle, elle porte un ensemble veste pantalon, noir et fluide, qui ne semble pas dater d'avant la Première Guerre mondiale.

– Vous avez besoin d'aide, Jeanne ?

Devant le signe de dénégation de son hôtesse, Pétronille s'installe en bout de table et croise les bras.

– Hey, ça vous va bien, cette tenue, madame Molotov.

– Tout me va, c'est un don. Et puis faut changer de temps en temps, histoire de ne pas s'encroûter trop vite. Tu as l'air un peu paf ou c'est moi ?

– Fatiguée, surtout.

Pétronille sourit, contemple ses ongles avec un peu trop de sérieux. Comment leur annoncer la nouvelle ?

– Accouche, Milady, fait Jeanne en terminant de poivrer les tomates. Comment ça s'est passé avec ton mari ?

Sur ces mots, elle pose trois verres à pied sur la table et une bouteille de blanc frais déjà débouchée. Elle remplit les verres, les fait glisser devant ses vis-à-vis et se saisit du sien.

– À la vôtre ! lance-t-elle avant de boire une gorgée.

Puis elle s'assied à son tour.

– Tu te souviens de ce que disait ta mère, quand elle buvait du bon vin ? demande La Molotov en faisant tournoyer le liquide d'un jaune pâle.

– Encore un que les Boches n'auront pas ! C'était sa phrase fétiche. Mais tu parles d'un temps que les moins de vingt ans…

– … ne peuvent pas connaître, complète Pétronille.

– Voilà. Une époque révolue, donc. Alors Milady, cette entrevue ?

Pétronille avale une grande gorgée de vin et se lance :

– C'était assez bizarre de se retrouver là, tous les deux, un peu comme des étrangers.

– Un couple, c'est deux étrangers intimes, l'interrompt La Molotov. Croire qu'on se connaît parce qu'on couche ensemble et qu'on mélange son linge sale, c'est une vaste fumisterie. Le couple, quelle arnaque !

– Tu vas la laisser parler, oui ?

La Molotov lampe son vin blanc en claquant la langue, tandis que Pétronille poursuit.

– Au début on a eu un peu de mal, mais finalement, Bruno m'a écoutée. J'ai l'impression que mon absence lui a ouvert les yeux. Je peux me tromper, ajoute-t-elle en direction de La Molotov, mais on dirait qu'avoir dû affronter seul le quotidien lui a permis de comprendre deux ou trois choses.

– Bah tu m'étonnes : marche ou crève, bonhomme ! C'est la seule méthode qui fonctionne, la méthode Molotov ! tempête cette dernière.

– Et puis tu lui as sans doute manqué, aussi, intervient Jeanne.

– C'est ce qu'il dit et je reconnais que ça m'a touchée. Je me suis quand même demandé si ce n'était pas plutôt mes compétences qu'il avait regrettées, mais bon. Ce ne serait pas très constructif de partir dans cette direction, vous ne croyez pas ?

La Molotov hausse un sourcil, semblant vérifier si c'est à elle que s'adresse cette question et si on attend une réponse de sa part.

– Notre fille rentre de colo dans deux jours, poursuit Pétronille, et c'est mieux si je suis là pour l'accueillir. Elle est petite, encore, si je reste absente plus longtemps...

Voilà, c'est posé. Pétronille sent une grosse boule lui obstruer la gorge. Jeanne et La Molotov ne mouftent pas.

– Bruno voulait que je rentre avec lui, mais ce n'était pas possible de partir sans vous dire au revoir, sans prévenir Pierre aussi, pour qu'il puisse me remplacer. Et puis vous remercier, pour tout... tout ce que... et puis Mylène...

Pétronille éclate en sanglots. Jeanne toussote, boit une longue gorgée et déclare :

– On est très contentes pour toi, ma petite. Ici, les gens ne sont jamais que de passage, c'est un lieu où on s'accorde une halte, plus ou moins longue, avant de reprendre sa route.

– C'était, intervient La Molotov, mais ça aussi, ça va prendre fin. Tout n'a-t-il pas une fin, d'ailleurs, à ce qu'il paraît ?

Jeanne adresse un regard d'avertissement à sa vieille amie qui fait mine de ne pas s'en apercevoir.

– Tu es contente de retrouver tes enfants ? demande Jeanne pour changer de sujet.

Pétronille approuve de la tête, entre ses larmes, et un sourire éclaire son visage.

– C'est bien. Les enfants ont besoin que leurs parents prennent soin d'eux. Ils sont plus confiants en leurs capacités s'ils sentent qu'ils sont importants pour ceux qui les ont appelés à la vie. On y arrive aussi sans ce soutien, mais c'est plus dur.

– Les morveux, encore une invention pour mettre les femmes à la peine ! rugit La Molotov en attrapant la bouteille et en se resservant.

– Je ne sais pas ce qui m'a pris de te filer à boire, t'as jamais su te tenir quand tu picoles, soupire Jeanne.

– On s'en fout de bien se tenir ! C'est pas les femmes bienséantes qui bougent les lignes, tu devrais le savoir !

– C'est pas une excuse pour te conduire comme une… comme une…

– Hé Kiki ! j'y ai coupé sa chique à la Jeanne, ricane La Molotov en cherchant son freux du regard. Merde, il est où ce bestiau ? Jamais là quand on a besoin de lui, un peu comme les amies et les bonshommes, quoi.

Et elle s'enfile son verre d'une seule gorgée. Pétronille se racle la gorge.

– Je vais partir demain, dans la matinée.

– Eh bien bon vent, Pétrolette, la paille au cul, le feu dedans ! Non, je rigole, je rigole. On peut boire un coup dans cette baraque ou il faut se taper la taulière ?

– Tu as bien assez bu, Brigitte.

Jeanne confisque la bouteille et se lève pour la remettre dans le frigo. La Molotov en profite pour lui siffler son verre.

– Ne m'appelle pas comme ça ! crache-t-elle avec colère.

– Ne te conduis pas comme ça, alors ! lui répond Jeanne sur le même ton.

Pétronille ne peut s'empêcher de rire.

– Vous allez drôlement me manquer, avoue-t-elle en se remettant à pleurer derechef.

– M'en fous, poursuit La Molotov, j'ai de la gnôle dans ma piaule. Je reviendrai quand vous aurez fini de brâmer.

Sans attendre, elle se lève et quitte la pièce. On l'entend rouspéter tout le long de l'escalier, arpenter le couloir d'un pas militaire et claquer sa porte. *Kikiiiiiii ! Où t'es, espèce de corniaud ?*

Jeanne ramène la bouteille et vide ce qu'il reste de vin dans leurs deux verres.

– Elle a les boules, ça va passer, conclut-elle en se rasseyant.

Pétronille fouille dans ses poches et y trouve un vieux mouchoir à carreaux déjà bien utilisé. Elle dégage un coin et se mouche bruyamment.

– T'auras qu'à garder la robe, Milady, elle te va bien.

– Vous croyez que c'est une erreur ? Que je devrais attendre ?

– Je ne crois rien de tout ça. Tu es la mieux placée pour décider, *capisce* ? Pour tout ce qui concerne ta vie, Milady, à partir de maintenant, tu dois te mettre dans la tête que c'est toi, ta personne de confiance. Celle qui sait. Ne laisse plus les autres décider à ta place.

– Je pourrai revenir vous voir ?

– T'as drôlement intérêt.

La voix de Jeanne s'enroue. Avec une grimace, elle se lève, rafle son verre et en jette le contenu dans l'évier.

– J'ai des bricoles à finir au jardin, avant qu'on passe à table. Et toi aussi, tu as des trucs à régler et pas beaucoup de temps devant toi. Ça va aller ?

Pétronille éprouve un élan de tendresse pour cette femme qui lui manifeste son affection d'une manière inhabituelle, certes, mais d'autant plus sincère.

– Oui, lui dit-elle, ça va aller, maintenant.

Elle fouille à nouveau dans la poche de sa robe et en tire une feuille de papier pliée en quatre.

– Tenez, il y a mon adresse et mes coordonnées sur ce papier, je le pose sur le buffet ?

– Non, donne. Je préfère ne pas le laisser traîner, au cas où Furiosa descendrait pendant mon absence.

Jeanne a besoin d'aller prendre l'air. Ce départ précipité annonce la fermeture définitive du Refuge. Elle en a pris conscience dès que Pétronille l'a informée de sa décision. Peut-être même qu'elle l'avait pressenti en la voyant prendre la route pour aller à la rencontre de son mari.

Elle se dirige vers son jardin. Charlotte et Simone gloussent à qui mieux mieux en la voyant apparaître. Va-t-on leur donner une ration supplémentaire de pain trempé ? Va-t-on les laisser sortir de l'enclos pour un délicieux bain de poussière ?

Mais Jeanne passe à côté d'elles sans leur prêter attention. Elle a en tête de préparer une cagette avec un assortiment de légumes pour Pétronille. Elle y ajoutera une douzaine d'œufs, les plus frais, et quelques pots de confiture. De la salade, aussi, triée bien sûr. Et un gros bouquet d'herbes fines qu'elle conservera au frais jusqu'à demain. Manière que la petite ait quelques courses en arrivant chez elle. Au cas où son mec n'aurait pas encore trouvé le chemin de la cuisine. Parfois, ils sont longs à la détente, se dit-elle encore, la gorge serrée.

Une étrange fatigue s'abat sur ses épaules. Le visage de Pierre lui apparaît et elle est saisie d'une folle envie de l'appeler. Allons, pas d'auto-apitoiement, se morigène-t-elle aussitôt. Quand le vin est tiré, il faut le boire – encore un foutu dicton de sa mère. La piquette est acide, en tout cas. Elle s'y était habituée, à la Milady, son sourire mutin, ses boucles rousses, son tempérament enjoué. Déjà, elle a trouvé difficile de voir partir Bassem, davantage que d'habitude. Elle vieillit… Non, elle est vieille. C'est pourtant vrai qu'il est temps de raccrocher si elle doit se mettre la tête à l'envers à chaque départ. C'est plus facile de détester tout le monde, de se terrer en ermite et de refuser en bloc tout ce qui pourrait ressembler, de près ou de loin, à de l'affection. Ne parlons même pas d'amour ! Ah non, alors ça, on ne l'y reprendra plus.

Il ne lui reste plus que La Molotov. Jeanne s'interrompt pour jeter un œil à la fenêtre de sa vieille complice. Elle en a pris un coup, c'est sûr, pour réagir de la sorte. C'est assez étrange, d'ailleurs. Est-ce que c'est elle qui l'observe derrière la vitre ou s'agit-il d'un simple reflet ? Une inquiétude la saisit et elle laisse tomber la cueillette pour revenir dans la maison, grimper l'escalier et aller toquer au fond du couloir.

– Quoi ? lance une voix rageuse.

Pour un peu, Jeanne tournerait les talons et que la vieille bourrique se débrouille ! Au lieu de quoi, elle s'oblige au calme, entrouvre la porte et passe la tête.

– Je peux entrer ? demande-t-elle.

– T'es chez toi, je vois pas comment je pourrais te l'interdire.

Sur le lit, un petit sac de voyage jeté à la hâte sur les draps défaits. Une odeur de renfermé prend Jeanne à la gorge. Elle se dirige vers la fenêtre et l'ouvre en grand.

– Tu fais quoi ?

– Je trie quelques affaires, ce sera déjà ça de moins, rétorque La Molotov.

Jeanne lui trouve un air usé, les yeux rouges, la mine fripée.

– Personne n'a dit que tu devais t'en aller, Brigitte.

– Personne n'a dit non plus que j'allais rester, il me semble. Ou alors c'est qu'il y aurait d'autres changements ? N'en jetez plus, la coupe est pleine !

Kééééékéééééé ! Kiki se pose sur le rebord de la fenêtre. Il s'ébroue et secoue la tête de droite à gauche, en proie à une certaine agitation. Jeanne sait qu'il est, en quelque sorte, le baromètre des émotions de sa maîtresse. Encore que ce dernier mot soit inexact, se reprend Jeanne, ils sont en compagnonnage.

– Qu'est-ce que tu mijotes ? Même ton corbeau est énervé.

– Que veux-tu que je fasse dans mon état et à mon âge ? répond La Molotov en haussant les épaules en signe d'impuissance. Avec mon putain de plâtre et ma canne !

– Moi aussi, j'aurais aimé qu'elle reste un peu.

– Je m'en contrefiche, les gens, ça va ça vient… Si j'avais dû me mettre la rate au court-bouillon chaque fois qu'on m'a larguée… Je te l'ai dit, on n'a plus les moyens de s'attacher. D'ailleurs, on ne peut même plus compter sur ses vieilles amies… mais ça me passe au ras du front !

– Tu es pénible, Brigitte !

– J'en ai autant à ton service !

– On mange dans une heure.

– Eh bien tant mieux, ça me laisse le temps de nettoyer mon dentier !

La Molotov tourne le dos à Jeanne. Cette dernière hésite, elle sait qu'elle devrait franchir le mètre qui les sépare, réconforter son amie et lui assurer qu'elle peut rester autant qu'elle veut. Mais elle non plus, elle n'a pas les forces nécessaires pour faire, encore une fois, le premier pas. Le monde est rempli de gestes avortés, d'élans qui se figent jour après jour, tellement on a peur de sauter, se dit-elle en se détournant.

– 24 –

Don't lose your grip on the dreams of the past
You must fight just to keep them alive

Pétronille monte le son juste avant de tourner dans le parking de leur immeuble. Chez eux. Chez elle. Elle se gare sur sa place attitrée, puis coupe le contact. Et reste immobile.

Elle a conduit en musique, fenêtres ouvertes, jusqu'à l'entrée de la ville. Elle a remonté sa vitre dès qu'elle a senti l'odeur des autres voitures, perçu la pression de tous ces gens, partout. Elle a songé à *La Foule*, qu'elle trouve si merveilleuse, interprétée par Édith Piaf... Aujourd'hui, elle pourrait suffoquer lorsqu'elle songe à cette valse, aux corps pressés les uns contre les autres.

Pétronille a noyé son cerveau de rythmes, de paroles et de musiques, durant les cinq heures de trajet. Elle a chanté à tue-tête les vieux trucs comme les nouveautés, les morceaux tristes comme les passionnés.

And the last known survivor stalks his prey in the night
And he's watchin' us all in the eye of the tiger

– *Of the tiger*, répète-t-elle dans un murmure, avant de détacher sa ceinture de sécurité.

En sortant de la Mini, son sac à l'épaule, elle s'étire, jette un œil au troisième et ouvre son coffre. Elle saisit le cageot rempli de fruits, légumes, œufs et pots de confiture que lui a donné Jeanne. Puis elle se dirige vers l'immeuble. Elle dédaigne l'ascenseur et gravit sans effort les marches qui la mènent jusqu'à l'appartement familial. Bruno est déjà sur le pas de la porte.

– Tu as pris l'escalier, chargée comme tu es ?

Pétronille ne ressent ni essoufflement ni élancement dans les bras. Son séjour au Refuge l'a sacrément dérouillée.

– J'avais besoin de bouger après plusieurs heures dans la Mini, explique-t-elle à son mari qui lui prend le cageot des mains, avant de poser ses lèvres sur les siennes.

Le baiser est d'abord léger, presque machinal, puis Bruno cale son chargement sous son bras droit, saisit la taille de Pétronille du gauche et la serre contre lui. Leurs lèvres s'entrouvrent. Pétronille ferme les yeux.

– Je suis content de te voir.

Bruno s'efface pour la laisser entrer. Dès qu'elle passe la porte, elle détecte une odeur appétissante émanant de la cuisine. Puis elle voit Oscar et oublie tout le reste. Assis du bout des fesses sur le canapé, il se lève à son approche.

– Salut, articule-t-il d'une voix étranglée.

L'émotion qui le déborde rassure Pétronille, elle le prend dans ses bras et l'embrasse.

– Comment tu vas, mon grand ?

– Ben ça va. Et toi ? T'as coupé tes cheveux ?

– Je suis contente de te voir, répond-elle en le regardant droit dans les yeux.

– Moi aussi, murmure-t-il, se laissant aller contre sa mère.

Pétronille lutte pour empêcher les larmes de lui monter aux yeux. Voilà une éternité que son fils ne lui a pas manifesté de tendresse. C'est délicieux et atrocement court. Mais quand les reproches arriveront – car ils arriveront –, elle pourra invoquer ces retrouvailles comme barrage à la culpabilité qui ne manquera pas de la torturer.

– En tout cas, la prochaine fois que t'en auras marre de nous, préviens avant de partir, ça se fait ! lui balance alors son fils.

Pétronille a peut-être l'œil du tigre, mais son petit vient de lui filer un coup de griffe.

– Oui, je préviendrai, répond-elle sérieusement. Mieux encore, je compte bien en parler avec vous. Mais je suis contente que ce point important soit éclairci.

Oscar la regarde, interloqué.

– Quoi ? Quel point ?

– Qu'il faut prévenir avant de s'absenter, rétorque-t-elle aussitôt.

Oscar esquisse un sourire. C'est quasi imperceptible, mais suffisant pour Pétronille. Elle entend le rire étouffé de Bruno, derrière elle. Elle s'enhardit jusqu'à embrasser de nouveau son fils, qui rigole maintenant. C'est eux, c'est sa famille, et c'est bon d'être rentrée.

– Dis donc, je peux préparer la salade que tu as rapportée ? demande son mari.

– Oui, bien sûr. Elle est déjà triée et lavée. Il y a de la feuille de chêne et de la roquette. Qu'est-ce qui sent bon comme ça ?

– Des lasagnes saumon-poireaux et chèvre ! annonce fièrement Oscar.

– Que nous avons préparées ensemble, précise Bruno qui entreprend de ranger les provisions.

– J'ai hâte de les goûter, j'ai une faim de loup ! assure Pétronille ravie. Merci à vous deux.

– C'est normal, répond immédiatement son mari.

C'est vrai, mais c'est la première fois que ça arrive. Elle jette un œil autour d'elle. La cuisine est propre. Sans doute un peu moins que quand elle est aux commandes, mais elle s'y habituera. Machinalement, elle saisit les œufs pour les ranger. Bruno les lui ôte aussitôt des mains.

– Assieds-toi et goûte-moi ça, lui ordonne-t-il en désignant une bouteille de vin, déjà débouchée et plongée dans un seau à champagne, sur la table de la cuisine.

Pétronille obtempère sans discussion. Elle saisit un verre à pied, s'installe sur une chaise et se sert du chassagne-montrachet bien frais. L'arôme est léger, floral. Elle goûte et émet un *hum* appréciateur.

– Tu aimes ? demande Bruno, attentif à sa réaction, un saladier dans les mains.

– Beaucoup : fleurs et fruits à chair blanche, de la minéralité, un peu d'acidité, mais pas trop, détaille-t-elle. Il est délicieux.

– C'est pour aller avec notre plat, ajoute Oscar, qui pose à côté de sa mère un petit bol d'olives.

La somme des attentions dont on l'entoure émeut Pétronille. Elle sait qu'elle doit donner à son fils les raisons de sa fugue, pourtant elle hésite à rompre ce moment de grâce.

– Mais tu étais donc dans une ferme ?

Bruno a décidé d'ouvrir le bal des questions, moment de grâce ou pas. Elle repose son verre pour dissimuler le tremblement de ses mains.

– Pas exactement. Il y a juste deux poules, Simone et Charlotte. Sinon, j'étais dans une maison, au milieu d'un grand jardin, dont une partie en potager. C'est pour ça que je suis rentrée avec les courgettes, les tomates et la salade. Vous goûterez aussi les prunes, elles sont délicieuses. Et vous me donnerez votre avis sur ma confiture d'abricots. J'ai appris un tas de choses, là-bas.

– Genre à filer de la laine ? ironise Oscar.

– Et à chasser le mammouth. Tu veux que je continue ou pas ?

L'ado lève une main en signe de paix. Bruno prépare la vinaigrette. Elle boit une gorgée de vin blanc et leur raconte. Jeanne, La Molotov et son freux, le fonctionnement collectif du Refuge, le village, la solidarité, la simplicité et cet homme qu'on a dû cacher et conduire à la frontière espagnole. Elle ne le nomme pas, enchaîne sur les bobos de l'*Iris Center*, sur Pierre, sur le salon de coiffure et de thé, qui tient aussi lieu d'épicerie et de cybercafé, sur la patronne et sa devanture léopard, sur le nom improbable de la boutique. Bruno éclate de rire, surtout parce qu'il comprend enfin pourquoi il a cru que sa femme lui avouait un adultère au téléphone.

C'est étrange. Pétronille a l'impression de leur parler d'une autre femme, audacieuse et fantasque, qui n'a pas peur de se lier avec des inconnus ni de vivre des aventures. Pourtant, c'est bien d'elle qu'il s'agit.

Pétronille raconte encore lorsqu'ils s'attablent, encouragée par son fils et son mari. Peu à peu, tous deux l'interrogent non plus sur son séjour, mais sur son départ et les raisons de celui-ci. Elle explique qu'elle n'a pu agir autrement, qu'elle s'est sentie terriblement seule… À quel point elle a eu l'impression qu'on ne se préoccupait pas de ce qu'elle ressentait, ni de qui elle était. Elle leur révèle sa fatigue, son ennui, ses journées à rallonge. Durant tout ce temps, elle atténue ses révélations en les assurant de son amour pour eux. Ils lui ont manqué, elle s'est sentie coupable, elle aurait voulu faire mieux. Devant le visage figé d'Oscar, et pressentant les émotions violentes qui l'habitent, Pétronille éprouve la nécessité de protéger son fils. Elle évoque sa part de responsabilité : c'est elle qui a pris en charge ces tâches qui ont fini par l'écraser. Elle y voyait une manière de prendre soin d'eux. Elle aurait dû en parler avant, elle a manqué de courage et de lucidité.

– Non, Pétronille, intervient Bruno, c'est tellement confortable quand tu t'occupes de tout. J'ai laissé faire et je ne m'en suis même pas inquiété.

– Moi j'ai ouvert une chaîne survivaliste sur YouTube : *Trois semaines sans ta mère*. Déjà 200 000 vues !

Ils éclatent tous de rire. Puis ils réfléchissent, ensemble, pour que ça n'arrive plus. Ils ont les yeux brillants à tour de rôle.

Un peu plus tard, alors que Pétronille se brosse les dents dans la salle de bains, on frappe timidement. Elle ouvre la porte, en peignoir. Oscar entre et referme avec soin derrière lui. Il est un peu rouge et passe une main nerveuse dans ses cheveux, sans trop savoir comment démarrer. Pétronille se rince la bouche et attend.

– Maman… je sais que… Enfin, je ne dirai rien à papa, mais… tu étais avec un mec, là-bas ? Je veux dire, bafouille-t-il, désormais cramoisi, un autre mec que papa ?

– Non.

La réponse a jailli, claire et sans hésitation. Quoi qu'il se soit passé, quel que soit le dosage savant entre sincérité et mensonge qu'elle réserve à Bruno, rien de tout ça ne concerne Oscar. Lui ne doit ni douter ni supposer. La culpabilité, elle se la garde, rien que pour elle. La peur des conséquences aussi. C'est son pas de côté, elle l'assume seule.

– J'aime ton père, déclara-t-elle. Je suis partie parce que je ne me reconnaissais plus. Ce n'est pas m'occuper de vous, le problème, c'est ne faire que ça !

– Et tu as besoin de vacances, comme tout le monde, ajoute son fils.

Pétronille sourit.

– Oui, moi aussi.

Oscar hoche la tête, dépose un baiser sur la joue de sa mère et s'éclipse. Le sourire de Pétronille flotte toujours sur ses lèvres lorsqu'elle rejoint son mari qui l'attend dans leur chambre. Elle se glisse dans les draps propres, y décèle une nouvelle odeur. Il a sûrement changé de lessive. Elle a aussi remarqué que certaines de ses plantes étaient mortes, qu'une main un peu trop généreuse les avait arrosées juste avant son retour.

Bruno se rapproche de Pétronille qui s'installe, la tête sur son épaule et une main sur son torse.

– Je ne suis pas sûre d'être prête pour… ça, j'ai besoin de temps pour retrouver ma confiance en nous.

– D'accord, je t'aime, répond-il simplement, tout en recouvrant sa main de la sienne.

Ils s'endorment ainsi, l'un contre l'autre.

– 25 –

Le TGV N° en provenance de… entre en gare voie…

Le brouhaha ambiant rend l'annonce incompréhensible. Un flot de gamins se déverse par les portes du train et vient dissoudre le groupe compact des parents qui attendent.

– Elle est là ! crie Oscar.

– Vu ! confirme Bruno.

– Mais où ? demande Pétronille dressée sur la pointe des pieds.

Marion surgit, raclant le bitume de sa valise sans roulettes. Elle arbore une tignasse emmêlée, un tee-shirt taché, un short terreux et des baskets qui furent blanches avant de connaître la Bretagne. Son visage s'éclaire quand elle les aperçoit à son tour. Lâchant tout, elle se jette dans les bras de son frère pour un gros câlin. Puis elle se serre contre ses parents et s'extasie sur la nouvelle coiffure de sa mère, qu'elle trouve *trop fraîche*. Tandis que Bruno récupère la valise bien amochée, Pétronille plonge le nez dans le cou de sa petite et lui saisit la main pour revenir jusqu'à la voiture. Ces moments où elle l'y autorise deviennent rares et n'en sont que plus délicieux. Pétronille savoure, caressant machinalement les doigts de sa fille qui leur raconte les copines, les poneys, l'escalade, le pique-nique où Baptiste est tombé dans la rivière, la bataille d'eau qui a suivi et les boums d'anniversaire. La colo était super, les amies, géniales, et ce Baptiste, visiblement plein de charme. Pétronille échange un regard complice avec Bruno.

En rentrant, c'est lui qui conduit et Pétronille passe l'intégralité du trajet à se retourner sur son siège, posant mille et une questions à Marion, qui n'en demandait pas tant. Un peu inquiète, elle finit par avertir sa mère qu'elle a déchiré son jean et ruiné la plupart de ses tee-shirts.

– Le jean, c'est pas ma faute. On est partis en promenade en forêt, avec les poneys, et on a voulu grimper aux arbres, mais j'ai glissé.

Instantanément, Pétronille pense bras cassé et jambe dans le plâtre. Mais la vision de Jeanne, crapahutant dans les bois à son âge avancé, la rappelle à l'ordre. Veut-elle que sa fille soit une poupée de porcelaine ? *Les poupées de porcelaine finissent oubliées sur une étagère poussiéreuse et se brisent au moindre choc.*

– Tu as bien raison de grimper aux arbres, la rassure-t-elle. Je suis fière de toi. Si tu veux, on ira faire de l'acrobranche ensemble, pour apprendre à monter encore plus haut !

– Hé, ça serait trop cool, ça ! lance Oscar.

– Carrément ! Tu verras maman, je suis hyper-forte, en vrai ! renchérit Marion, tout aussi enthousiaste.

– Alors on fera ça. Tu viendras, Bruno ?

Elle pose la main sur l'épaule de son mari qui penche la tête pour l'effleurer de sa joue.

– Je n'ai pas pratiqué depuis quelques décennies, mais pourquoi pas…

La conversation s'oriente sur ces futures escapades en famille et on n'évoque pas du tout celle de Pétronille. Enfin presque… puisque, dès leur arrivée à l'appartement, les enfants se ruent dans la chambre d'Oscar, et Pétronille les entend chuchoter. Elle devine qu'il met sa sœur au courant de ce qui s'est passé pendant ses vacances. Elle lui en est reconnaissante, même si cela ne la dispensera pas d'une conversation avec Marion. Ils en sont convenus avec Bruno, elle va d'abord parler seule à leur fille, puis il les rejoindra.

– Cette valise est vraiment pourrie, déclare Bruno en revenant de la buanderie. J'ai lancé une machine, le linge sentait la Bretagne profonde et l'écurie.

Pétronille esquisse un mouvement de la tête en direction de la chambre d'Oscar.

– Je vais lui proposer de manger une glace avec moi, tu nous laisses un peu de temps et tu nous rejoins dans la cuisine ?

– OK, je vais en profiter pour jeter cette épave.

– On ne t'arrête plus, le taquine Pétronille avec un large sourire.

Bruno s'approche et l'embrasse sur la bouche avant de murmurer – *Et encore, tu n'as pas tout vu.*

Pétronille est trop concentrée sur la conversation à venir pour entrer dans le jeu, mais elle répond à son étreinte avec chaleur. Sans attendre, elle toque à la porte d'Oscar.

– Tu manges une glace avec moi, ma chérie ?

Conciliabule étouffé, puis Marion sort et se dirige directement dans la cuisine, suivie par Pétronille. Elle prend deux coupes et deux petites cuillères qu'elle dispose sur la table d'un air appliqué.

– Du coup, il suffit que je m'en aille et vous faites vraiment n'importe quoi ! attaque Marion.

Pétronille ouvre le tiroir du congélateur. *La discussion risque d'être plus difficile que prévu.*

– Laisse, dit sa fille, je vais le faire.

– Je peux t'aider quand même !

– J'ai pas envie que tu repartes.

Marion fait claquer les pots caramel beurre salé et chocolat noir sur le plan de travail. Pétronille observe le dos tendu de sa fille.

– Je n'ai aucune envie de repartir, répond-elle en apportant les coupes.

– T'en es sûre ? insiste Marion sans se retourner.

– Aussi sûre que je vous aime Oscar et toi.

– Et papa ?

Marion creuse férocement le chocolat noir et jette la glace dans la coupe que lui tend sa mère. *Bonne question.* Pétronille pense aux efforts consentis par Bruno, à sa manière touchante de les souligner au cas où elle ne s'en rendrait pas compte, à l'espoir que cela fait naître en elle.

– Et papa ? répète Marion en plantant ses yeux dans les siens.

– J'aimerai toujours votre père, parce que c'est votre père et que, sans lui, je ne vous aurais pas eus. Mais si ta question c'est : « suis-je toujours amoureuse de papa ? »... on y travaille.

– On parle de moi ? demande Bruno qui les rejoint. Je peux avoir de la glace à la vanille ? J'en ai acheté aussi.

– C'est vrai que tu travailles pour que maman elle soit re-amoureuse de toi ?

Pétronille file chercher la glace à la vanille dans le tiroir du congélateur en évitant soigneusement le regard de son mari. Déstabilisé, il s'approche de sa fille et l'ébouriffe tendrement, ce qui la fait tout de suite râler.

– Je suis à fond sur le dossier. La cliente est difficile, mais je suis très motivé.

Pétronille éclate de rire. Marion les dévisage l'un après l'autre. Elle pioche des vermicelles colorés avec lesquels elle dessine un cœur sur le chocolat noir destiné à sa mère.

– Tournée générale ! déclare Pétronille en attrapant la bombe de chantilly.

Les jours suivants, ils instaurent la tenue d'un premier conseil de famille, au cours duquel ils listent ensemble les tâches à effectuer dans la semaine, avant de se les répartir. Pétronille s'accorde le droit d'être optimiste. En son absence, son mari et son fils ont pris les choses en main, et Marion, rassurée, est volontaire pour se joindre à eux. Désormais, Pétronille aura aussi du temps pour elle.

D'ailleurs, le vendredi, profitant que Bruno emmène Marion au cinéma et que leur fils préfère rester devant son ordinateur, elle s'offre une première sortie, seule. Les livres conseillés par Jeanne lui ont donné envie de renouer avec une vieille passion délaissée : la lecture. Elle a le trac lorsqu'elle pénètre dans *La Machine à lire*, sur la place du Parlement.

Les voûtes de pierres blanches lui donnent d'emblée l'impression d'un cocon accueillant. Elle erre d'abord dans les rayons, explore lentement les étagères et présentoirs. Enfin, elle saisit quelques ouvrages dont elle aime la couverture pour en lire la quatrième. Elle passe des fictions aux essais, des poches aux beaux livres, de la littérature étrangère contemporaine aux classiques français. Elle les voudrait tous et ne se décide pour aucun. Une jeune libraire s'approche en souriant.

– Je peux vous aider ?

– Oui, s'il vous plaît !

Pétronille se confie sur son désir de revenir à la lecture. La libraire la guide avec soin et Pétronille accepte tout : *Kim Jiyoung, née en 1982* de Nam Joo Cho, et *Libérées ! Le combat féministe se gagne devant le panier de linge sale* par Titiou Lecoq. Pour faire bonne mesure, elle achète également *Certaines n'avaient jamais vu la mer* de Julie Otsuka et deux bandes dessinées d'Emma, qu'elle va lire en terrasse immédiatement.

En rentrant chez elle, en fin d'après-midi, elle est détendue et joyeuse. Ces derniers jours, elle a eu l'impression de retrouver la meilleure partie d'elle-même. C'est probablement cette partie qui voudrait balancer par la fenêtre les chaussures d'Oscar abandonnées dans l'entrée. Elle se retient. Elle risquerait de le braquer et ce n'est pas ce qu'elle cherche. En revanche, lorsqu'elle découvre dans la cuisine une bouteille de soda ouverte, encore pleine, elle décide de frapper un grand coup. L'ado est dans sa chambre, il écoute de la musique. Pétronille s'installe sur un fauteuil et parcourt les pages de ses nouveaux trésors. *Mère calme malgré avis de tempête.*

Son mari et sa fille finissent par rentrer, son fils, par sortir de son antre. Tous la rejoignent au salon. Elle lit toujours. Autour d'elle, on bavarde, puis on se tait progressivement. Pétronille lève les yeux. On la dévisage.

– Oui ? demande-t-elle innocemment.

– C'est que… C'est ton tour de préparer le dîner, avance Bruno avec un sourire mesuré.

– Vraiment ? J'ai pourtant constaté que d'autres personnes n'ont pas rempli leurs obligations. Pourquoi devrais-je respecter le planning établi collectivement si d'autres s'en moquent ?

Son regard glisse vers le sol, où gisent toujours des chaussures de la taille d'un paquebot.

– Que notre enfant a de grands pieds, c'est fou, non !?

Rouge brique, Oscar va ranger ses affaires dans le placard de l'entrée. Marion l'observe, mi-ironique mi-désapprobatrice. Quand son frère revient au salon, elle lui désigne la cuisine du menton.

– Ben quoi ? s'énerve-t-il.

Elle fait mine de déboucher une bouteille et de la boire au goulot avant de la balancer par-dessus son épaule… Peut-être devrait-on l'inscrire à un cours de théâtre, songe Pétronille amusée. Oscar se précipite dans la cuisine. Glouglou du soda éventé dans l'évier, eau qui coule, éponge qu'on rince. Quand il revient, c'est le visage contrit et des excuses à la bouche.

– Bon, ben vu l'heure, on va commander des pizzas ? suggère Bruno.

– Ah, super ! jubile Oscar.

– Non, rétorque impitoyablement Pétronille en se levant. Vu l'heure, Oscar va m'aider à préparer une omelette aux champignons et une salade.

Bruno rigole et saisit une des bandes dessinées de Pétronille, tandis que Marion se pelotonne contre lui. Oscar, sans un mot, suit sa mère en cuisine. Il propose de râper des copeaux de parmesan sur la roquette, ajoute un filet d'huile de noix, avec une expression concentrée de chimiste en pleine expérience. Leur repas s'avère délicieux et c'est Bruno qui se charge de desservir.

L'ambiance est parfaitement détendue lorsque le téléphone de Pétronille sonne. Elle esquisse un sourire : Jeanne ! Quel plaisir à l'idée d'entendre sa voix ! Elle l'avait appelée dès son arrivée pour la rassurer, mais n'a plus donné de nouvelles depuis.

– Allo, Jeanne. Comment allez-vous ?

– Je te dérange, Milady ?

C'est une bouffée d'air frais d'avoir son amie. Car, oui, Jeanne est son amie désormais, et tout le monde là-bas est entré dans sa sphère intime pour ne plus en ressortir.

– Pas du tout, je suis ravie. Quelles sont les nouvelles ?

– C'est Brigitte. On l'a perdue.

– 26 –

Pétronille reste muette. Il lui faut de longues secondes pour donner du sens à la phrase lapidaire de Jeanne. *On a perdu Brigitte, comme dans « c'est fini, on l'a perdue » ? Non, ça ne peut pas être ça.* Pâle, sous le regard inquiet de Bruno, elle pose prudemment une première question, afin de dissiper les brumes de l'épouvantable doute qui vient l'assaillir :

– Elle est partie du Refuge ?

– Ouais, et elle nous a laissé un mot bien dans ses manières, où elle explique que tu l'aurais inspirée, répond Jeanne avec une acrimonie qui forcerait Pétronille à sourire en d'autres circonstances. Tu saurais pas de quoi elle cause, à tout hasard ?

Pétronille écarquille les yeux, perplexe. Elle aurait inspiré Mme Molotov, elle ?!

– Euh, franchement, je ne vois pas. Elle a passé son temps à se moquer chaque fois que j'ouvrais la bouche, donc vraiment… Vous pourriez me lire le mot ? Peut-être que ça me donnera une idée, suggère-t-elle.

– OK, attends, je cherche mes lunettes. Accroche-toi, Milady, parce que c'est pas du Anne Sylvestre, hein !

Jeanne s'éclaircit la voix et :

Salut les toutes !

Le temps est venu de régler les comptes. L'eau est déjà tiède, et je suis moins conne que la grenouille qui continue de nager la brasse en attendant que ça bouille ! Tu te souviens, Jeanne, du Torchon Brûle *? De nos manifs ? Des pavés qu'on a lancés, de la révolution dont on rêvait ? Je ne cours plus aussi vite, mais j'avance encore, les gilets jaunes en savent quelque chose. No pasarán!*

C'est toi, Pétrolette, qui m'a montré le chemin. Merci pour l'inspiration. Faut savoir écouter les aînées, mais quand elles déconnent, faut regarder en direction des jeunes. Il y a en a qui devraient en prendre de la graine, tiens.

– J'imagine que ce passage m'est adressé, commente Jeanne avant de poursuivre, en articulant soigneusement.

C'est encore moi, la vieille, qui pars sur le sentier de la lutte ! Je refuse que les Trouloises et les Troulois soient rincés à l'eau chaude et méprisés sur l'autel du capitalisme vert ! Nous avons dans nos veines le sang des Résistants, nous avons dans nos mémoires l'histoire des Natifs américains, chassés de la terre des ancêtres contre une poignée de verroterie, des armes délétères et l'alcool qui rend fou ! Non pas que j'aie rallié le camp des bourgeoises anémiques qui refusent le réconfort d'un petit verre par-ci par-là, mais on n'achètera pas mon adhésion à l'injustice sociale contre une vulgaire chopine et de la caillasse !

Aux armes, aux armes ! Il se peut bien qu'il y ait quelques trous de balle dans le coin ! Souhaitez-moi bonne chance.

Salut. Kenavo. Hasta la victoria siempre.

La Molotov.

– Voilà, conclut Jeanne, de la résignation dans la voix.

– La vache, commente Pétronille.

– Alors, tu y comprends quelque chose, toi ?

Pétronille hésite, elle ne voudrait pas lancer ses amis sur une fausse piste. Jeanne la rappelle sèchement à l'ordre :

– Milady, on n'a pas toute la nuit. Soit tu sais un truc, soit tu sais que dalle.

– Ce n'est peut-être rien, mais vous vous souvenez qu'elle avait tenu à m'accompagner à la ferme des Martel quand je suis allée y passer mon entretien ?

À côté d'elle, Bruno se redresse et affiche un air surpris. Il faudra sans doute qu'elle lui explique, en effet, qu'elle avait envisagé de trouver du travail là-bas… Plus tard.

– Alors ?! s'impatiente Jeanne.

– Ça m'avait étonnée qu'elle veuille venir et, une fois sur place, elle s'est comportée de manière vraiment louche. J'ai même craint un AVC.

– Pourquoi, tu crois que ça pouvait en être un ?

– Non, je crois plutôt qu'elle jouait les imbéciles, sans doute pour pouvoir visiter tranquillement les lieux. Avant de partir, elle leur a demandé s'ils avaient le gaz.

– Le gaz ?!

– C'est ça. Et elle a semblé déçue quand le propriétaire lui a répondu que non. C'est là qu'elle a dit : *j'ai fini*. C'est tout ce dont je me souviens.

– Nom de Dieu… murmure Jeanne consternée. Cette vieille chouette est partie foutre le bordel chez les Martel !

– Vous croyez qu'elle va taper un scandale ?

– En pleine nuit, elle est plutôt en mode commando. Bon, Milady, il faut qu'on aille fissa sur place, avec Pierre.

– OK, je prends la route aussi vite que possible et on se rejoint au Refuge ! lance alors Pétronille. Tenez-moi au courant.

– D'accord.

Les deux femmes raccrochent en même temps. Lorsque Pétronille relève la tête, trois paires d'yeux sont braquées sur elle.

– Maman ? interroge Marion, d'une toute petite voix.

– J'ai une amie, Mme Molotov, qui a disparu, c'est une…

– Mme Molotov ? répète lentement Bruno, avec une incrédulité certaine.

– C'est le surnom de Brigitte, précise Pétronille, je ne te l'avais pas dit ?

– Tu m'étonnes qu'elle préfère son surnom, ricane Oscar.

– Elle est un peu excentrique, mais je tiens à elle, poursuit Pétronille d'une voix ferme. Jeanne et Pierre sont partis à sa recherche.

– La dame du Refuge et le médecin ? demande Bruno.

– Oui, dit Pétronille, et je voudrais les rejoindre, au cas où les choses tourneraient mal.

Elle affronte le visage de son mari, y lit de l'inquiétude et un soupçon de reproche. Elle le comprend. À peine rentrée, sitôt repartie ? doivent-ils penser. Mais elle n'imagine pas rester inactive, bien tranquille chez elle, en sachant Jeanne et Pierre dehors, à la recherche de celle qui l'a bousculée, certes, mais aussi soutenue et accueillie. Car oui, malgré les moqueries et les réflexions acerbes, La Molotov a été là pour elle, dès leur rencontre. Le minimum syndical, comme Brigitte le dirait elle-même, c'est de lui rendre la pareille.

– Et si vous veniez avec moi ? leur propose-t-elle, sur une impulsion. Comme ça, vous verriez où j'ai vécu durant ces trois semaines et puis vous rencontreriez tout le monde.

Touché, Bruno ne répond rien, mais approuve d'un regard. Marion pousse un cri de joie, tandis qu'Oscar peine à masquer un sourire derrière son air blasé.

– On ne va pas déranger, dans ces circonstances ? hésite Bruno.

– C'est sûr qu'il ne faut pas vous attendre à un hôtel quatre étoiles avec du personnel aux petits soins, mais si on arrive avec des victuailles et de la bonne volonté, je vous garantis que l'accueil sera bon, le rassure Pétronille, soulagée d'avoir résolu la première difficulté. Allez, on s'active !

– Je prépare la voiture, annonce son mari.

Pétronille, qui sort déjà les valises du placard de l'entrée, se retrouve aussitôt assaillie par les questions de Marion et Oscar. *Qu'est-ce qu'on prend comme chaussures ? C'est comment, là-bas ? Il faut les maillots ou juste les tenues de rando ?*

– Stop ! s'écrie-t-elle, en lâchant sacs et valises.

Tous se figent. C'est fou l'impact que je peux avoir, se réjouit-elle.

– Vous vous débrouillez ! On part à la campagne, probablement pour plusieurs jours, il va faire chaud, et il y aura des moustiques, énumère-t-elle. Moi, je m'occupe des provisions. Pour tout ce qui concerne vos bagages, voyez avec votre père !

Bruno se décompose.

– Mon chéri, la voiture n'a pas besoin de préparation, on ira faire un plein si c'est nécessaire, ça s'arrête là. Donc tu t'occupes toi-même de ton sac et tu gères les enfants. D'autant qu'Oscar peut aider Marion.

– Mais je ne sais p…

– J'ai une amie chère qui a disparu, tranche Pétronille.

Elle les plante là et file dans la cuisine, les yeux humides. Oui, elle tient à cette vieille bien lunatique et mal lunée. Comme à Pierre, Jeanne et même à Mylène. Déterminée, Pétronille renifle vigoureusement et récupère, sur le balcon, le cageot que Jeanne lui a confié. À son tour, elle le remplit de nourriture en se concentrant sur ses gestes. Elle aura bien le temps d'avoir peur durant le trajet.

– 27 –

Crrrrrrrrraaac.

Jeanne s'immobilise et lève la main pour indiquer à Pierre, juste derrière elle, de s'arrêter lui aussi. Un petit duc hulule à deux reprises, rompant la cymbalisation tardive des cigales déboussolées par une nuit trop chaude. Un bruit de fuite dans un fourré signale un animal nocturne surpris par la présence humaine.

Jeanne et Pierre écoutent attentivement. En dessous d'eux, une lueur filtre par une fenêtre de la ferme des Martel, indiquant qu'un des occupants est éveillé. Jeanne garde les yeux fermés pour mieux percer la signification des divers sons qui lui parviennent. Elle sent le souffle de Pierre dans ses cheveux noués en chignon et la chaleur de son corps près du sien.

Où est La Molotov ? Avec son passé d'activiste, elle est capable, malgré son bras plâtré, de se fondre dans la nuit en toute discrétion. Mais Jeanne ne peut s'empêcher d'être inquiète. Son amie a vieilli, elle a peut-être surestimé ses capacités. Et puis son message exalté laisse présager un manque de jugement et une perte de contrôle qui peuvent la mener à n'importe quel acte qu'elle estimerait légitime.

– Sombre idiote, rage-t-elle, dans quel pétrin t'es-tu fourrée ?

Elle se sent coupable d'avoir alimenté la fureur de cette vieille folle avec ses récriminations et sa décision de vendre le Refuge aux suceurs de persil. Que n'a-t-elle fermé sa grande…

– Tu as vu ? chuchote Pierre en lui indiquant un point sur la gauche de la ferme.

Jeanne ouvre les yeux, tente de percer l'obscurité des feuillages. Oui, là, un mouvement furtif. *Kéééééééééé !*

– C'est Kiki.

– Tu es sûre ?

– Tu as déjà entendu un corbeau en pleine nuit ?

Bien qu'ils échangent sur un ton le plus bas possible, Jeanne pose son index sur sa bouche pour indiquer qu'il vaut mieux garder le silence. Elle se met en marche et ouvre le chemin pour Pierre. Ici, elle est chez elle et connaît chaque recoin de la forêt. Enfant, elle venait chercher le lait chez les Martel et jouer avec les gosses de la ferme.

Ils progressent assez vite, malgré les précautions dont ils s'entourent. Jeanne est reconnaissante à Pierre d'être là. Mais n'a-t-il pas toujours été à ses côtés, au fil des ans ?

Jeanne ne quitte pas des yeux l'endroit où cela a bougé, un moment auparavant. De nouveau, un mouvement. La silhouette de La Molotov se découpe tandis qu'elle traverse le terrain à pas furtifs pour contourner le bâtiment et atteindre l'arrière où se trouve la fosse septique.

Jeanne hoche la tête pour signifier à Pierre : elle est là ! Ils sont maintenant en lisière du bois. Devant eux, la ferme s'élève dans la nuit, son unique lueur semblant les narguer comme une vigie. Impossible de voir si quelqu'un est debout, surveillant ce qui se passe à l'extérieur, peut-être alerté par un bruit. Et si les gendarmes avaient été appelés ? Jeanne espère que non.

La Molotov a disparu derrière la maison. Ils ne peuvent plus attendre, ils risquent de perdre sa trace ou, pire, de la voir mettre son plan à exécution. Quel plan ? Jeanne n'en sait foutrement rien, ce qui ouvre le champ à pas mal de perspectives !

Tant pis pour la prudence, se dit-elle, on fonce ! Elle se met à courir aussi vite qu'elle le peut, traverse la vaste pelouse courbée en deux, talonnée par Pierre. Ils se plaquent tous les deux contre le mur de la ferme, le cœur battant, s'attendant à chaque instant à être découverts. Jeanne ne peut retenir un sourire. On se croirait au temps de la Résistance, se dit-elle avec une certaine excitation. Son sang n'a pas pulsé aussi vivement dans ses veines depuis un paquet d'années ! Le plus dur reste à venir. Rattraper La Molotov et la ramener *illico* au Refuge, en espérant qu'elle n'a pas commis l'irréparable.

Soudain, Pierre la dépasse et lui intime de rester derrière lui.

– Non mais ça va pas ? chuchote-t-elle en tentant d'insuffler de la vigueur à sa voix. Je ne suis pas en sucre !

– Ne commence pas, répond-il sur le même ton, je n'ai pas envie de traîner deux éclopées sur le chemin du retour.

– Depuis quand tu es chargé de ma protection, Bruce Willis ?

– Depuis que tu te prends pour Demi Moore !

– Écoute-moi bien, je suis capable de t'arracher les yeux d'une seule main, pendant que…

– Non mais vous allez la fermer, un peu !

L'irruption de La Molotov réduit instantanément Jeanne au silence.

– Qui m'a refilé deux emplâtrés comme vous au cul ? tempête La Molotov. J'ai une bombe à poser, moi. Alors rentrez au bercail ou venez m'aider, mais bouclez-la !

– Une bombe ?! s'étrangle Pierre.

– Ouais, exulte La Molotov, je vais leur faire sauter le bac à caca ! Je vais les éclabousser de merde jusqu'à la vingtième génération. On n'a pas fini de rigoler…

Un bruit résonne de l'autre côté de la maison, une porte qui s'ouvre avec prudence.

– Baissez-vous ! avertit Jeanne.

Il y a quelqu'un ? La voix de l'homme se veut forte, mais Jeanne sent qu'elle n'est pas assurée et, d'ailleurs, le propriétaire n'entreprend pas d'inspecter le tour de sa ferme.

– Comme si on allait lui répondre : oui, on est là ! Pardon pour le dérangement, se marre La Molotov.

– Brigitte, arrêtez.

– Avouez qu'y sont cons, mon cher Pierre.

Je vous entends, reprend la voix, *je vais appeler la police.* L'homme ne semble pas avoir bougé.

– Et en plus, c'est un rapporte-paquet ! s'indigne La Molotov.

– Pierre, fais-la taire ou je la bute, annonce Jeanne.

Aussitôt, Pierre ceinture La Molotov et lui applique une main sur la bouche. Jeanne se saisit du sac de son amie et tous les deux l'entraînent sans tenir compte de ses protestations, dans une cacophonie de branches sèches et de jurons étouffés. *Je suis en train d'appeler la police*, crie l'homme, *je vous aurai avertis !*

Vlan, fait la porte en se refermant. Jeanne trace droit devant, suivie par Pierre et La Molotov, qui a cessé de se débattre en comprenant qu'elle ne gagnerait pas le combat. Ni l'un ni l'autre ne se retournent pour voir s'ils sont suivis. Ni l'un ni l'autre ne remarquent donc l'inscription qui s'étale sur le mur : *C'est toi qui vas boire le bouillon, sale con !*

Lorsqu'ils sont parvenus au cœur de la forêt et que Jeanne les pense à l'abri de toute poursuite, elle s'arrête et ouvre le sac. Elle en sort un objet non identifié, manifestement fabriqué maison.

– Je crois qu'on a évité le pire, dit-elle à Pierre en agitant l'engin.

La Molotov est furax. Elle croise les bras en signe de défi.

– Vous avez juste empêché que je parachève mon grand œuvre.

– On t'a surtout évité la prison de justesse. Tu es complètement cinglée, ma pauvre. J'espère au moins que tu n'as pas laissé d'empreintes.

– Tu me prends pour une débutante, ou quoi ?

Pierre secoue la tête, dépassé par l'ampleur de la situation.

– Brigitte, vous nous mettez tous en danger. On ne pose pas de bombes chez les gens et, de manière générale, ce n'est pas de cette manière qu'on règle un conflit.

– Vous êtes tellement chou, Pierre. Allez dire ça aux terroristes et aux militaires.

– Mais tais-toi donc ! postillonne Jeanne au bord de l'implosion. T'es irrécupérable !

– Peut-être bien, mais j'ai de l'allure, j'ai du panache, moi, madame ! Vive l'Aude libre ! Vive l'anarchie ! À bas le rince-rein et le pisse-mémé !

Puis s'élançant en direction du Refuge, elle se met à chanter à pleine voix :

Debout les damnés de la terre,
Debout les forçats du bouillon
La merde tonne en son cratère
Du bac à crottes c'est l'éruption

– 28 –

Pétronille retrouve le jardin et la vieille bâtisse avec une joie insoupçonnée. Pendant qu'ils étaient sur la route, Pierre lui a envoyé un sms que Bruno lui a lu :

« On a retrouvé la vieille pie, on la ramène au nid. »

Pétronille a souri. C'est Jeanne qui est derrière ce texto, elle se méfie des nouvelles technologies, a-t-elle expliqué à son mari, elle n'a peut-être pas tort, d'ailleurs. Bruno a eu l'air un peu dépassé. La Molotov est donc au bercail, saine et sauve apparemment, et il a fallu que Pétronille bride son impatience. Elle n'aurait le détail des péripéties qu'une fois arrivée.

À l'arrière, les enfants s'agitent. *Oh, tu as vu, il y a des poules ! On pourra les toucher ? Tu crois qu'il y a une balançoire ?* demande Marion. *Dis donc, c'est vieux ! On capte au moins ?* s'inquiète Oscar.

– Ah, mais c'est la campagne de chez campagne, déclare Bruno en sortant de la voiture.

Pourtant, un sourire dément ses paroles tandis qu'il s'étire. Toute la famille est maintenant dehors, observant la douce lumière de l'aube qui réveille les couleurs sous le pépiement continue des mésanges et des gros-becs. Le regard porte loin et aucune activité humaine ne vient encore polluer la symphonie ambiante. L'air est saturé de chlorophylle.

– C'est beau, quand même, reconnaît Oscar.

– Ça sent trop bon, soupire Marion. Je peux aller voir les poules ?

– Tu vas même pouvoir leur porter à manger, annonce une voix dans leur dos.

Tous se retournent et découvrent Jeanne qui vient à leur rencontre. Pétronille se précipite et l'embrasse en la serrant dans ses bras.

– Oh là là, on va pas se donner en spectacle devant la famille quand même ?

– Jeanne, comment ça va ? Et Mme Molotov ? Est-ce que…

– Une question à la fois, Milady, je ne suis pas la Déesse aux sept bouches.

– Milady ? Tu as pris du grade, chérie, la taquine Bruno en s'avançant. Bonjour Jeanne, j'ai pas mal entendu parler de vous, ces derniers jours. Je suis…

– … le fameux mari, oui, répond Jeanne avec malice.

– Il en faut bien un, rétorque-t-il.

– En est-on sûr ?

Bruno laisse échapper un petit rire gêné.

– Je l'espère, en tout cas.

– C'est un bon début, mon garçon, dit Jeanne pour conclure ce premier échange. Et vous devez être Oscar et Marion. Toi ma petite, viens avec moi, je vais te montrer comment nourrir Simone et Charlotte. Quant à toi, jeune homme, tu peux laisser tomber ton portable : ici, rien ne passe.

Oscar jette un regard épouvanté à sa mère, qui retient un rire, tandis que Marion s'élance à la suite de Jeanne en papotant comme si elle la connaissait depuis toujours.

– Vous trouverez Pierre dans la cuisine, ajoute Jeanne en s'éloignant. Tu es chez toi, Milady.

Bruno ouvre le coffre et y prend la cagette de nourriture. Pétronille le précède dans la maison et se dirige vers la cuisine, où Pierre est attablé devant une tasse de café.

– Ah, Pétronille ! s'exclame-t-il en se levant pour l'embrasser. Mais c'est que vous nous avez manqué !

– À moi aussi, Pierre, vous m'avez manqué.

Pétronille rougit de plaisir, elle présente Oscar et Bruno qui a posé la cagette sur la table. On s'échange de viriles poignées de main, des *bonjour*, des *bienvenu*, des *un café ?* L'immense cuisine semble trop petite pour contenir tout le monde, chacun cherchant sa place dans cette nouvelle configuration. Oscar décide d'aller faire un tour dehors et de laisser les adultes entre eux, à la recherche d'un endroit où *ça capterait*. Pierre a servi un café à Bruno et une infusion de menthe à Pétronille. Elle est touchée que Jeanne ait pensé à cueillir de la menthe pour elle dans ces circonstances. J'ai l'impression de rentrer à la maison, pense-t-elle. Mais elle n'ose pas l'exprimer à voix haute, de peur de blesser son mari. Elle sent que la présence de Bruno et des enfants risque de changer son rapport à ses amis. Pourra-t-elle encore être aussi spontanée et authentique que durant les semaines passées seule en leur compagnie ? Elle était alors juste

Pétronille, ce qui ne lui était plus arrivé depuis de nombreuses années. Mais là, elle redevient la femme de Bruno et la mère des enfants. Cela change la donne de manière subtile et pourtant bien réelle. Elle n'avait pas pressenti cela jusqu'à présent, se contentant de se réjouir à l'idée de faire se rencontrer des gens qu'elle aime, sa famille et ses amis.

– Où est Mme Molotov ? demande-t-elle pour se débarrasser d'une certaine mélancolie.

– Dans la salle de bains, je suppose, lui répond Pierre. On aurait dit un épouvantail.

– Mais, elle va bien ?

– Oui, pas d'inquiétude, c'est une carne, elle durera cent ans, prédit Jeanne en les rejoignant autour de la table.

Kéééééééééééééé ! Bruno sursaute. Au-dehors, on entend Oscar pousser des cris d'effroi tandis que Marion hurle de joie : *Viens, petit oiseau, viens !* Bruit de cavalcade à l'étage, puis : *Foutez la paix à mon Kiki*, jette La Molotov par la fenêtre de sa chambre. *Kéééééééééééééé !* Bruno voit le corbeau foncer vers la maison et disparaître en direction de la voix. Il prend une gorgée de café pour se donner une contenance. Pétronille lui avait parlé de Brigitte, mais pas de La Molotov. Elle avait aussi passé ce volatile sous silence. Quelle autre surprise lui réserve-t-on ?

– Ah, les enfants ont rencontré le reste de la maisonnée, constate Jeanne en fourrageant dans la cagette. C'est quoi ce bazar, Milady ? T'as eu peur qu'on crève de faim ? C'est pas encore la guerre, pourtant. De la confiture de fraises ?

Jeanne est si stupéfaite qu'elle en perd momentanément l'usage de la parole.

– Oui, mais elle est bio, plaide Pétronille. On n'allait pas venir les mains vides !

– Ben, c'est pourtant comme ça que tu es arrivée ici, la première fois.

– Justement ! Je ne vais pas en faire une habitude. Il y a aussi du café, des biscuits, un poulet…

– Je vois ça.

Un silence s'ensuit, tous les regards sont sur Jeanne, qui contemple le contenu de la cagette.

– On va mettre ce poulet au four, puisqu'il est mort. Au moins que ça ne soit pas pour rien. Rendons-lui un vibrant hommage en le cuisinant avec amour.

– Si vous voulez, je m'en occupe tout à l'heure, propose Bruno.

– On sait donc cuisiner ! Milady, il est bien loin le temps de la boniche…

Pétronille vole au secours de son mari qui tourne vers elle un visage effaré.

– Bruno réussit merveilleusement le poulet rôti. Merci, chéri, de le proposer. Alors, racontez-moi… racontez-nous ce qui s'est passé.

Jeanne et Pierre se lancent dans la description des péripéties de la nuit, jusqu'à l'exfiltration de La Molotov de la ferme des Martel. Bruno observe Pétronille, sa vivacité, le naturel avec lequel elle s'adresse tantôt à Jeanne, tantôt à Pierre. Une partie de lui reste sur la réserve, comme s'il se sentait mis à l'écart et qu'il découvrait en direct un versant de sa femme qui lui serait inconnu. En même temps, il est atterré par les exploits de Brigitte, *alias* La Molotov. Une bombe ! Chez les voisins ! Et sa

Pétro au milieu de tout ça… C'est une histoire de fou, non ? D'autant que, s'il apprécie la simplicité de leurs hôtes, il se sent quand même en période probatoire.

La conversation est si animée, ponctuée d'exclamations et d'éclats de rire, qu'ils n'entendent pas le véhicule se garer sur le côté de la maison. Mais quand les portières claquent, Jeanne lève la main pour demander le silence. Des bruits de pas progressent dans leur direction. Pierre et Jeanne échangent un regard.

Oscar passe la tête par la fenêtre ouverte.

– Hey, c'est grave chelou ici, y a des keufs !

Les flics c'est la suite logique, se résigne Bruno. L'adjudant Philibert et le gendarme Moresco choisissent ce moment pour apparaître dans l'embrasure, juste derrière l'adolescent qui s'éclipse prudemment. Le visage de Jeanne se crispe de manière imperceptible, mais elle accueille les deux militaires avec calme :

– Qu'est-ce qu'on peut pour vous, messieurs ? Vous entrerez bien prendre un café, à une heure si matinale ?

– Avec plaisir, oui, répond l'adjudant.

Les deux hommes pénètrent dans la cuisine. L'adjudant Philibert accepte la chaise que lui tend Pétronille, tandis que le gendarme Moresco reste debout, adossé au chambranle. On dirait un clébard qui cherche à surveiller toutes les issues, songe Jeanne. Elle sert les cafés, sans offrir de sucre – *Si tu en veux, mon coco, il faudra le demander*. Vieille tactique de résistante, paraître aimable tout en marquant son territoire.

– Réunion de famille ? demande l'adjudant avec bonhomie.

Vieille tactique d'attaquant, paraître aimable pour mieux envahir le territoire.

– Vous connaissez notre amie Pétronille ? répond Jeanne d'une voix tout aussi doucereuse. Elle est venue passer quelques jours en compagnie de son mari et de ses enfants.

– Vacances à la ferme, alors ?

– Vous avez tout compris.

Autour de la table, on entendrait une mouche voler si elle avait le cran d'affronter les papiers collants qui pendent du plafond.

– Vous savez qu'il y a eu du grabuge à la ferme des Martel, cette nuit ? attaque Philibert, sans toucher à sa tasse.

– Vous me l'apprenez, chef.

– Je suis certain du contraire. Vous auriez été une admirable gendarmette.

– Cette honte m'aura été épargnée, mais je compatis avec toutes les familles qui en sont victimes. Venez-en au fait, M. Vay rêve de cuisiner un poulet, achève-t-elle avec ironie.

Mais qu'on me laisse en dehors de tout ça, supplie Bruno, intérieurement.

– Nous aimerions parler à votre vieille comparse, celle qu'on appelle La Molotov.

Le gendarme Moresco prend alors la parole :

– Brigitte Lallouf de son vrai nom, née le 14 décembre 1939, stripteaseuse…

– En fin de carrière, intervient La Molotov en entrant par surprise.

Elle bouscule le gendarme au passage, feint de s'excuser et s'avance en chancelant vers la table où Pierre se hâte de céder sa place. Pétronille ne la reconnaît pas. Vêtue d'un tee-shirt noir et d'un pantalon de jogging informe remonté à la taille, le visage blême et sans maquillage, La Molotov semble à l'agonie, courbée sur sa canne. Elle tient son plâtre serré contre son torse et réclame un verre d'eau d'une voix mourante.

– … activiste politique fichée dès le début des années soixante. De parents juifs déportés durant la guerre…

– Assassinés, vous voulez dire ? asticote La Molotov entre deux gorgées d'eau.

– … elle est répertoriée comme féministe militante, suspectée d'avoir participé à plusieurs attentats…

– Arrêtez de me flatter. De petites actions de terrain sans envergure, des broutilles…

– Bon, les interrompt Jeanne, qui sent le naturel de son amie revenir au galop. De quoi est-il question, *exactement* ? On économisera de la salive et du temps.

– Où étiez-vous, *exactement*, cette nuit, entre minuit et quatre heures du matin ? interroge l'adjudant.

La Molotov le considère un moment avant de se tourner vers Pierre.

– Mon ami, je ne voudrais pas vous embarrasser, commence-t-elle, mais je crois qu'il faut avouer à la maréchaussée que nous étions ensemble.

Le visage de Pierre est impassible. Jeanne retient un sourire et secoue la tête. C'est vrai que tu as du panache, ma vieille, se marre-t-elle, on ne peut pas te l'enlever.

– Brigitte s'est sentie mal, cette nuit. Nous avons dû appeler le médecin, intervient-elle.

– Oui, une vilaine chute de tension qui nécessitait une surveillance, confirme Pierre avec calme. C'est déjà ainsi qu'elle s'est cassé le bras, en tombant durant une crise d'hypotension. Vous savez ce qu'il en est des personnes fragiles.

– Allons, mon doux ami, ne m'enterrez pas trop vite, roucoule La Molotov, j'ai encore de beaux restes.

La tête du gendarme Moresco manque d'arracher un fou rire à Pétronille.

– Donc, si je résume, insiste l'adjudant, aucun de vous trois n'a bougé du Refuge durant toute la nuit.

– C'est ça, réplique La Molotov, nous avons fait une longue partie à trois.

– Brigitte !

– Une partie de rami entre amis, bien sûr. Laisse-moi finir mes phrases, Jeanne, tu sais à quel point je suis fatiguée. Et ce n'est pas facile de jouer avec des cartes quand on a le bras droit plâtré, poursuit-elle en agitant son **I ♥ Molotov** sous le nez de l'adjudant.

– C'est drôle, je vous aurais plutôt vue jouer au poker, madame Lallouf. On vous a entendue proférer des menaces à plusieurs reprises contre, je cite, *ces brêles de la ferme des Martel* ou encore *ces Thénardier constipés*. Notamment lors de la fête du village où vous avez dansé avec une belle énergie sur les tables. Et cette invention langagière n'est pas sans évoquer certains slogans retrouvés sur les murs de la ferme, ce matin.

– Sans parler de la tentative de sabotage de la fosse septique, complète Moresco.

– « Sceptique sur tout, incrédule sur le reste », cite La Molotov, c'est de Jean Amadou, je crois bien. Vous savez, il faudrait que j'arrête la gnôle, c'est trop fort pour moi. Surtout la seconde bouteille. Mais à part les bons mots et la picole festive, je ne suis plus bonne à grand-chose. On aura voulu me copier ou me rendre hommage, peut-être.

L'adjudant Philibert hausse un sourcil narquois et s'adresse à Pierre :

– Docteur ? Vous confirmez l'alibi de Mme Lallouf ?

– L'alibi ? s'offusque Pierre. Comme vous y allez ! Brigitte ne pourrait pas faire de mal à une mouche dans son état ! Sans compter son plâtre qui la handicape, comme vous pouvez le constater.

– À une mouche, non, mais à une moche, oui ! éclate La Molotov dans un rire strident.

Bruno observe la scène, bouche entrouverte, conscient d'assister à une véritable pièce de théâtre. Mais où Pétronille l'a-t-elle embarqué ? Qui sont ces gens ? Lui qui est plutôt calme n'a eu de démêlés avec la police que dans sa jeunesse, pour avoir fumé un joint sur le quai Saint-Martin avec une bande de potes trop démonstratifs.

L'adjudant Philibert se lève en repoussant bruyamment sa chaise. Sur la table, sa tasse de café refroidie est intacte.

– Eh bien nous en reparlerons peut-être bientôt, madame Lallouf, dit-il en prenant congé.

– Je suis à votre disposition, soupire La Molotov.

Le gendarme Moresco suit son supérieur en fulminant. Chacun reste figé en attendant que les portières claquent à nouveau et que le véhicule s'éloigne.

– Et surtout, ajoute Jeanne, n'oublie pas de signer de la main droite quand ils te présenteront leur foutu procès-verbal. Manifestement, ils ont pas noté dans leurs tablettes que tu étais gauchère.

– T'as pas une débutante en face de toi, Jeanne. Bon, je vais me changer, ton survêt pue la vieille qui se néglige.

La Molotov, sans un regard pour sa canne, traverse la cuisine avec une vivacité intacte. Au moment de sortir, elle détaille Bruno des pieds à la tête.

– Monsieur Pétronille, je suppose ? lui dit-elle avec un sourire carnassier. Chacun fait comme il peut avec ce que la vie lui a donné. Quoi qu'il en soit, bienvenue au Refuge !

– 29 –

– C'est un… personnage, cette Mme Lallouf, prononce prudemment Bruno, qui tente de garder contenance après le tacle de La Molotov.

Pierre hoche la tête, tandis que Pétronille effleure la main de son mari. Pour avoir elle aussi subi les sarcasmes de la vieille excentrique, elle sait à quel point ils sont déstabilisants. *Mais tellement drôles, en même temps.*

Jeanne se lève et ramasse les tasses laissées intactes par les deux gendarmes pour en balancer le contenu dans l'évier.

– J'espère en tout cas qu'elle saura se tenir, parce que ça m'étonnerait que les bourges d'à côté laissent couler sans porter plainte. Ces gens-là, ce sont des procéduriers, prédit-elle avec mépris.

– Ça veut dire quoi, *procéduriers* ? demande Marion, accoudée comme son frère au rebord de la fenêtre.

Oscar et sa sœur ressemblent à de très jeunes piliers de bar, avachis sur le comptoir, observant l'intérieur de la cuisine avec le même intérêt que des clients de PMU devant une retransmission du prix de Diane.

– Ça veut dire qu'au lieu de se déplacer pour discuter en personne, ils préfèrent déposer des plaintes et appeler les flics à la moindre occasion, répond Jeanne, qui lave maintenant les tasses à gestes brusques.

– Des poucaves, quoi, commente sobrement Oscar.

– Mais où tu as appris ce mot, toi ? s'étrangle Bruno.

– Pourquoi vous n'iriez pas cueillir des cassis et des groseilles ? propose Jeanne en revenant vers la table, un saladier de faïence entre les mains. Les plants sont juste derrière vous, au bout du terrain. Vous voyez la haie, là-bas, derrière le chêne ?

Les deux enfants se retournent avec un bel ensemble.

– Au fond ? demande Oscar, intéressé.

– Les trucs verts ? ajoute Marion, qui ne veut pas être en reste.

– Voilà, les trucs verts qui s'appellent des plantes, commente Jeanne avec un mince sourire. Vous y allez et vous verrez, il y en a plusieurs avec des petits fruits violets, blancs transparents ou rouge vif. Ne ramassez que ce qui est mûr. Zou !

Elle leur tend le saladier, que Marion est la plus rapide à saisir. Ils filent aussitôt.

Jeanne se rassoit à la table, au moment même où La Molotov refait son entrée. Bruno écarquille les yeux et ouvre la bouche. Pétronille baisse la tête pour ne pas éclater de rire. Pierre et Jeanne, pourtant habitués au style vestimentaire de leur amie, marquent un temps d'arrêt.

– Ben quoi ? J'ai décidé de fêter mes derniers jours de liberté avec élégance !

La Molotov avance dans une robe de soie recouverte de franges à perles, typique des années folles et qui laisse voir ses mollets sanglés dans des spartiates montantes en plastique doré. Ses cheveux décolorés sont ornés d'un bandeau de velours d'où s'échappe une plume d'autruche teinte en bleu et à peine mitée. Sur ses épaules nues, elle a posé un boa rose bonbon, dont la couleur jure atrocement avec le rouge orangé de ses lèvres.

– C'est carnaval, commente Jeanne, qui porte quant à elle un simple jean avec une chemise d'homme.

– C'est audacieux, madame Molotov, ose Pétronille.

– J'ai intérêt à mettre de la couleur maintenant, pas sûr qu'on me laissera choisir mes fringues quand je serai en taule.

– Brigitte, vous n'irez pas en prison, objecte Pierre d'une voix apaisante. Je renouvellerai mon témoignage devant un juge s'il le faut, vous le savez.

– Je parlais pas de cette taule-là, je parlais de celle où on va m'envoyer quand on aura vendu la baraque en me foutant dehors ! rétorque La Molotov en désignant son amie du menton.

Jeanne serre les dents. Pierre fronce les sourcils à l'adresse de La Molotov, en guise d'avertissement. Pétronille réalise qu'elle risque de perdre ce lieu qui a permis sa renaissance. Bruno scrute sa femme en espérant trouver des réponses à ses multiples questions.

– Ah, vous voilà tous devenus muets, hein ! Ben je vais parler, moi, puisque personne n'ose dire la vérité et surtout pas celui-ci ! lance La Molotov en désignant Pierre de son plâtre.

Il rougit légèrement, mais ne proteste pas. Jeanne fulmine. Elle croise les bras pour qu'on ne voie pas trembler ses mains.

– Tu sais quand j'ai compris que tu voulais vendre aux couillons des Martel ? Quand j'ai trouvé la publicité du notaire dans la boîte à lettres ! Comment il aurait eu ton adresse, si tu l'avais pas contacté avant ? T'as pas honte, Jeanne, d'avoir seulement *pensé* à vendre le Refuge ?

Jeanne ne répond rien, visage fermé, poings serrés sous les coudes. Pierre fait un pas dans sa direction, indiquant qu'il la soutient malgré son propre attachement à cette maison.

– T'as toujours eu ton petit caractère, c'est pour ça aussi qu'on est copines, mais depuis que Marie-Carmen est…

– T'avise pas de la mêler à ça ! rugit Jeanne, dont la voix se brise sur la dernière syllabe.

– Depuis que Marie-Carmen est morte, c'est comme si tu en voulais à la terre entière ! Mais nous aussi, on est tristes ! On a perdu une amie ! Et moi, ben j'ai l'impression d'en perdre une autre, avec toi qui veux fermer boutique.

Jeanne hausse les épaules, le menton tremblant, mais toujours levé haut. Elle ne répond rien, ses lèvres serrées sont le dernier rempart contre les sanglots. Jeanne est submergée de chagrin. Sa colère de façade, sa meilleure protection contre le désespoir, menace de tomber en ruine, comme la bergerie. Elle finit par détourner le regard, ne pouvant plus supporter d'affronter celui de La Molotov. Tant qu'il ne contenait que du reproche, elle pouvait encore, mais cette détresse, elle n'y arrive pas.

– Tu nous mettras tous dehors, et puis après quoi ? Tu comptes accrocher une corde à une poutre ? Tu te rends compte que tu vas me laisser crever dans un mouroir à vieux ?

– Madame Molotov, souffle Pétronille, qui pleure tout ce que Jeanne retient.

Bruno passe un bras autour de ses épaules pour la consoler. Il a l'impression d'être un marin pris dans un épouvantable grain de folie. En une heure, il a encaissé plus de paquets d'eau que durant ces trois dernières semaines. Mais pour sa Pétro, il tiendra vent debout, même s'il n'en mène pas large.

– J'ai pas vécu tout une vie comme la mienne pour finir en Ehpad, renifle La Molotov. Ou alors on fait ça ensemble, ma vieille : on passe la corde par-dessus la poutre, chacune à un bout et zou !

– Mais même ça, j'ai pas le droit de le décider seule ?! explose soudain Jeanne. Je te la donne, la maison, puisque c'est ça ! La planète agonise, les gens sont en train de crever ou de s'entre-tuer, y a un seul truc qui se porte bien, c'est l'argent ! C'est moche, le monde est moche, la vie est moche et à la fin, on casse sa pipe ! Alors foutez-moi la paix, tous ! J'ai encore assez de lucidité pour décider ce que deviendra ma carcasse !

– Tu ne peux pas nous demander ça, intervient fermement Pierre, dont le regard paniqué trahit tout l'attachement qu'il a pour elle.

Jeanne pousse un cri d'exaspération.

– Mais justement, je ne vous demande rien !

– C'est faux : tu attends qu'on fasse comme si on ne t'aimait pas, objecte le médecin en esquissant un geste qu'il n'achève pas.

Jeanne détourne la tête et soupire ostensiblement.

– C'est ça, plains-toi, persifle La Molotov. Tu as trop de gens qui t'aiment et tu ne le vois pas !

Pétronille éclate d'un rire nerveux qui lui vaut un coup d'œil furibond de Jeanne et une moue scandalisée de La Molotov. Bruno, raide comme une brique depuis le début de la conversation, retient un sourire. Lui qui a entendu si souvent sa femme vocaliser dans la voiture sait qu'elle vient de penser à une chanson d'Hélène Ségara.

– Je suis désolée, pardon, couine Pétronille, peinant à retrouver son calme. C'est juste que… Est-ce que je peux vous soumettre une suggestion ?

– Si c'est pour qu'on échange un bisou, c'est pas la peine, marmonne La Molotov avec dédain.

La pique, pour inutile qu'elle soit, a le mérite de rendre son sérieux à Pétronille.

– Et si… quelqu'un se chargeait du Refuge pour que vous, Jeanne, soyez dégagée de toute responsabilité, est-ce que ça vous rendrait un peu foi en l'humanité ? Je veux dire, ajoute-t-elle très vite, vous pourriez habiter la bergerie, la maison serait toujours à vous, mais vous ne seriez plus obligée de la diriger. C'est vrai, vous avez mérité qu'on vous laisse tranquille, mais il me semble que Mme Molotov aussi, a mérité de se reposer un peu.

Pétronille perçoit la crispation de Bruno, à ses côtés. Pierre, qui l'a écoutée avec attention, l'encourage d'un sourire. Jeanne la toise, méfiante. Quant à La Molotov, elle semble chercher Kiki dans le jardin, par la fenêtre ouverte. Le silence qui suit l'intervention de Pétronille est presque aussi assourdissant que la tempête qui l'a précédé.

– Je ne pense pas qu'on puisse me rendre ma foi en l'humanité, je l'ai perdue depuis trop longtemps, Milady, finit par répondre Jeanne, qui triture son pendentif.

– Bon, pour l'humanité, c'est foutu, mais pour le reste ? insiste Pétronille. Vous croyez que vous pourriez supporter un peu de compagnie, si on vous laissait en paix quand vous en avez besoin ?

Jeanne garde le silence, obstinée, les bras de nouveau croisés. Elle aussi laisse son regard s'évader par la fenêtre, dans la même direction que La Molotov. Bruno, par pur mimétisme, ne peut s'empêcher de s'y mettre à son tour.

– Jeanne ? l'encourage Pierre.

– Si je ne vends pas, il faudra continuer à entretenir, ça va coûter en argent et en huile de coude, commence-t-elle d'un ton bougon. Puis je suis loin d'avoir fini d'aménager la bergerie et j'ai passé l'âge de dormir sur un lit de camp. En plus, je n'ai aucune envie d'avoir des tas de personnes chez moi… et surtout que certaines prennent beaucoup de place !

La Molotov se lève dans un grand bruissement de perles. Pétronille rentre la tête dans les épaules, s'attendant à une nouvelle passe d'armes entre les deux femmes.

– Kiki ! Fais-toi payer le baby-sitting, mon gars ! lance-t-elle à la fenêtre.

Bruno donne un coup de coude à Pétronille. Au pied du grand chêne, a lieu un face-à-face silencieux, mais intense. Accroupis, Oscar et Marion se tiennent immobiles, chacun tendant une main pleine de petites baies. À deux mètres, Kiki penche la tête de gauche à droite, semblant soupeser une décision difficile. Il lève une patte, puis l'autre, approche avec prudence. Les enfants ne bougent pas, fascinés.

Lentement, Pierre et Jeanne se rapprochent pour observer la scène, eux aussi.

– Vous les supporteriez, eux ? De temps en temps ? murmure Pétronille sans cesser de fixer ses enfants.

– Je supporte Kiki depuis des mois et il est sûrement plus mal élevé que tes gamins.

Pétronille jette un œil furtif vers La Molotov, qui paraît ne pas avoir entendu.

– Je pourrais vous aider à aménager la bergerie et après, on ferait un essai ? propose-t-elle carrément, sans hausser la voix.

Elle pose une main apaisante sur celle de Bruno en levant les yeux vers lui. Elle ne supplie pas, elle espère simplement qu'il la comprend. Mais elle ne lit que de l'inquiétude sur son visage.

– Regardez ! dit Pierre.

Kiki s'est approché des enfants. Il n'est pas encore à portée de caresse, mais son cou s'allonge en direction des groseilles. Va-t-il choisir la main d'Oscar ou celle de Marion ? Le frère et la sœur ont cessé de respirer. L'oiseau avance dans un dernier petit saut, picore à gauche, picore à droite, puis prend son envol dans un grand bruissement d'ailes qui contraint Oscar et Marion à reculer. Tous deux se lèvent d'un bond, émerveillés.

– On peut tenter le coup, conclut Jeanne.

Kiki atterrit sur le rebord de la fenêtre, la tige verte d'une grappe de groseille lui pendant du bec. *Kékékékékéké !*

– Bien d'accord, mon gars, commente La Molotov. Alors, c'est réglé ? Pétrolette vient vivre ici et tu arrêtes de tirer la gueule ?

– Une minute ! intervient Bruno.

– Ce n'est pas exactement ce qu'on a décidé, modère Pétronille, qui sent son mari au bord de l'énervement. Chéri, viens avec moi, je vais te montrer le jardin.

– C'est ça, oui, montre-lui ton jardin, ricane La Molotov, de nouveau très en forme.

Pierre n'entend rien, il se tient près de Jeanne, l'air préoccupé. Celle-ci ouvre silencieusement un paquet de biscuits apporté par Pétronille. Le freux se pose sur l'épaule de sa vieille compagne, absorbant toute sa capacité de contemplation.

Bruno et Pétronille marchent en silence vers le potager. Leurs deux enfants, qui se régalent avec les groseilles juste cueillies, ne s'aperçoivent même pas de leur échappée. Pétronille se sent excitée, mais aussi un peu anxieuse de cet étrange projet qui vient de naître dans son imagination. Les brins d'herbe chatouillent le bord de ses pieds nus dans les sandalettes. Elle hume avec gourmandise l'odeur de terre chaude et de fruits mûrs. Même le parfum musqué du poulailler, encore discret, est un plaisir.

– Alors c'est ici que tu es restée, tout ce temps ? commence Bruno.

– Oui, ici et un peu au village, il faudra que vous le visitiez.

– Pétronille, je ne te comprends pas. Tu veux rester, c'est bien ce que tu as proposé ? Mais qu'est-ce qu'on devient ? Je veux dire, notre famille et puis aussi nous deux ? Alors pourquoi tu es revenue à la maison, si tu envisages de repartir, maintenant ?!

– Je sais que tu ne t'attendais pas à ça et, à vrai dire, moi non plus, répond Pétronille en arrachant nerveusement une herbe folle. Je n'avais rien prévu, c'est juste que ça m'a semblé évident, tout à coup. Je ne peux pas continuer comme avant, avec toi qui t'épanouis dans ton travail, les enfants qui grandissent alors que moi, je piétine. Je ne peux plus. Tu sais où ça m'a menée, où ça *nous* a menés.

– Mais enfin, Pétro, explose Bruno, tu ne peux pas t'installer au Refuge et espérer que je le prenne bien !

La culpabilité envahit Pétronille. Il va falloir affronter cette compagne qu'elle trimballe depuis tant d'années. Oui, elle comprend l'inquiétude et la colère de Bruno. Il voudrait qu'elle revienne à la maison, où ils pourraient changer tout en restant les mêmes. Mais cette fois-ci, elle ne laissera pas les besoins de son mari éteindre les siens. Non, cette fois-ci, elle tiendra compte de lui en tenant aussi compte d'elle. Et lui, sera-t-il capable du même effort ?

– Très bien, alors que proposes-tu, comme changement ? demande-t-elle à son mari, ses yeux verts le fixant sans ciller.

– On les a décidés ensemble, les changements. On a même fait un planning !

– Et il dit quoi, le planning, quand on veut changer les changements, hein ? Il dit quoi si ta femme a trouvé un super job à trois cents bornes de chez nous ?

– Mais quel job ?

– Si tu continues sur ta lancée, on va se reprendre le même mur et je ne pense pas que notre couple s'en relèvera !

Bruno est désarçonné par la voie radicale sur laquelle Pétronille veut s'engager. Après un temps de réflexion, il propose un aménagement.

– Je pourrais ralentir le boulot, on achèterait une maison secondaire à la campagne puisque ça te plaît tant.

Changer tout en restant les mêmes.

– Qu'est-ce que tu entends par *ralentir le boulot* ? Et ça commencerait quand ? Dès ta reprise, dans une semaine ? Une maison secondaire… qu'il faudrait nettoyer et qui resterait vide la plupart du temps, alors qu'il y a des gens qui n'ont pas de toit ?

– OK, oublie. Sinon je pourrais peut-être obtenir des jours de télétravail et…

– Ce que tu me proposes là, ce sont des miettes.

– Tu es injuste ! proteste Bruno.

– Les enfants vont partir, toi tu vas évoluer professionnellement, mais moi ? lui demande Pétronille. Tu crois que c'est un week-end au vert, par-ci par-là, qui donnera un sens à ma vie ?!

– Mais notre famille, tout ce qu'on a construit, ça ne signifie rien, pour toi ?

– Bruno, tu réagirais comment si je te demandais de tout lâcher pour t'occuper des enfants et de l'appartement pendant que je fais carrière ?

– Mais ça n'est pas pareil, bafouille-t-il. Je suis cadre depuis près de quinze ans et…

– Et moi, je suis quoi ? s'exaspère Pétronille, qui sent une barrique de moutarde lui monter au nez. Ta femme ? La mère des enfants ? Parce que tu vois, quand je suis ici, je suis Pétronille ! Je suis quelqu'un !

Bruno a un geste de recul devant la virulence de sa femme.

– Bien sûr que tu…

– Voilà près de quinze ans que j'accepte de passer en dernier parce que ton travail et ta carrière ont toujours été le facteur déterminant de nos vies, à tous les quatre ! finit-elle par crier, hors d'elle. Alors merde, Bruno, tu vas t'adapter un peu et l'inscrire dans le planning !

Autour d'eux, les oiseaux se sont tus, effrayés par ces deux humains qui s'affrontent. Près des arbustes chargés de fruits, deux enfants mutiques tendent l'oreille, inquiets. Et dans la grande maison, on n'en perd pas un mot non plus.

– Je ne sais pas ce que je dois répondre, j'ai l'impression que tu me reproches toute notre vie, murmure Bruno, décomposé.

C'est dur de faire de la peine à ceux qu'on aime et d'arriver à leur tenir tête.

– Je ne te la reproche pas, nous nous sommes laissé piéger, répond Pétronille, au bord des larmes maintenant qu'elle a sorti ce qui l'étouffait depuis des mois. Mais j'ai droit, moi aussi, à suivre le cours de ma vie, au lieu que ce soit la tienne qui me serve de boussole. Je veux prendre la relève de Jeanne et lui rendre un peu de ce qu'elle a donné, par la même occasion.

– Mais comment ? Mes congés se terminent dans quelques jours et puis les enfants vont retourner à l'école, en septembre. Alors si tu n'es pas là, ça va être impossible.

– Pas impossible. Différent. Déjà, les enfants peuvent rester ici avec moi, en attendant la rentrée. En plus, je ne serai pas absente de la maison tout le temps, on trouvera un compromis, une organisation qui nous convienne, temporise-t-elle, plus calme.

Lentement, ils reprennent leur promenade. Devant les courgettes, ils ne disent plus un mot. Mais entre les poivrons, ils discutent semaines paires et impaires. Au-dessus des salades maltraitées par des limaces rebelles, Bruno avoue son admiration à sa femme. Et c'est sous le sureau noir qu'elle décide de l'embrasser.

– 30 –

– C'est-y pas mignon, ça… rigole La Molotov en surveillant le rapprochement de Pétronille et Bruno. Bon allez mon Kiki, on va voir les minus, ça leur évitera de choper la courante en boulottant toutes les groseilles.

Elle sort sans se préoccuper de son entourage, son corbeau sur l'épaule. Jeanne décroise les bras au moment où La Molotov franchit le seuil de la maison, en se disant qu'elle ne l'a jamais trouvée aussi insupportable qu'en cet instant. Pierre se lève tandis que Jeanne se verse un verre d'eau au pichet de grès.

– Je crois qu'il me reste pas mal de chaux, prononce-t-il lentement. Peut-être même assez pour tous les murs de la bergerie.

– Oh, c'est gentil, mais ne t'embête pas, tu as assez de boulot comme ça, répond Jeanne par réflexe.

– Il serait temps de comprendre qu'il n'y a rien que je ne ferais pas pour toi.

Jeanne, qui buvait une grande gorgée, avale de travers.

– On va pas remettre ça, dit-elle quand la toux s'arrête enfin, on a eu assez d'émotions pour le reste de notre existence, non ?

– J'espère bien que ce n'est pas le cas, réfute Pierre en se frottant le crâne. Allons voir les travaux qui restent.

Il lui tend la main. Jeanne reste immobile, hypnotisée par la signification de ce geste. Cette main qui l'a soignée, réconfortée, apaisée, qui a donné la délivrance à Marie-Carmen, cette main se tend aujourd'hui pour l'inviter et Jeanne ignore si elle peut prendre à nouveau le risque d'aimer de cette manière. Pierre attend, un sourire confiant aux lèvres. Quand il comprend que Jeanne est captive d'elle-même, il s'approche, noue ses doigts aux siens pour l'entraîner à sa suite. Et Jeanne se laisse conduire.

La terre est si sèche sous leurs pas que de grandes crevasses se sont ouvertes dans le sol. L'été a marqué la nature de son feu et ne semble pas trouver le moyen d'en finir. Jeanne souffre pour son jardin, bien qu'il résiste vaillamment et continue de produire.

– À quoi penses-tu ? demande Pierre en s'arrêtant devant la bergerie.

– Au saccage que notre espèce a engendré. J'ai souvent l'impression que le paysage est à l'agonie. Ce n'est pas la première fois qu'un cycle s'achève sur cette planète, tu me diras. Après tout, il n'y a plus de dinosaures. Mais c'est la première fois que nous en sommes les responsables. Je suis heureuse que Marie-Carmen n'assiste pas à cela.

– Elle avait l'art d'entretenir la joie de vivre, elle aurait porté son attention sur ce qui reste possible. Et elle aurait eu raison, affirme Pierre.

– Je me sens dépassée par l'ampleur du désastre. Il m'arrive d'avoir peur que nous courions tout droit vers un suicide de masse ou des actes de folie collective et je me dis que ce qui nous retient, c'est uniquement le nombre de personnes qui continuent d'entretenir une forme de normalité.

– Nous devons garder le mythe de notre histoire, envers et contre tout, Jeanne. Continuer de croire que l'existence humaine est possible. C'est une question d'hygiène mentale, de survie psychologique.

– Sans doute. C'est aussi ce qui est arrivé et arrive encore dans les camps et les ghettos. Beaucoup d'événements passés et présents restent incompréhensibles, ce n'est pas Bassem qui me contredirait. Tout paraît sur le point de s'effondrer à n'importe quel moment, pourtant nous persévérons. Je voulais changer le monde, moi aussi, je n'y suis pas arrivée.

– Tu as contribué à le rendre meilleur, c'est ce qui était à ta portée. Ce qui l'est encore, si tu le veux bien.

Pierre s'est approché de Jeanne, elle s'adosse au mur rugueux. La proximité de son ami la trouble, à travers son odeur, sa présence compacte et attentive, il dévoile une partie de lui qu'elle ne connaissait pas.

– On se prend pour Yann Andréa ? tente-t-elle d'ironiser.

– Seulement si tu joues à être Duras, lui répond-il sur le même ton.

Il lui effleure le front, mais elle garde la tête baissée, refusant de croiser son regard.

– Ma cabane est toute délabrée, lui souffle-t-elle, et tu veux quand même la visiter ?

– Je suis sûr que ce n'est pas aussi grave que ça en a l'air, assure-t-il en lui soulevant le menton de ses doigts doux et chauds.

Leurs bouches s'effleurent avec prudence. Puis Pierre pousse un gémissement étouffé en prenant Jeanne dans ses bras. Leur baiser débute maladroitement, comme si l'un et l'autre ne savaient plus s'y prendre. Mais très vite, ils s'accordent, et Jeanne l'enlace à son tour.

– Tu es sûr que c'est ce que tu veux, Pierre ?

– C'est plutôt moi qui devrais te poser cette question, rit-il, bien que je n'en aie aucunement l'intention.

– Je suis si vieille, mon ami. Tu pourrais choisir quelqu'un avec qui tu aurais plus de temps à passer.

Pierre pose son front contre celui de Jeanne. Elle lève la main, lui caresse la joue. Ce geste leur paraît étrange et inhabituel mais tellement réconfortant qu'il en deviendrait familier. Il ferme les yeux pour mieux savourer son contact.

– C'est précisément pour cette raison que nous n'avons pas de temps à perdre. Je t'aime, lui avoue-t-il. Tu te souviens de ce que nous avait dit Marie-Carmen, ce soir où nous avions un peu trop bu en contemplant les étoiles ? Je venais de lui annoncer son cancer, même si elle s'en doutait déjà.

Oui, Jeanne se souvient très bien de cette soirée où Pierre leur avait confirmé ce qu'elles craignaient secrètement l'une et l'autre, que leurs existences étaient en train de basculer. Et oui, elle entend encore la voix vibrante de sa *Carmencita – Nous sommes les montagnes à gravir, les peupliers à révérer. Nous sommes notre vécu et son insondable mystère, nous sommes les garantes de savoirs secrets issus de notre expérience ! Nous sommes des femmes matures, nous portons fièrement nos rides et nos articulations foireuses, témoins des batailles que nous avons livrées. Nous en avons remporté, nous en avons perdu, mais jamais nous n'avons battu en retraite. Ce n'est pas aujourd'hui que nous allons commencer, n'est-ce pas ma chérie ? Nous, la retraite ? Jamais !* Ils avaient ri tous les trois de cette allusion aux pensions minables qu'elles touchaient l'une et l'autre.

Elle acquiesce d'un simple mouvement de tête, incapable de prononcer le moindre mot, émue par le souvenir de sa compagne et par la révélation qu'elle est aimée. Pierre pousse la porte de la bergerie. L'ombre fraîche à l'intérieur contraste avec la chaleur de la matinée qui réduit le vivant au silence.

– Allons-nous battre en retraite, ma Jeanne ? lui demande-t-il.

– Tu n'es pas une femme.

– Tu m'apprendras ?

– Reste plutôt qui tu es, c'est très bien comme ça.

Puis Jeanne se détourne, prend une grande inspiration et entre résolument dans la bergerie, suivie par Pierre. La porte se referme, livrant le jardin à sa magnifique solitude.

– Ici, toutes les cartes postales envoyées par celles et ceux que Jeanne et Marie-Carmen ont aidés. Il y en a de partout dans le monde, regarde : même du Mexique ! Mais surtout d'Europe. Derrière la cuisine, il y a le cellier où on stocke toutes les réserves, explique Pétronille, volubile depuis qu'ils sont revenus dans la maison.

Les enfants sont restés dehors avec une Molotov ravie de jouer la maîtresse des lieux, son freux sur l'épaule comme une authentique sorcière. Jeanne et Pierre ont disparu on ne sait où. Alors Pétronille a enlacé Bruno pour lui présenter le Refuge, pièce par pièce.

Dans l'arrière-cuisine pleine de conserves maison, il est admiratif, surtout devant les pâtés aux myrtilles. Le salon foutoir, avec ses fauteuils défoncés, le rebute un peu, ce qui ne l'empêche pas de remarquer à haute voix l'absence de grand écran, qui serait bénéfique pour leurs enfants durant les vacances. Il imagine donc que ceux-ci puissent passer du temps ici ! se réjouit Pétronille. Les affichettes et canevas annonçant les règles de fonctionnement le laissent songeur, mais les toilettes sur leur piédestal, au bout de l'interminable couloir, lui arrachent son premier sourire. L'étage l'intéresse tout autant. Pas une vieillerie ne lui échappe, ni la qualité des poutres, dont il éprouve la robustesse d'une paume curieuse. Lorsque Pétronille lui ouvre la porte de *sa chambre*, il reste d'abord sur le seuil, intimidé.

– Et là, c'est ma chambre ! Enfin, à l'origine, c'était celle de Marie-Carmen.

Tout le déstabilise. Chez eux, sa femme a passé un temps infini à choisir avec soin le papier peint, les parures de lit, les accessoires de décoration et jusqu'à la nuance bleu roi de leur tête de lit en velours clouté.

– Au début, j'ai vraiment trouvé ça rustique, moi aussi, mais c'est parce qu'il n'y a rien de superflu. On se donne le temps de faire les choses autrement. Tous ces objets qu'on achète pour aller plus vite, ils nous bouffent la vie ! On a toujours besoin d'un truc en plus, envie d'autre chose… c'est sans fin.

– Le moins qu'on puisse dire, c'est que depuis le Déluge, il n'y a pas eu beaucoup de renouvellement, commente Bruno en désignant le meuble de toilette, avec sa plaque de marbre et son broc assorti à la bassine émaillée.

Pétronille sourit à sa plaisanterie.

– Tu te ressembles, constate-t-il, à voix basse.

Cette remarque lui fait plaisir, mais l'aimera-t-il toujours, si elle redevient la femme qu'elle était quand ils se sont rencontrés ? Bruno opère un tour sur lui-même, au centre de cette chambre vieillotte à la tapisserie anglaise d'un rose passé.

– Il faudrait peut-être quelques travaux, non ? demande-t-il.

C'est sa première question qui n'est pas une objection déguisée.

– Sous réserve que Jeanne soit d'accord, répond-elle. Je pensais à des panneaux solaires, par exemple.

Bruno hoche la tête d'un air sérieux.

– Pour l'autonomie ? Ce serait pas mal, oui, il faut étudier la question. J'ai vu aussi que les citernes d'eau de pluie étaient abîmées. Et on devrait pouvoir récupérer les eaux grises pour l'arrosage, ajoute-t-il.

Pétronille en reste muette. Jamais encore ils n'avaient abordé ce genre de sujet. Leur seule action vaguement écologique consistait à privilégier l'épicerie bio pour les courses.

– Ça doit coûter cher, avance-t-elle.

– Puisqu'on n'achètera jamais de maison secondaire…

Pétronille se jette au cou de Bruno en comprenant que, non seulement il accepte son projet, mais qu'il envisage d'y participer. Il la serre contre lui, respire son odeur à plein nez, les yeux fermés.

– C'est la quatrième fois que tu bouleverses ma vie, Pétro, lui murmure-t-il à l'oreille.

Elle lève un regard perplexe vers lui.

– La première fois, quand je t'ai rencontrée... ensuite chaque fois que tu as mis au monde l'un de nos merveilleux enfants... et aujourd'hui, énumère-t-il, rêveur.

– J'ai toujours eu à cœur de te distraire, tu sais, plaisante-t-elle.

– Et avec quel talent ! renchérit-il. Merci de m'empêcher de devenir un vieux con.

– Merci de m'aimer comme je suis.

Ils échangent un baiser fiévreux. Pétronille ôte les lunettes de Bruno et les laisse tomber sur le fauteuil crapaud usé. Elle embrasse doucement le visage de son mari à plusieurs reprises, avant de venir chercher sa bouche. Lui garde ses paupières closes comme il le fait toujours. Puis très vite, leurs mains glissent sous les vêtements légers qui finissent au sol. Les respirations deviennent plus rapides, les gestes plus fébriles. Pétronille a une pensée fugace pour celui qui a su réveiller ses sens, il y a déjà une éternité, lui semble-t-il. Mais le corps bien connu de Bruno la rappelle au présent. Ils sont ici et maintenant, ensemble pour longtemps.

– 31 –

Il a plu durant deux jours sur le Refuge, après des semaines trop chaudes pour cette fin d'hiver et un réveil prématuré des végétaux. La rage des éléments a semblé vouloir en finir avec un monde secoué de spasmes toujours plus rapprochés. Cette pluie diluvienne a ranimé la vigueur des arbres et donné le signal d'un élan printanier qui fait sourciller Jeanne. C'est trop tôt, répète-t-elle en parcourant ses buttes couvertes de paille, si nous avons des gelées sur les floraisons, nous perdrons les fruits. Mais le jardin reste sourd à ses arguments et s'offre sans retenue, déployant de larges corolles parfumées, dressant son herbe tendre, forçant les premières salades, l'ail et les bulbes de jacinthe, à se jeter dans la lumière.

– C'est au moment où nous ne pouvons plus sortir de chez nous que la nature se met à vibrer avec une intensité que j'ai rarement connue, confie Jeanne à Marion. Les semis n'ont jamais pris aussi vite !

– On y va ? demande la fillette excitée.

– Mets tes bottes où tu attraperas la crève et va chercher les deux autres, avant. Ne criez pas, Pierre se repose, sa journée a été éreintante.

Pierre poursuit ses tournées et ne reçoit plus au cabinet afin d'éviter les possibles contagions de ce nouveau virus. Il s'épuise sur la route à parcourir de longues distances afin de soigner les anciens, retirés dans leurs maisons, mais aussi les parturientes, inquiètes pour leur accouchement, les enfants, les dépressifs, les survivalistes et deux cas supposés de Covid, qui pourraient tout aussi bien être atteints de grippe saisonnière, puisqu'on n'a pas de tests à disposition. Jeanne lui a proposé de s'installer au Refuge. Le temps que ça durera, a-t-elle dit, afin qu'on s'occupe de toi qui t'occupes de tout le monde. Il a acquiescé et porté quelques affaires dans la bergerie, qu'ils partagent depuis. Pétronille était déjà au Refuge, les siens l'ont rejointe au moment où les citadins se rendaient dans leurs lieux de villégiature pour s'y confiner. Comme tant d'autres, Bruno découvre les joies du télétravail, mais avec une connexion internet aussi imprévisible que récente. On l'entend souvent pester.

– On attend le déluge ou quoi ? Il est bientôt vingt-deux heures, râle La Molotov en surgissant sur le perron, vêtue d'un jean à strass et d'une chemise noire étonnamment sobre.

Son bras droit continue de la faire souffrir par intermittence. C'est la jeunesse, affirme-t-elle en grimaçant quand c'est trop douloureux. Oscar l'adore et ne la quitte pas d'une semelle. Pour l'heure, il vérifie la bonne marche de leurs lampes de poche.

– Vous êtes prêts ? interroge Jeanne. Alors je répète les consignes : Brigitte et Oscar, vous écumez le tour du jardin tandis que Marion et moi, on prend l'intérieur. Faites attention, ils filent à toute vitesse et s'échappent dès qu'on leur en donne l'occasion. Ils sont doués pour se planquer, ayez l'œil ! Et surtout, silence ! On ne réveille pas toute la maisonnée, c'est compris ?

– Ouiiii, chuchote Marion à bout de patience.

Le petit groupe se déploie dans la nuit douce éclairée par une lune splendide entre deux traînées nuageuses. Et la chasse commence.

Poussés par un instinct infaillible, escargots et limaces sont partis à l'assaut du jardin, tant pour se repaître de jeunes pousses après une longue hibernation que pour rencontrer des partenaires. Il y a les gris trapus et durs qui émettent un bruit de succion lorsqu'on les jette dans le seau, les jeunes dont les carapaces se brisent sous les doigts si on les serre trop fort, les roses, les jaunes striés de noir, les blancs crémeux et les minuscules qui sortent à peine du naissain. Les limaces ne sont pas en reste. Les noires, grosses comme l'index, qui rampent le long des murs en laissant une longue trace brillante, les marrons plus modestes, au corps sec et musclé, strié d'une fine ligne sombre, qui s'accrochent avec force, et les petites grises, rondes et molles, qui se laissent tomber pour échapper à leurs prédateurs.

Après la pluie, tout ce petit monde se lance dans le grand exode nocturne du printemps, envahissant le jardin à la fraîche, dans le silence de la nuit, troué parfois du grognement d'un hérisson, parti lui aussi en quête de nourriture.

Bientôt, les seaux se remplissent et chacun s'exclame devant l'abondance de gastéropodes. Marion en laisse échapper la moitié, ravie par la couleur de celui-ci, la douceur des antennes de celui-là, la vaillance d'un petit rose qui revient à la charge pour s'échapper du magma salivaire dans lequel on l'a plongé. Les limaces l'effraient, elle n'arrive pas à les attraper à mains nues.

De son côté, Oscar pousse des exclamations écœurées, il a lu quelque part sur le net qu'une fille avait été mordue par un escargot et ne peut s'empêcher d'y croire malgré les démentis formels de Jeanne et ses explications sur la radula, une sorte de langue à picots plus proche d'une râpe que d'une gueule de tigre, lui a-t-elle assuré.

Au bout d'une heure, Jeanne donne le signal du retour. Les seaux sont remplis et elle les ferme avec leurs couvercles pour éviter une évasion massive. C'est alors que Marion pose LA question.

– Et maintenant, on va leur fabriquer une maison ?

Jeanne et La Molotov échangent un bref regard.

– Moi en tout cas, déclare Oscar, je n'en mangerai pas.

– On va pas les manger, assure Marion d'une voix affolée.

– Ben non, répond La Molotov, on ne cuisine que les gros gris, les autres c'est pour les poules.

Aussitôt, les larmes de Marion jaillissent accompagnées de gros sanglots.

– Mais vous le faites exprès, vous deux, d'être aussi… intervient Jeanne, en prenant Marion contre elle. Ne pleure pas, petite chérie, je te promets qu'on ne les mangera pas.

– Mais… pas… Si… Si… Simone non plus, ni… ni…

– D'accord, les poules non plus, concède Jeanne, qui ne peut rien refuser à la gamine.

Elle a un regard courroucé en direction des deux autres. Bien sûr qu'elle destinait cette manne à ses poules ! Sans compter que Simone et Charlotte raffolent des protéines, elles auraient pondu des œufs majestueux après un festin pareil. Et il en faut, des œufs, en ce moment, pour alimenter la tribu.

– Et alors quoi ? ricane La Molotov, on les dresse pour un numéro de cirque ?

Marion lève un regard plein d'espoir sur Jeanne.

– Non, ma chérie, ça, ce n'est pas possible.

La Molotov esquisse un sourire qui révèle ses gencives. Jeanne comprend qu'elle vient d'avoir une idée – probablement très mauvaise –, mais avant qu'elle ait pu l'empêcher de s'exprimer, la vieille se lance.

– Les enfants, vous allez prendre votre première leçon d'activisme écologique, leur annonce-t-elle. Mais attention, ceci est une action ultrasecrète et nous allons d'abord prêter serment qu'aucune d'entre nous ne trahira les autres.

– Qu'aucun, rectifie Oscar.

– Tu es seul contre trois, alors c'est le plus grand nombre qui l'emporte, rétorque sèchement La Molotov. Nous allons libérer ces escargots et ces limaces dans un magnifique endroit où ils pourront s'ébattre librement, avoir leurs petits et se délecter de plantes aromatiques…

– Où ça ? s'écrie Marion avec une joie non dissimulée.

Jeanne secoue la tête, connaissant déjà la réponse.

– À la ferme des Martel, susurre La Molotov. Et cette fois-ci, ils auront l'air fameusement cons s'ils portent plainte pour attentat à l'escargot !

– Et comment on fait pour prêter le serment ? chuchote Marion d'une petite voix.

– On échange notre sang ! révèle La Molotov en agitant un vieux canif sorti de sa poche.

Puis elle pousse un rire proche du rugissement qui s'entend jusqu'à la fontaine aux Fées, où un couple de chouettes hulottes prend la fuite dans un envol silencieux au-dessus des chênes.

Pétronille aime ces instants de silence au petit matin. Cet hiver, elle allumait un feu dans la cheminée pour ensuite boire son thé en regardant les flammes. Avec les beaux jours, elle reste dans la grande cuisine, dont elle ouvre les fenêtres et les volets, si la température n'est pas trop fraîche. Le soleil est déjà là. Pétronille respire l'air pur, puis prépare le petit déjeuner en chantonnant, puisque c'est son tour, ainsi que l'indique le planning suspendu près de la porte.

Un dimanche sur deux, Bruno, les enfants et elle se réunissent dans leur grand appartement pour établir les menus et les tâches de la quinzaine à venir. Les premières réunions ont été fastidieuses, mais l'habitude venant, elles ne leur prennent plus qu'une demi-heure, sauf si un point épineux demande qu'on y consacre davantage d'attention. Pétronille se sent tellement légère depuis que l'organisation familiale ne repose plus uniquement sur ses épaules !

Elle a naturellement proposé ce principe au Refuge. Jeanne a extirpé de l'arrière-cuisine un énorme tableau blanc. Quitte à réinventer la roue, autant gagner du temps, a-t-elle commenté avec un sourire en coin. Pétronille ne s'en est pas offusquée. Que cette méthode ait été testée et approuvée par sa désormais copropriétaire l'a même rassurée.

Une organisation au cordeau était nécessaire puisqu'en plus des habitantes permanentes du lieu, sont hébergés en ce moment la famille de Pétronille, Pierre, ainsi qu'Eva et Hisham. Eva est une jeune femme venue d'Europe de l'Est, arrivée par le biais d'une association d'aide aux victimes de réseaux de prostitution. Frêle et méfiante, elle se remplume et reprend progressivement confiance. Hisham, quant à lui, a atterri ici de la même manière que Bassem.

Bassem, dont la carte postale a rejoint le mur presque entièrement punaisé. Au dos du coucher de soleil sur Pampelune, il est simplement écrit : « Je vais bien, je n'oublie rien ni personne. B. » Pétronille ne peut s'empêcher de la regarder de temps en temps, avec un petit pincement qui ne disparaît pas.

– Bonjour !

Pierre arrive par le jardin, déjà prêt pour sa tournée.

– Bonjour, Pierre. Bien dormi ?

– Comme une souche, répond-il en s'installant devant la table bien garnie.

Pétronille s'est surpassée. Ce matin, à la place des tartines habituelles, il y a du pain perdu, préparé avec la miche qui commençait à rassir. Pierre se sert généreusement, mord avec délice dans la fine couche de caramel qui précède le fondant de la mie imbibée de lait et d'œufs battus.

– Oh bon chang, je n'ai pas mangé cha depuis des luchtres ! dit-il, la bouche pleine et les yeux pétillants malgré les cernes.

– C'est bon ? demande innocemment la cuisinière qui en a déjà dévoré une part.

– Un régal ! Personne d'autre n'est levé ?

– Je ne crois pas.

Aussitôt, le bruit de l'eau qui coule résonne dans les canalisations. Ce doit être Bruno qui prend sa douche.

– Ah ben si. Jeanne dort encore ? s'étonne Pétronille.

Pierre sourit et hoche vigoureusement la tête, la bouche pleine. Pétronille lui tend une tasse de café.

– Les enfants sont rentrés bien plus tard que prévu, avec Mme Molotov. Jeanne devait être avec eux, où qu'ils aient bien pu aller, soupire-t-elle, résignée.

– Je ne saurais vous le dire, je dormais déjà quand elle s'est couchée.

Il prononce ces mots avec gourmandise. Comme si les nuits passées aux côtés de Jeanne étaient une douceur qu'il n'espérait plus.

– Pourvu qu'ils n'aient pas fait de bêtises, quand même.

– Ou qu'ils aient su rester discrets, plaisante Pierre.

– Ne parlez pas de malheur !

Le souvenir de La Molotov se rendant à la gendarmerie pour y signer un procès-verbal, vêtue d'une tenue de bagnard à paillettes, est encore trop vivace pour que Pétronille puisse en rire.

– Vous avez toujours autant de visites à effectuer, aujourd'hui ? demande-t-elle par sollicitude sincère mais également pour changer de sujet.

– Oh oui ! Plus qu'hier et moins que demain, comme on dit. Et de votre côté, quel est le programme ?

Même au bord du burn-out, cet homme serait capable de prendre des nouvelles d'autrui.

– Eh bien, Eva et moi allons continuer de recouvrir les paillages décomposés du potager avec la dernière tonte, puis on se remettra à la construction des toilettes sèches.

Elle montre deux de ses doigts entourés de pansements, avant de poursuivre :

– Hisham s'est porté volontaire pour les cours d'anglais d'Oscar. Sinon Bruno télétravaille, mais aujourd'hui c'est lui qui assure la continuité scolaire de Marion, précise-t-elle avec un soulagement notable dans la voix.

– Jeanne m'a confié que c'était laborieux…

– Disons qu'entre le jardin, les bestioles que Jeanne leur montre et les imbécillités racontées par Mme Molotov, l'Éducation nationale a de la concurrence !

– Ils apprennent différemment, remarque Pierre.

– Oh, ça oui ! N'empêche, j'espère qu'ils ne vont pas décrocher. C'est important, l'école.

Un tonnerre retentit du côté de l'escalier en bois qui relie le couloir à l'étage. C'est Bruno qui descend en courant. Pourtant, une affiche prévient, là-haut : *Le sommeil est précieux : prends soin de qui ferme les yeux.* Il oublie parfois qu'ils sont désormais sept dans la maison.

La Molotov et Pétronille ont gardé la même chambre, Pétronille y accueille Bruno par intermittence, hors confinement. Les enfants ont élu domicile dans les deux autres, tandis que le grenier a été aménagé en trois petites mansardes confortables pour les « invités ».

– Ça sent hyper-bon, dis donc ! Bonjour, Pierre !

Bruno, bronzé et tout joyeux, s'attable après avoir déposé un baiser sur l'épaule de sa femme. Il attrape une tasse qu'il remplit de café, empile ensuite pain perdu, kiwis et fromage sur une assiette.

– Bon, je vous laisse, je dois y aller, annonce Pierre en se levant. Je prépare un plateau, pour Jeanne.

Il compose un petit déjeuner pantagruélique. Bruno passerait pour un adepte de la frugalité, en comparaison.

– À ce soir ! dit Pierre en ressortant par la porte-fenêtre.

– Bon courage !

Attendris, Bruno et Pétronille le regardent s'éloigner en prenant garde de ne rien renverser. Près du muret qui abrite les quelques plants de muguet déjà éclos, il pose le plateau, cueille quelques brins qu'il dispose dans le verre d'eau, puis repart.

– J'espère qu'on sera comme eux, au même âge, murmure Bruno.

– J'espère que tu travailleras moins.

– Moi aussi ! lance-t-il avec force.

Depuis quelque temps, il semblerait que son cher et tendre envisage de passer ses journées autrement qu'en alternant conf-call et brainstorming. *C'est le pouvoir du Refuge. Et j'y suis, peut-être, pour quelque chose, aussi.*

– Tu as faim, ce matin ! s'amuse-t-elle, tandis qu'il dévore son pain perdu.

– J'ai passé une nuit éprouvante.

Pétronille émet un rire de gorge. Il est vrai qu'ils ont profité de ce que les enfants étaient occupés dans le jardin pour se mettre au lit plus tôt que d'habitude.

– Je vais préparer la pâte à fougasse maintenant, pour qu'elle ait le temps de lever.

Parfait, pense Pétronille, qui apprécie toujours autant de voir son mari s'impliquer et anticiper. Certes, il se met plus facilement à la cuisine qu'à la lessive ou au ménage, mais Rome ne s'est pas construite en un jour. Jeanne a abordé le sujet quand ils ont établi le premier planning collectif, au début du confinement. On choisit les tâches en fonction de ses capacités, pas de ses goûts personnels, a-t-elle décrété, personne n'aime nettoyer les cabinets, on le sait ! Les enfants ont émis des cris de dégoût, mais se sont tout de même portés volontaires, ne permettant pas aux adultes de se dérober.

Oui, tous apprennent quelque chose. Ils sont en train de changer de vie. Pétronille songe que, quand elles sont partagées, les joies sont plus intenses et les peines plus légères.

– À quoi tu penses, Pétro ? demande Bruno en versant la farine dans une jatte monumentale.

– À tout ça, répond-elle avec un geste ample. Tu imagines comme on aurait vécu cette période différemment dans notre appart, en ville ?

Bruno hoche la tête, grave. Ils devinent sans peine quelle épreuve ça aurait été pour eux, malgré tout le confort dont ils bénéficient.

– Je suis content qu'Oscar et Marion aient la chance de connaître ce lieu et les gens qui le font vivre, confirme-t-il, en pétrissant la pâte.

– Ben ces gens, c'est nous tous, remarque Pétronille. Nos enfants compris.

Mue par un élan de tendresse envers son homme, dont la barbe naissante porte une trace de farine, Pétronille se lève pour l'enlacer.

– De plus en plus, je crois qu'on se trompe quand on prétend que les enfants c'est l'avenir, déclare-t-elle, la tête posée sur l'épaule de Bruno. La vérité, c'est que…

Bruno cesse de pétrir la pâte et passe son bras autour de sa femme avant de terminer sa phrase :

– La vérité, c'est que c'est nous, leur avenir.

Remerciements

Je remercie Frédérique, de m'avoir soutenue et supportée. Bisous.

Fred

Discographie

« Killing In The Name », Rage Against The Machine, *Rage Against The Machine.*

« Tueuses », Juliette, *Rimes féminines.*

« Pour que tu m'aimes encore », Céline Dion, *D'eux.*

« Don't Stop Me Now », Queen, *Jazz.*

« Parlez-moi d'amour », Lucienne Vernay.

« All By Myself », Céline Dion, *Falling Into You.*

« La Vie par procuration », Jean-Jacques Goldman, *Non homologué.*

« I Want To Break Free », Queen, *The Works.*

« Il venait d'avoir 18 ans », Dalida, *Julien…*

« Ève, lève-toi », Julie Pietri, *Le Premier Jour.*

« Les autres sont jaloux », Yianna Katsoulos.

« Si j'étais un homme », Diane Tell, *Si j'étais un homme.*

« Eye Of The Tiger », Survivor, *Eye Of The Tiger.*

Mise en pages
PRESS·PROD

Imprimé en France par
CPI Brodard & Taupin
en septembre 2021

Dépôt légal : octobre 2021
N° d'impression : 3044464
ISBN : 978-2-7499-4642-9
LAF : 3072